天會賜福　百無禁忌

天官赐福

천관사복

天官賜福

묵향동후 장편소설

7

BLab

목차

80장 수려국은 무엇이며 경문은 누구인가　7

81장 높은 산 먼 여정, 비좁은 길마저 막히고　35

82장 산 채로 함께 묻히니 편히 잠들 수 있으랴　73

83장 아름다운 옥구슬, 어찌 함부로 벽돌을 던지랴　85

84장 수수께끼의 국사, 은밀한 언어와 속내　147

85장 형혹수심에 성인이 태어나다　175

86장 귀왕의 질투, 신뢰하는 자를 세 번 묻다　199

87장 머리 위 도깨비불과 목숨을 속박하는 구령　211

88장 여귀의 한과 질투심은 마음을 불태우고　239

89장 궐문 앞에서 자진한 마지막 공주　253

90장 검은 소를 타고 동로로 달려가다　273

91장 만신굴의 만신, 얼굴을 감추다　287

92장 만신굴의 만신, 얼굴을 드러내다　317

80장 수려국은 무엇이며 경문은 누구인가

이는 무척 낯선 남자의 목소리였다. 저쪽에 들리지 않는다는 것을 알면서도 사련은 저도 모르게 목소리를 낮추었다.

"누가 왔어. 배 장군에게 불리할지도 몰라. 두 사람이 지금 어디 있는지 빨리 찾아야 해."

은나비 너머의 두 사람은 그 사내가 등장하자 놀란 것 같았다. 한참 뒤에야 배명이 입을 열었다.

─ 외람되지만 당신은 누구십니까? 벌써 이런 상황인데 어째서 진짜 모습을 드러내지 않습니까?

그 목소리가 말했다.

─ 그건 내 쪽에서 물을 말이다만.

영문이 입을 열었다.

─ 당신과 원수진 게 뻔합니다. 아마 여귀겠지요. 또 피해자

가 나왔군요.

- 두 눈 뻔히 뜨고 무슨 허튼소립니까. 이…… 놈의 머리부터 발끝까지 어느 구석이 여귀 같다는 거요? 하물며 나만 붙잡은 것도 아니니 당신하고 원수진 걸지도 모르잖소?

- 됐습니다. 이제 와서 서로 떠넘기지 말고 같이 난관을 헤쳐 나가자고요. 당신이랑 나 모두에게 원수를 졌을지도 모르지 않습니까. 이런 사람 기억 안 나요?

- 기억 안 납니다, 너무 많아서.

가까이 다가온 것인지, 남자의 목소리가 약간 크게 들렸다. 그런데 이상하게도 발소리 대신 '쿵쿵'하는 이상한 소리가 들렸다. 그가 말했다.

- 내 앞에서 그만 시시덕거리고 좀 염치 있게 굴지 그래?

이 짧은 언사로 무언가를 알아낸 것인지, 영문이 짧은 침묵 끝에 말문을 뗐다.

- 당신은…… 경문진군?

그 목소리는 대답이 없었다. 배명도 얼떨떨한 기색으로 말했다.

- 경문진군? 아니겠죠. 경문진군이 이렇게 품위 없게 말합니까?

영문이 코웃음을 쳤다.

- 그는 늘 이랬습니다. 남들 앞에서 말할 때는 점잖은 말투였다가 내 앞에선 또 이런 말투였으니, 당연히 다르다고 느껴질 수밖에요.

한편, 사련은 미간을 살짝 찌푸렸다.

"경문진군?"

어디선가 들어 본 호칭 같았으나 확실하지는 않았다. 문신처럼 들리는 호는 맞았다. 하지만 문신들 중에는 '문(文)', '경(敬)', '정(靜)' 같은 글자가 들어간 호가 많아도 너무 많았다. 이때, 배숙이 나직하게 말했다.

"경문진군, 은, 영, 문진군을 지명했, 던, 선대, 제일 문신입니다!"

그가 일러 주자 사련도 비로소 기억이 났다. 그가 처음 선경에 올랐을 때, 영문은 아직 하천정의 소문관 신분이었다. 당시 상천정의 제일 문신은 그녀가 아니라 다른 신관이었다. 그 신관이 바로 이 경문진군이었던 것 같다.

다만 경문신은 오래전에 쇠락했다. 오늘날에는 8백 리 밖을 뒤져도 경문전을 찾을 수 없었다. 사련이 궁금증을 이기지 못하고 말했다.

"다들 잘 아는 사이였네. 그럼 말로 풀면 되잖아? 다짜고짜 칼부림하면서 묶어 둘 필요는 없을 텐데."

그러나 화성이 대답했다.

"잘 아는 사이니까 칼부림하고 묶어 놓는 거지."

말이 끝나기 무섭게 은나비 너머로 경문이 다시 입을 열었다. 정체가 폭로되어서였을까. 그는 태도를 고치고 낯을 싹 바꾸었다. 말투도 아까보다 점잖아졌다. 다만 겉으로 온화한 체를 해도 속에는 가시가 돋아 있었다.

─ 남궁, 상천정의 제일 문신 자리가 영 만족스럽지 않더냐? 어찌 제 철 밥통을 깨부수고 예까지 뛰쳐나온 게냐?

배명이 말했다.

─ 봤죠? 당신이랑 원수진 거잖습니까. 이번에는 당신 쪽 피해자네.

그러나 경문이 말을 이었다.

─ 배 장군, 내가 남궁하고 결판을 내러 왔으니 당신은 발 뺄 수 있을 줄 아나 보군. 이 천한 것이 나를 업신여기고 경문전의 향불을 무너뜨렸다. 암암리에 무신들을 시켜 내 궁관을 부수고 불까지 질렀지. 저 천한 것에게 무신을 빌려준 자가 누군지 내 모를 것 같나?

─ ······.

경문이 말을 이었다.

─ 남궁, 너도 웃을 때가 아니다. 재능을 아끼는 마음으로 지명했더니 넌 그런 식으로 내게 보답을 했지. 이리 배은망덕할 수가 있나. 세상에 여인의 마음보다 악랄한 것은 없다더니. 나는 이날만을 기다렸다. 참으로 오래 기다렸어!

사련은 이마를 짚고 마음속으로 중얼거렸다.

'삼독류는 누가 독류 아니랄까 봐, 했던 일마다 심상치가 않네!'

그런데 영문은 오히려 담담하게 대꾸했다.

─ 경문진군. 지금 여기에 다른 사람이 있는 것도 아닌데, 방

금까지 욕할 건 다 해 놓고 이제 와서 무슨 가식입니까? 정말 재능을 아끼는 마음 때문에 날 부신관으로 지명한 게 확실합니까? 나를 대체 왜 지명했는지, 지명한 뒤에는 어떻게 대했는지, 남들은 모를지언정 정작 본인이 그걸 모릅니까?

사련은 들을수록 의아해졌다.

"경문진군과 영문 사이에 무슨 일이 있었나? 소배 장군, 속사정을 알아?"

귀 기울여 듣고 있던 배숙이 사련에게 말했다.

"죄송, 합니다. 그, 때는 제가 아, 직 선경에 오르지 않았, 을 때라 아는 게 많, 지 않습니다."

아무래도 이 쉼표 찍기가 나아질 것 같지 않다고, 사련은 속으로 생각했다. 옆에서 화성이 말했다.

"형, 다른 사람한테 물어볼 것 없어. 나한테 물어보면 돼."

사련이 신기하다는 듯 물었다.

"상천정의 이런 오래된 일화까지 알아?"

역시 그의 착각이 아니었다. 화성은 상천정 신관들의 갖가지 치부와 명성에 관해 깊은 일가견이 있었다. 그는 고개를 끄덕이고는 정말로 사련에게 내용을 말해 주었다.

본디 경문과 영문은 같은 수려국 출신 문신이었다. 영문보다 몇백 년이나 경력이 앞선 경문은 수려국에 깊은 뿌리를 내린 인물이었다. 애당초 이 두 사람은 별다른 교집합이 없었다.

그런데 어느 해, 수려국은 문신에게 제를 올렸다. 제사 의식에는 작은 경연도 준비됐다. 젊은 학자들이 수려국을 주제로 삼아, 소재에 상관없이 이름을 적지 않고 한 편의 글을 써서 나라에서 가장 큰 문신묘에 붙여 두는 것이었다. 당시 가장 큰 문신묘가 바로 경문전이었다. 그 글들을 여러 사람이 평가하고, 제일 훌륭한 글을 수석으로 뽑아 이 사람에게 상을 내렸다.

마침 하계에 내려와 놀던 경문진군은 문득 흥미가 돋아서, 서생의 모습으로 둔갑해 이 경연에 참가했다. 수려국의 위세를 칭송하는 명문장을 일필휘지로 써낸 그는 수많은 글 중에서 자신이 군계일학이라 자신해 마지않았다. 생각해 보라. 경연이 끝나고 결과가 나오면 수석을 차지한 자는 단연 그일 터였다. 그때 선두를 차지한 인물이 경문진군 자신의 분신이라는 사실을 밝힌다면, 후대에 널리 전해질 미담이 되지 않겠는가?

만약 일이 이대로 풀렸다면 무척 화기애애했을 것이다. 그런데 굉장히 곤혹스러운 사고가 일어날 줄 누가 짐작이나 했을까.

제례 의식이 끝난 뒤 수석이 발표됐다. 그러나 수석은 경문의 〈수려부(須黎賦)〉가 아니라 〈불수려(不須黎)〉라는 제목의 책론[1]이었다.

다소 곤혹스러운 반전이었지만, 지켜보는 남들에겐 퍽 흥미로운 일이었다. 사련이 물었다.

"그 〈불수려〉, 삼랑은 읽어 본 적 있어?"

"찾아서 읽어 봤어. 궁금하면 나중에 요약해서 읊어 줄게."

#1 책론 策論, 과거 시험에서 조정에 바치는 대책 제안서

사련이 급히 말했다.

"괜찮아. 하지만 그 당시 선경에 올랐던 경문진군을 격파할 정도였다면, 분명 훌륭한 글이었겠지."

"잘 쓰긴 했지만 그렇게까지 비범하지는 않았어. 다만 당시 수려국은 국내 정세가 좋지 않아서 백성들의 원망이 높았는데, 이런 글이 등장하니 입맛에 맞았던 거지. 게다가 〈수려부〉 같은 글은 하도 많이 봐서 다들 질린 참이었고. 둘을 비교하면 〈불수려〉가 당연히 이길 수밖에."

사련이 작게 고개를 끄덕였다.

"글에는 1등이란 게 없잖아. 이건 사실 그렇게 큰일도 아닌걸. 게다가 아예 주제가 다른 글이기도 했고."

"맞아. 처음에는 경문도 그렇게 생각했어."

수려국 사람들은 도처에서 〈불수려〉의 지은이를 찾았으나 당연히 아무도 손을 들지 않았다. 누가 감히 이런 글을 본인의 것이라 인정하겠는가? 누군가 명예를 노리고 사칭을 해도 금세 들키고 말았다. 머지않아 관병들이 눈치를 채면서 그 글은 곧바로 철거됐다.

그 경연 사건으로 심히 언짢아진 경문진군은 코웃음만 쳤다. 몇 달이 지나면서는 까맣게 잊어버렸다. 그런데 문제가 생겼다. 몇 달 뒤, 놀라운 소식 하나가 상천정 문신들 사이에 퍼지기 시작한 것이다.

수려국 문신 제례에서 〈불수려〉로 수석을 차지한 사람이 조사 끝에 밝혀졌고, 지금은 감옥에 끌려가 갇혔다는 소식이었다. 게다가 이 사람은, 무려 길거리에서 신발을 파는 젊은 여인이었다!

이건 큰일이었다!

사련이 입을 달싹였다.

"……시, 신발 장수?"

"그래. 남궁걸은 과거 인간계에서 그런 일을 했었어."

어쩐지, 예전에 누군가가 뒤에서 영문전을 '헌신전'이라고 부르더라니. 그것도 한두 번 들은 게 아니었지만 사련은 이런 걸 꼬치꼬치 캐물어야 한다고 생각하지 않았기 때문에 지금껏 이 말의 출처가 어딘지 몰랐다.

원래는 그 누구도 〈불수려〉와 신발 파는 아가씨를 한데 묶어 생각하지 않았다. 이 젊은 여인은 가끔 책을 필사하거나 애정시를 대필해 편지를 써 주는 것으로 푼돈을 벌곤 했다. 그러다 어느 날 단골손님이 그녀의 필적과 〈불수려〉 속의 필적이 몹시 닮았다는 걸 발견하고 관청에 신고하면서 붙잡히게 된 것이었다.

이 일을 알게 된 경문진군은 단숨에 붓을 휘둘러 이 남궁걸이라는 젊은 여인을 점찍었다.

중요한 것은, 당시 여신관이 원체 적었다. 없지는 않지만 대부분 꽃이나 풀, 자수나 공예, 가무와 기예 따위를 관장하고 있었다. 부신관을 지명할 때도 다들 여인을 하급 신관 자리에 앉히려 들지 않았다. 여자 문신은 더더욱 보기 드물었다. 문신전의 여인들은 하나같이 미모를 자랑하는 소녀들이었다. 하물며 학문을 관장하는 것도 아니었다. 대부분이 벼루에 먹을 갈고 종이를 까는 미인들이라, 사실 신관 축에도 끼지 못했다. 좋게 말해도 관상용일 뿐이었다.

경문진군의 이런 선택은 뭇 문신들 사이에서 재능을 아낀다는 칭송을 얻었다. 사람들은 경문진군처럼 재주를 알아보는 혜안을 가진 귀인을 만났으니, 이 젊은 여인이 운도 참 좋다고 입을 모았다. 옥고에서 벗어나다 못해 가지에 올라 봉황까지 되었으니, 흡사 아름다운 미담처럼 들렸다.

그러나 지금, '미담'의 주인공들은 살기등등하게 대질을 하고 있었다.

은나비 너머로 경문이 말했다.

- 나는 너를 여러모로 아꼈건만, 넌 내가 나쁜 뜻으로 그랬다는 것처럼 말하는구나.

영문은 평소 남에게 늘 정중하게 대해 왔다. 비굴하지도 오만하지도 않은 태도로 적정선을 지킬 줄도 알았다. 그런 영문이, 지금은 비웃는 투로 입을 열었다.

- 관두죠. 저를 얼마나 아꼈는지 떠벌리고 다니실 것 없습니다. 정녕 저를 아끼셨다면, 수십 년을 매일같이 당신의 신전에 오는 모든 사람에게 차를 나르며 서안을 닦게 하고, 원고 하나 심부름시키겠다고 몇백 리를 걷게 하고, 명절만 오면 쉴 새 없이 다른 신관에게 선물을 보내게 하진 않았겠지요.

사련은 생각해 보았다. 확실히 그랬던 것 같다. 그가 처음 선경에 올랐을 시절, 영문은 볼 때마다 늘 잡일을 했다. 워낙 잡일을 많이 하던 사람이라 기억 속에 어렴풋하게 인상이 남아 있었다. 경문이 말했다.

– 결국 널 등용하지 않은 것이 원망스러운 게지. 하지만 내가 널 등용하지 않은 이유는 왜 생각하지 않느냐?

영문이 대꾸했다.

– 이유? 저도 그 이유가 참 궁금하군요. 평범한 인간으로 지낼 때는 책을 읽고 글을 쓸 여유가 있었습니다. 감옥에 갇혀 있을 때조차도 최소한 벽을 보고 명상할 시간이 있었죠. 그런데 당신에게 지명된 뒤로는 하루가 멀다 하고 짐승처럼 혹사당하거나 무릎을 꿇은 채 잡일에 시달렸어요. 그렇게 시름시름 앓게 해서 죽일 생각이었다면 꽤 좋은 방법이었습니다.

경문이 고함을 질렀다.

– 남궁! 이 와중에도 잘못을 인정하지 않는 게냐!

영문은 되물었다.

– 제가 뭘 잘못했습니까?

– 그럼 내 잘못이란 거냐? 그때 난 네게 가장 알맞은 일을 시켰다. 그런 사소한 일마저 제대로 못 한다면 뭘 믿고 더 중요한 일을 시키겠느냐? 나는 네 심성을 단련시키려고 그 많은 수행 기회를 준 거다. 자신의 능력이 부족한 것을, 어찌 내가 널 등용하지 않은 탓으로 돌리느냐? 마음은 높이 있을지언정, 넌

결국 여자의 몸이라 그렇게 높은 곳에 닿을 수 없다. 이 사실만 큼은 인정해야 해!

영문은 소리를 내어 짧게 웃더니, 격분이 치밀었는지 낮게 억눌린 목소리로 말을 뱉었다.

- 좋습니다! 제가 그리 높은 곳에는 닿을 수 없다고요? 그럼 하나 여쭙겠습니다. 경문전의 향불이 가장 흥성했던 시기가, 지금 제 영문전의 무릎에나 닿을 수나 있습니까?

사련은 두 사람의 말 속에서 갈수록 짙어지는 해묵은 원한과 분노를 느낄 수 있었다. 이대로 대화를 이어 가게 둘 수는 없었다. 하는 수 없이 그는 아주 거친 방법을 쓰기로 했다.

그는 지면에 주먹을 힘껏 내리꽂았다. 하늘을 뒤흔드는 꿍음 과 함께, 그를 중심으로 사방 네 장에 이르는 거대한 구덩이가 파였다.

화성은 곧장 그의 계획을 깨달았다.

"형!"

사련은 손을 내저어 공기 중의 먼지를 흩트리고 기침을 몇 번 했다.

"이게 제일 직접적이야! 내가 이쪽을 맡아 볼게! 삼랑이랑 소 배 장군은…… 저쪽에 누워 있어!"

원래 화성과 배숙에게 다른 방향을 맡길 생각이었지만, 지금 이 두 사람의 상태는 그보다 좋지 않았다. 하지만 화성은 그의 말대로 얌전히 한쪽에 누워 있을 인물이 아니었다. 그는 액명을 불러들여 단번에 땅으로 찔러 넣었다.

이 칼은 사련의 주먹과 같은 효과를 냈다. 두 사람은 번갈아가며 굉음을 냈다. 둘의 거리는 점차 멀어졌다. 몇 차례 주먹을 내리꽂은 사련은 귀를 기울여 보았다. 배명과 영문은 그가 일으킨 굉음을 전혀 듣지 못한 듯 아무런 반응이 없었다. 경문은 영문에게 아픈 곳을 찔렸는지 분노를 담아 웃더니, 점잖았던 가면을 다시 벗어 버렸다. 아까 '개같은 연놈'이라고 욕할 때의 신랄한 말투가 되돌아왔다.

― 남궁걸, 내 앞에서 소인배처럼 꼬리를 쳐들고 우쭐거리지 마라! 애초에 내가 널 점찍지 않았으면 벌써 인간계의 감옥에서 얼마나 많은 사람의 애를 낳았을지도 모를 것이!

상당히 기품이 떨어지는 말이었다. 사련은 하마터면 손을 미끄러뜨릴 뻔했다. 배명마저 듣다못해 말했다.

― 명색이 문신인 사람이, 그런 상스러운 말은 좀 넣어 둘 수 없겠소?

경문이 계속해서 외쳤다.

― 남궁, 이것 봐라! 네 정부가 널 감싸는구나! 배 장군, 당신 명성은 어떤데 부끄러운 줄도 모르고 나더러 상스럽다고 하지?

영문이 받아쳤다.

― 당신 머릿속에서 내 정부가 아닌 사람이 누가 있습니까? 끝장을 보겠다고요? 그럼 제대로 처리합시다!

사련은 멀리까지 훌쩍 뛰어올라 다시 한번 땅을 향해 주먹을 내리꽂은 참이었다. 이번에는 은나비 너머에서 경문이 날카롭게 외쳤다.

– 무슨 소리지?

사련은 마음속으로 쾌재를 불렀다.

'맞는 방향을 찾았어!'

배명과 영문도 이 굉음을 들었다. 배명이 멈칫하며 말했다.

– 위에서 싸움이 일어났나?

사련은 다시 기합을 넣고 몇 장 남짓을 내달려 거듭 벽력같은 주먹을 꽂았다. 배명이 소리쳤다.

– 더 가까워졌습니다! 엄청난 폭파력이군! 위에서 들려오는 겁니다!

바로 여기다!

사련은 주먹을 휘두르는 대신, 방심을 뽑아 세차게 아래를 베었다.

몰아치는 검기에 땅이 와르르 내려앉았다. 곧이어 온몸이 서늘한 지하 동굴로 떨어졌다. 사련은 내심 배명과 영문을 깔아 뭉개지 않기만을 기도하면서 공기 중의 먼지를 흩뜨리며 몸을 일으켰다. 그는 검을 쥔 채 돌아서서 입을 달싹였다.

"경⋯⋯."

그 '경문진군'의 모습이 시야에 들어온 순간, 사련은 저도 모르게 눈을 크게 떴다.

갑자기 들이닥친 불청객에 경문이 날을 세웠다.

"넌 누구냐!"

그러나 사련에게 일갈한 것은 '사람'이 아니라 투박하기 그지없는 남자 석상이었다. 발가벗은 온몸에 천을 둘둘 감싼 모습이 묘하게 괴상하면서도 우스웠다.

그가 걸을 때 발소리가 아닌 '쿵쿵'대는 괴이한 소리가 났을 만도 했다. 배명과 영문이 그를 보고 나란히 충격을 받은 것도 당연했다. 배명이 영문에게 '두 눈 뻔히 뜨고 무슨 허튼소리냐'고 말한 것도 다 이유가 있었다. 이 석상은 머리끝부터 발끝까지 단 한 구석도 여귀 같지 않았으니까.

배명과 영문은 두루마리 같은 것에 온몸을 휘감긴 채 경문의 손아귀에 꼼짝없이 붙잡힌 신세였다. 사련은 겨우 정신이 들었다.

"으응? 저요?"

이때 경문이 다시 물었다.

"당신은 선락 태자?"

사련은 멍해졌다.

"예? 절 알아보시겠습니까? 이건 정말이지⋯⋯."

하지만 이상할 것도 없었다. 사련은 처음 선경에 오르면서 엄청난 반향을 일으켰다. 그가 상천정의 신관을 전부 알지 못할지언정 상천정의 신관들은 누구 하나 빠짐없이 그를 알았다. 바로 지금처럼. 그는 경문의 얼굴이 전혀 기억나지 않았지만, 경문은 그를 기억하고 있었다.

"물론이지. 그 파란만장한 선경 길을 걸은 태자 전하인데 못 알아보기가 어디 쉽나!"

왠지 모르게 조금 감동한 사련은 무심코 말했다.

"참 영광입니다……. 그런데 어쩌다 지금 이런……."

경문이 말을 받았다.

"어쩌다 지금 이런 꼴이 됐느냐고?"

조금 무례한 질문이 아닐까 싶었던 사련은 가볍게 헛기침을 하고는 고개를 끄덕였다. 그런데 경문은 기회를 놓칠세라 또 길길이 날뛰었다.

"이게 다 이 천한 남궁걸 때문 아니겠나! 경문전이 쇠락하고 내 법력이 점점 약해지자, 저것은 불난 집에 부채질이나 하며 나를 사방으로 죽어라 뒤쫓았다. 그래서 부득이하게 이 석상에 붙어 지금까지 연명해야 했어!"

영문이 말했다.

"당신이 한 짓에 비하면 별로 심하지도 않습니다만? 그때 당신은 경문전에 새벽까지 머무르라는 명을 직접 내렸었죠. 그런데 하루아침에 입을 씻더니 내가 수치를 모르고 야심한 밤까지 남아 당신에게 치근덕거렸다고 했더군요. 말은 형체 없이 사람을 죽입니다. 하지만 난 칼로 똑똑히 돌려준 것이니, 예의라면 충분히 차렸어요."

말을 끝낸 영문은 홀연히 발을 날려 경문의 하체를 걷어찼다. 사련이 보기에는 하등 위력이랄 게 없는 발길질이었다. 하물며 석상은 숨이 붙은 육체도 아니니, 아무리 발길질을 해도 몸을 두른 천 조각만 찢어질 터였다. 그런데 누가 알았으랴. 경문이 실제로 제 급소를 차인 것처럼 날카롭게 소리치며 제 하반신을 움켜쥐었다.

하지만 이미 늦었다. 그의 가랑이를 감싼 흰 천이 영문의 발길질에 나가떨어졌다. 사련은 빠르게 시선을 옮겼다. 흰 천 밑에는, 아무것도 없었다.

아무것도 없다는 의미는 이렇다. 이 석상은 실오라기 하나 없이 벌거벗었지만, 가랑이 밑에 있어야 할 것이 없었다.

이 석상은 뜻밖에도 거세된 사람의 조각상이었다!

사련은 생각했다.

'거세된 노비상이었구나!'

이런 석상은 고관대작의 능묘에서 흔히 볼 수 있다. 음기가 지극히 강한 부장품이라 달라붙기에는 확실히 좋은 선택이다. 하지만 여인에게 콧대를 꺾였답시고 좀스럽게 따지고 드는 경문 같은 남신관의 최후가 거세된 노비상이라니. 실로 대단한 풍자가 아닐 수 없었다!

영문은 폭소를 터뜨렸다.

"왜 그리 허둥거리시나 했습니다. 이제 알겠군요! 나는 높은 곳에 닿지 못한다고요? 지금 이 꼴이 된 당신은 얼마나 높은 곳에 닿을지, 내 한번 잘 지켜보겠습니다! 하하하하하하……."

경문의 치부를 감추던 천이 떨어져 짓뭉개졌다. 분노에 눈앞이 새하얘진 그는 영문의 머리채를 낚아채며 고함을 질렀다.

"닥쳐라! 오늘날 이 지위에 기어오르려고 얼마나 많은 신관과 잤는지도 모를 네가 뭐 그리 잘났다고? 당장 사죄하지 못할까!"

머리카락이 한 움큼 뜯겨 나갈 지경인데도 영문은 고통을 참으며 경문에게 용서를 구하기는커녕 사죄조차 하지 않았다. 배명이 말했다.

"당신 정말 문신 맞소? 격조 있고 풍아한 구석은 눈곱만큼도 없군. 길에서 남 붙잡고 욕이나 퍼붓는 막돼먹은 여인네도 당신보다는 낫겠소!"

사련은 속으로 이마를 짚었다. 경문이 홧김에 두 사람을 목 졸라 죽이기라도 하면 어쩌나 걱정이었다.

"저기요!"

참다못한 사련이 결국 소리치며 손을 번쩍 들었다.

"진정하세요! 경문진군! 사실! 그 물건은 있든 말든 별 차이가 없어요! 정말로요!"

경문은 한 손으로는 영문의 머리채를 움켜잡고 다른 한 손으로는 아랫도리를 가린 채 고래고래 소리쳤다.

"허튼소리! 있든 없든 별 차이가 없어? 그럼 그쪽 걸 없애서 확인해 볼까!"

사련은 성심성의껏 말했다.

"정말입니다! 절 믿으세요! 저, 그게 있긴 하지만! 그렇지만! 그게 없는 거나 마찬가지라서요! 전 그거거든요!"

그는 또 자신의 몸을 바쳐 설득에 들어갔다. 이 말에 경문은 약간 흥분을 가라앉히는 기색이었다.

"그게 뭔데?"

"바로 그거요! 아시잖아요! 아무리 있어도 생전 쓸 일이 없다고요! 으음, 사실, 남신관이든 여신관이든, 아니면 그 외의 신관이든…… 이런 건 있어도 중요하지 않으니까, 이렇게 집착할 필요가 없……."

경문이 그의 말을 잘랐다.

"정말 그렇게 생각한다면 그걸 내 눈앞에서 잘라 보여라."

"?"

사련이 물음표를 던지자 경문이 재깍 쏘아붙였다.

"별 차이 없다며? 위선자! 분명 그 물건이 없어지는 게 아쉬운 게지. 이런 돼먹지도 않은 소리로 날 설득할 생각 마라! 나는 사탕 몇 알 먹여 준다고 해서 눈물 콧물 흘리며 개과천선할 핏덩이가 아니야! 당신이 아니어도 괜찮다. 저자의 것을 자르도록 하지!"

그가 가리킨 것은 배명이었다. 배명은 경악했다.

"젠장, 뭐야?"

이번에는 정말 큰일이었다. 물론 많은 사람들이 배 장군의 그 물건을 자르고 싶어 하지만, 사련은 경문이 여기서 그 일을 실현하게 두고 싶지는 않았다. 그가 서둘러 말했다.

"경문진군! 쇠락한 당신을 몰아세운 건 영문의 잘못이 맞지만, 애초에 당신도 영문을 괴롭혔으니 서로 비긴 셈이에요. 굳이 이런 수단을 쓸 필요는 없습니다!"

그는 입으로 주의를 돌리면서 조용히 약야를 풀었다. 약야는 뱀처럼 경문의 뒤쪽으로 미끄러져 갔다. 그런데 경문이 말했다.

"비겼다고? 그렇게 간단할 리가 있나. 당신 덕분에 한 가지가 떠올랐군. 이 천한 것에게 확인해야 할 일이 있다! ─남궁. 수려국이 멸망한 사건, 네가 따로 손을 쓰지 않았더냐?"

경문은 수려국이 신단에 모시던 문신이고, 수려국은 그의 기반이었다. 기반이 무너지면 자연히 타격을 입고, 심한 경우에는 쇠락하기 마련이다. 그러니 영문을 향한 경문의 의심은 몹시 합리적이었다. 그러나 영문은 이 질문에 묵묵부답으로 일관했다. 경문이 소리쳤다.

"빨리 말해라! 네가 수작을 부린 게 맞느냐? 그래, 알겠다. 틀림없이 너다! 분명해. 아니었다면 수려국이 그리 순식간에 멸망했으려고! 다 너 같은 음험한 천것이 저지른 짓이야! 그 백치 장군도 분명 너한테 당한 거겠지!"

사련은 속으로 중얼거렸다.

'영문은 대답하지도 않았는데 왜 혼자 자문자답을…… 잠깐, 뭐라고? 무슨 장군?'

문득 영문이 나지막이 웃음을 터뜨렸다. 경문은 거세 석상에 씌어 있는 탓에 무표정했다. 그렇지만 않았어도 진작에 얼굴을 일그러뜨리며 이를 갈고 있었을 것이다. 그가 물었다.

"왜 웃느냐?"

영문은 고개를 살짝 들고 가벼운 목소리로 말했다.

"당신 말이야, 대놓고 이 사람을 백치라고 부르면 무슨 결과가 뒤따를지 알기나 합니까?"

경문이 이 말을 곱씹어 보기도 전이었다. 다음 순간, 영문을 묶고 있던 두루마리가 찢겨 나갔다. 곧이어 검은 소매를 입은 손이 산산이 나부끼는 두루마리 조각 사이에서 튀어나와 석상의 정수리를 덮었다.

경문은 말 한 마디 꺼낼 틈도 없이 몸이 굳어 버렸다. 투박한 얼굴에 실금이 한 줄 새겨졌다. 그리고 두 줄, 세 줄······.

바스러지는 소리 세 번 만에, 그의 온몸은 처참하게 부서져 산산조각이 났다.

한편 속박에서 벗어난 영문은 제자리에 서 있었다. 새카만 기운이 온몸 겹겹이 풍겨 나왔다. 발치에는 잘게 부스러진 돌무더기가 쌓여 있었다.

사실 금의선 전설에 나오는 '옛 나라'는 수려국이었고, 백금도 수려국 백성인 모양이었다. 사련이 생각을 정리했을 무렵, 아직 두루마리에 꽁꽁 묶여 있는 배명이 입을 열었다.

"영문? 우선 멈춰 봐요."

뒤돌아선 영문이 그를 향해 한 걸음씩 다가서고 있었다. 사련은 아까 영문이 배명에게 '그는 당신을 싫어한다'고 말한 것이 생각났다.

'이런. 설마 배명을 죽여서 입막음하려는 건가?'

영문은 걸음을 옮기면서 느릿한 목소리로 그를 달랬다.

"백금, 그자는 이미 죽었다. 전부 터무니없는 소리였고, 그런 일은 없었어."

하지만 별 효과는 없는 것 같았다. 영문이 다시 입을 열었다.

"노배, 나도 어쩔 수 없어요. 백금은 당신이 내 정부였다는 경문의 말을 듣고 당신을 죽이려고 작정했습니다. 태자 전하, 도와주세요!"

물론 그녀가 부탁할 필요도 없었다. 사련은 검을 휘둘러 배명을 묶은 두루마리를 자른 참이었다. 배명은 벌떡 몸을 일으켰다. 빠르게 도약한 두 사람은 지하 동굴을 벗어나 지상으로 돌아갔다. 아래를 내려다보니, 배명이 방금까지 쓰러져 있던 자리를 영문이 주먹으로 내리치고 있었다. 돌이 사방으로 산산이 튀었다. 가공할 위력이었다. 아까 사련이 위쪽에서 방향을 찾기 위해 내리꽂았던 주먹보다도 훨씬 강했다!

사련은 불러들인 약야를 손목에 감아 두었다. 배명도 손목을 가볍게 풀었다. 오래 묶여 있던 동안 왼손도 붓기가 약간 가라앉았다. 그래 봐야 말벌 백만 마리에 쏘인 수준에서 말벌 50만 마리에 쏘인 수준으로 가라앉았을 뿐이지만. 그가 말문을 뗐다.

"젠장맞게 억울하……."

그러나 말끝이 떨어지기도 전, 영문의 그림자가 그의 눈앞에 들이닥쳤다!

배명과 영문은 한 초식을 맞붙고 각자 몇 장 뒤로 물러났다.

사련과 배명은 눈빛을 교환했다. 둘은 속으로 난처하게 됐다고 외치며 잽싸게 자리를 박차고 내달렸다. 사련은 도망치는 와중에 고개를 돌리고 소리쳤다.

"영문! 다시 백 장군을 달랠 순 없을까요?"

영문은 두 사람을 맹렬하게 뒤쫓으며 대답했다.

"달래 봤어요! 하지만 저를 믿지 않습니다!"

배명이 소리쳤다.

"당신의 거짓말 때문에 다친 전적이 있으니 그렇겠지!"

사련이 말했다.

"영문, 여상으로 돌아갈 수 있겠어요? 여상의 몸이라면 살상력이 조금은 줄어들 거예요!"

그러나 영문이 대답했다.

"안 됩니다!"

"왜 안 돼요?"

"그가 돌아가지 못하게 막고 있어요!"

배명이 말했다.

"알겠군! 저 녀석은 감히 여인의 몸에는 붙지 못하는 겁니다! 소심하기는!"

와르르, 지붕 하나가 날아와 사련과 배명의 뒤를 내리찍었다. 두 사람은 하마터면 그대로 깔아뭉개질 뻔했다. 영문이 외쳤다.

"제가 던진 거 아닙니다! 그러게 누가 욕하래요? 이제 더 화가 났습니다. 두 사람 다 위험해졌다고요!"

사련이 다급하게 말했다.

"네? 저는 상관없잖아요? 저는 아무 말도 안 했는데요? 영문, 백금에게 저는 빼 달라고 전해 주시겠어요?"

배명이 끼어들었다.

"뭘 뺍니까, 사람이 많아야 부담이 줄어드는 법입니다! 태자 전하, 소배는요? 반월국사는요? 전하의 그 혈우탐화는요?"

사련이 대답했다.

"두 분을 찾으려고 다른 방향으로 갔으니 기대하지 마세요! 게다가 저희는 이미 몇십 리를 도망쳤잖아요. 일단 계속 도망쳐 보자고요! 백금은 벌써 요괴 천여 마리를 흡수했어요. 당장은 정면으로 맞서기 힘들 거예요!"

이때였다. 그가 말을 마치자마자 별안간 발밑이 붕 뜨더니 몸이 송두리째 낚여 올라갔다. 사련뿐만 아니라 배명도 마찬가지였다. 정신을 차리고 보니, 두 사람은 각자 커다란 그물에 걸려 허공에 매달린 참이었다.

이는 정말 마른하늘에 날벼락이었다. 그물은 특수한 재료로 만들어졌는지 맨손으로는 찢을 수 없었다. 동시에 사면팔방 숲 속에서 험상궂게 생긴 요괴와 귀신들이 떼로 튀어나왔다. 적게 잡아도 백여 마리는 되어 보였다. 그들은 저마다 실성한 듯 손뼉을 치며 좋아하고 있었다.

"잡았다!"

"하하하하, 이게 몇 번째로 걸린 거야? 이 함정도 참 편하구먼!"

"뭘 붙잡았는지 빨리 봐 봐! 몇 놈이나 되려나!"

급히 도망가느라 방심한 나머지 이런 삼류 잡귀의 함정에 빠지고 말았다. 무의식적으로 방심으로 그물을 베려다가 헛손질을 한 사련은 뒤늦게 깨달았다. 갑자기 그물이 올라가는 바람에 땅바닥에 놓친 방심을 미처 들고 올라오지 못한 것이다. 한편 영문은 벌써 그물 아래까지 쫓아온 뒤였다. 방심은 바로 그의 발밑에 있었다. 잡귀들은 어떤 존재가 왔는지도 모르고 시시덕거리며 외쳤다.

"또 하나!"

영문이 양손을 쳐들었다. 두 손바닥에 칠흑같이 검은 도깨비불이 타올랐다. 그가 고개를 젖히고 사련과 배명에게 말했다.

"두 분, 저는…… 정말로, 본의가 아닙니다."

사련은 한숨을 토하며 물었다.

"영문, 그 불에 맞으면 어떻게 되는지 여쭤봐도 될까요?"

"저번에 이만한 도깨비불로 기영 전하를 맞혀서 부상을 입혔습니다. 그래도 나쁘지 않았어요. 여전히 달리기도 하고 뛰어오르기도 했습니다."

그렇다면 살상력이 그리 크지 않은 듯하니 맞아도 괜찮다. 사련과 배명은 모두 안도의 한숨을 내쉬었다.

"그것참 다행……."

그러나 '다행'이라는 말이 나오자마자 영문의 손에 있던 도깨비불이 순식간에 열 곱절로 불어나더니, 하늘을 찌를 기세로 활활 타오르는 큰 불덩이로 변했다!

사련과 배명은 나란히 할 말을 잃었다.

"……."

"……."

"……"

덩달아 침묵했던 영문이 가까스로 입을 열었다.

"하지만 이렇게 큰 것에 맞으면 어찌 될지는 잘 모르겠군요."

배명이 포효했다.

"아니, 난 진짜로 당신의 망할 정부 따위가 아니잖아요!"

"제가 그걸 어찌 모르겠습니까. 하지만 우리 둘만 알아서야 소용없습니다!"

요괴와 귀신 무리는 이 맹렬한 도깨비불에 놀라 얼이 다 빠졌다. 그러다 저마다 무기를 꺼내 들고 살기등등하게 영문 주위를 포위하며 큰소리를 쳤다.

"이 자식! 간이 배 밖으로 나왔구나. 죽음을 코앞에 두고도 우리 몫을 뺏으려 들어? 해치워라!"

그러나 이들 같은 오합지졸 잡귀들은 금의선에게 아무런 위협도 되지 않는다. 기껏해야 그의 새로운 양분이 될 뿐이다. 영문이 살짝 고개를 기울였다. 눈동자 속에 형형한 도깨비불의 불꽃이 엇비쳤다. 제 발로 찾아온 먹이를 접수할 준비가 된 것 같았다. 바로 이때, 난데없이 엄청난 광풍이 몰아쳤다.

처절한 아우성을 뒤로한 채, 그 잡귀 무리는 삽시간에 하늘로 쓸려 날아갔다!

'바람'에 쓸려 갔다기보다는, 보이지 않는 기이하고 거대한 손에 낚여 날아간 것처럼 보였다.

금의선도 무언가를 감지한 듯 경계하기 시작했다. 영문은 도깨비불을 높이 쳐들었던 손을 살짝 낮추고 느릿하게 주위를 둘러보았다. 사련은 애써 위쪽을 바라보았으나 무성한 가지와 나뭇잎이 시야를 방해했다. 귀신 무리의 처절한 귀곡성은 이미 뚝 멎은 뒤라 위에서 대체 무슨 일이 일어났는지 전혀 알 길이 없었다. 배명도 경계심을 곤두세우며 말했다.

"누가 왔나?"

한참 시선을 집중하던 사련이 문득 입을 열었다.

"무슨 냄새 안 나요?"

배명이 되물었다.

"어떤 냄새 말입니까?"

사련이 대답했다.

"꽃향기."

배명은 의아한 눈치였다.

"그런 냄새가 난다고요?"

사련은 두 눈을 감았다. 이윽고 그가 확신에 찬 어조로 말했다.

"나요. 확실히 꽃향기예요."

그윽하고, 기이하고, 맑고 서늘한 꽃향기. 이름이 무엇인지도, 어디에서 왔는지도 모른다. 맡아지는 듯 아닌 듯 지극히 엷고 희미한 향기였다.

배명이 미간을 찌푸렸다.

"꽃향기는 모르겠고, 오히려…….."

말하는 도중에 무언가가 얼굴에 떨어진 느낌이 들었다. 그는 무심코 얼굴을 닦아 냈다. 동공이 희미하게 조여들었다.

피였다.

영문이 들고 있던 도깨비불에도 피가 두어 방울 떨어졌다. 불꽃이 한 마디 가까이 사그라들었다. 그는 한층 경계하는 기색으로 고개를 쳐들었다. 그 찰나—!

하늘에서 피비린내 나는 비가 쏟아져 내렸다.

사련보다 높이 매달려 있었던 배명은 이 느닷없는 핏빛 장대비에 맞아 물에 빠진 시뻘건 생쥐 꼴이 되었다. 남은 곳이라곤 흰자위와 검은자위가 또렷한 한 쌍의 눈동자뿐이었다. 영문이 피워 낸 도깨비불은 일찌감치 비에 맞아 완전히 꺼졌다. 재빨리 나무 아래로 몸을 피한 덕에 무방비 상태의 배명 같은 꼴은 면할 수 있었다. 한편 사련은 묶여 있던 그물이 갑자기 찢어지는 느낌이 들었다. 몸이 크게 출렁이더니 아래로 떨어졌다. 그는 허공에서 몸을 뒤집어 안정적으로 착지했다. 때마침, 피비린내를 동반하는 핏빛 비가 가까이 들이닥쳤다.

당장 피할 여유가 없었다. 사련은 소매를 들고 최대한 막아보려 했다. 그런데 어둠 속에서 나지막하고 가벼운 웃음소리가 들려왔다.

공기 중에, 사람을 홀릴 듯 묘연한 꽃향기가 문득 넘쳐흘렀다.

사련은 가만히 고개를 들었다. 얼굴을 때리는 빗줄기는 느껴지지 않았다. 그 대신 몹시 가볍고 부드러운 무언가가 얼굴을 스치고 갔다.

손을 내밀어 그것을 받아 들고 시선을 아래로 옮겼다. 손바닥에 팔랑거리며 내려앉은 것은, 자그맣고 검붉은 꽃잎이었다.

다시 고개를 든 순간, 숨이 턱 멎었다. 눈앞의 현실이 믿기지 않았다.

하늘 가득 쏟아지던 핏빛 비가, 어지러이 나부끼는 꽃비로 변했다!

애초에 누가 왔는지 추측할 필요가 없었다. 사련은 다섯 손가락을 모아 꽃잎을 그러쥐고 본능적으로 외쳤다.

"삼랑!"

다시 뒤로 돌아서자, 소리도 기척도 없이 쓰러진 영문이 시야에 들어왔다. 그 자리에는 누군가가 대신 서 있었다. 검은 머리칼과 붉은 옷, 엷은 웃음을 머금은 훤칠한 소년. 화성이 아니라면 또 누구겠는가?

꽃이 피처럼 떨어지고, 피는 꽃처럼 흩날렸다. 그 얼굴은 처음 만났을 때처럼 준수하고 해사했다. 두 눈동자도 눈부시게 반짝였다. 그는 늘씬한 은색 곡도를 칼집에 거두며 나직한 목소리로 말했다.

"전하, 다녀왔습니다."

81장 높은 산 먼 여정, 비좁은 길마저 막히고

사련은 다홍빛 옥 조각으로 뒤덮인 듯한 바닥을 천천히 내디
디며 걸음을 옮겼다. 화성의 어깨에도 붉은 꽃잎이 붙어 있었
다. 손을 뻗어 털어 주려는데, 문득 이 행동이 지나치게 친밀
하다는 것을 깨달았다. 마음을 억누른 사련은 내밀려던 손으로
뒷짐을 지며 웃었다.

"네가 피의 비만 내리는 게 아니라 꽃보라도 내릴 수 있을 줄
은 몰랐네. 정말 재밌다."

화성도 사련을 향해 다가왔다. 그는 어깨에 붙은 꽃잎을 건
성으로 툭툭 털고 웃으며 말했다.

"이건 즉흥적으로 한 거야. 오늘 막 만들어 본 새로운 기술이
거든. 원래는 하던 대로 피나 쏟아부을까 했는데, 형도 같이 있
다는 게 갑자기 생각난 거야. 이걸 맞으면 형이 날 탓하지 않을

까 싶었지. 그래서 급한 대로 꽃으로 바꿨어. 재미있었다니 다행이네."

그러나 사련은 맞지 않았어도 배명은 제대로 맞았다. 그가 허공에서 입을 열었다.

"실례합니다만, 두 분. 일단 저부터 내려 주시면 어떻겠습니까?"

은나비 몇 마리가 파닥거리며 날아오르더니 빛을 휘감은 날개로 그물눈을 베었다. 겨우 그물에서 벗어난 배명은 땅에 안정적으로 착지했다. 사련은 아래를 내려다보았다. 영문의 등 어깨뼈 가운데에 가만히 머무르고 있는 은나비가 눈에 들어왔다.

"삼랑, 영문과 금의선은 괜찮은 거지?"

"괜찮아. 일단 같이 잠재웠어."

사련이 신기해하며 말했다.

"그 난폭한 금의선을 빠르게 제압했네."

화성은 눈썹을 까딱 치켜올렸다.

"어렵지 않았어. 이유는 몰라도 나와 싸울 생각은 안 하는 것 같던데."

짧은 고민 끝에 사련이 입을 열었다.

"말하고 보니 그러네. 저번에 네가 금의선을 입었을 때도 너를 건드리지 못했잖아. 심지어 진짜 모습을 드러내기도 했고."

이때 배명이 걸어오며 말했다.

"두 분, 한담은 다음에 하시죠. 우선 이 옷부터 벗겨야 하지 않겠습니까?"

"그건…… 좀 곤란하지 않나요?"

하지만 배명은 개의치 않는 표정이었다.

"영문은 지금 남상인데 곤란할 게 뭐가 있습니까?"

그는 말하면서 몸소 일에 착수했다. 그런데 영문의 옷깃으로 손을 뻗자마자 무언가에 호되게 찔린 것처럼 안색을 뒤집더니 손을 홱 움츠렸다. 손이 온통 피투성이였다.

"이 옷! 사람을 물잖아!"

그제야 화성이 유유히 입을 열었다.

"금의선은 영문을 놓아줄 생각이 없으니 벗길 수 없다."

배명은 피가 뚝뚝 떨어지는 두 손을 쳐다보았다.

"또 이런 일이 생긴다면, 귀왕 각하께서는 좀 일찍 말씀해 주실 수 있겠소?"

사련이 상냥하게 말했다.

"배 장군, 삼랑이 일찍 말하지 않은 게 아니라 장군이 너무 빨리 손을 댄 거예요."

화성은 쿡쿡 웃으며 말을 보탰다.

"바로 그거지."

"……."

비록 온전한 상태의 몸은 아니지만, 배명의 의지는 여전히 굳세었다. 세 사람이 왔던 길을 되돌아가려면 누군가가 남상인 영문을 짊어져야 했는데, 배명이 자진해서 그 책임을 맡은 것이다.

배숙과 반월은 처음에 도착한 작은 도시에 남아 있었다. 일행은 오용 신전 근처에서 합류했다. 그들이 되돌아오자 배숙은 빠른 걸음으로 마중을 나오며 말했다.

"장군, 태, 자 전하, 저 신, 전 안의, 벽화가, 사라졌습니다!"

배명은 한쪽 손으로 영문을 둘러멘 채, 다른 손으로 피에 젖은 머리카락을 쓸어 넘겼다.

"무슨 벽화 말이냐?"

온몸이 자홍색인 배명의 모습에 반월의 눈이 휘둥그레졌다. 사련은 배숙과 간단히 말을 나누고 곧장 그를 따라 신전으로 돌아가 살펴보았다. 정말이었다. 아까의 그 벽은 불에 타서 까맣게 눌어붙은 다른 세 면의 벽과 똑같이 변해 있었다. 마치 처음부터 벽화 같은 건 존재하지 않았던 것처럼.

화성이 벽에서 손을 떼며 말했다.

"그 벽화는 법술로 만들어진 거였어."

사련은 고개를 끄덕였다.

"어쩌면 벽화를 남긴 사람도 우려되는 부분이 있어서, 너무 오래 남겨 둘 엄두가 나지 않았던 걸지도 몰라."

한편 저쪽에서, 한참을 머뭇거리던 반월이 결국 온몸이 자홍색인 배명에게 말을 걸었다.

"저기…… 괜찮아요?"

배명은 그녀를 흘긋 보더니 으름장을 놓았다.

"네 뱀한테 물어봐라. 이 지경으로 물렸는데 괜찮겠느냐?"

반월의 편을 들어야 할지 알 수 없었던 배숙은 입만 달싹였다. 반월은 눈을 더욱 크게 뜨고는 어물어물 변명했다.

"하지만…… 갈미사에 한 번 물렸다고 이렇게 온몸까지 퍼지진 않는데……."

배명은 이빨 자국이 난 왼손을 그녀의 앞에 들고 짤짤 흔들며 자신이 물렸다는 사실을 증명했다. 명백한 '확증' 앞에서 반월은 할 수 없이 말했다.

"죄송해요……."

배숙이 보다 못해 그녀의 어깨를 토닥여 주었다.

"신, 경, 쓰지 마. 너의 뱀이, 문 게, 아니야."

지켜보던 사련도 마지못해 말했다.

"배 장군, 이런 상황에서까지 낭자를 놀리지 말아 주실래요?"

하지만 배명의 삶의 근원은 바로 여기에 있었다. 법력으로 몸의 핏자국을 씻어 낸 그는 다시 멀끔해진 얼굴로 시원하게 웃었다.

"낭자는 놀려 줘야 도리 아닙니까? 그리고 반월 국사는 몇백 살이나 먹었는데 무슨 낭자입니까. 제가 이런다고 부끄러워할까 봐요?"

"……."

다들 그를 상대하고 싶지 않았다.

쉼표 찍기는 나아지지 않았지만 움직임은 자유로워진 배숙이 영문을 짊어지는 임무를 맡았다. 일행은 이 작은 도시를 지나 계속해서 동로산의 다음 층으로 향했다.

하루 뒤, 사련 일행은 작은 협곡에 도착했다.

협곡 양쪽은 아득히 높은 산과 가파른 암석 절벽이었다. 그 가운데로 산길이 하나 나 있었다. 여기에 도착했을 무렵에야 영문이 비몽사몽 깨어났다.

정신은 들었으나 여전히 꼼짝할 수 없었다. 그 은나비가 그의 등에 단단히 발을 붙이고 앉은 탓이었다. 영문은 자신이 누군가의 어깨에 매달려 있다는 사실을 깨닫고도 얼굴색 하나 변하지 않고 그저 혼란스러운 듯 입을 열었다.

"……사람이 어찌 이리 많습니까? 다들 왜 온 거죠? 여긴 동로산 아닙니까?"

배명이 대꾸했다.

"이게 많다고요? 말해 두겠는데, 이따 가면 훨씬 많아질 거요. 당신이 아직 못 만난 사람들까지 더하면 상 몇 개 펼쳐 놓고 패도 칠 수 있을걸."

깊이 공감한 사련은 저도 모르게 웃음을 흘렸다. 곧이어 그가 물었다.

"아 참, 영문. 지난번 보제관에서 기영이 영문을 쫓아갔었죠. 그는 지금 어디 있나요?"

영문이 대답했다.

"모르겠습니다. 동로산에 들어온 뒤로 삿된 것들이 하도 밀려들어 기영 전하를 놓쳤습니다. 지금으로선 저도 알 길이 없어요."

배명은 영문에게 한숨을 섞어 말했다.

"수려국의 마지막 숨통을 끊어 낸 게 당신이었다는 걸 나한테 말하지 않았다니. 참 매정하십니다."

사련은 그제야 배명도 수려국 출신이라는 것이 생각났다. 다만 그는 이미 수려국에 아무런 감정이 없는 듯했다. 아무래도 국주가 아닌 장군 출신이었고, 선경에 오르기 전에는 국주의 함정에 빠지기도 했었으니까. 그래서인지 말속에서도 특별한 분노 대신 농담기만 느껴졌다. 그러나 사련은 수려국 이야기가 길어지면 금의선의 심기를 건드릴까 봐 재빨리 고개를 돌리며 화제를 바꾸었다.

"삼랑, 사실 계속 궁금했던 점이 있는데."

화성은 협곡에 접어든 내내 양쪽의 높은 산을 주시하고 있었다.

"물어봐."

"동로산의 '동로'는 정확히 뭐야? 설마 진짜로 커다란 화로인 건 아니지?"

화성이 살짝 웃더니 산을 바라보던 눈길을 거두며 말했다.

"물론 아니야. 하지만 절묘한 질문이네."

그는 손가락을 들며 한마디 덧붙였다.

"마침, 지금 그걸 볼 수 있거든."

일행 모두가 그가 가리키는 방향을 따라 시선을 옮겼다. 그 찰나, 다들 저도 모르게 발걸음을 멈추었다.

사련이 입을 열었다.

"……저게…… '동로'?"

화성은 팔짱을 낀 채 대답했다.

"맞아."

그의 칠흑 같은 눈동자 속에 멀디먼 곳의 거대한 산이 비쳤다. 아득한 지평선, 하늘 아래 높이 선 그 산은 짙은 푸른색을 띠며 뭇 봉우리 위로 군림하고 있었다. 산의 최고봉은 구름바다에 휘감겼다. 어슴푸레하게 쌓인 눈은 흡사 사시사철 녹지 않는 얼음 벌판 같았다.

화성이 유유히 말을 이었다.

"'동로'는 활화산이자 동로산 전체의 중심이야. 귀왕이 세상에 나올 때가 '동로'가 깨어나는 때이기도 하고."

사련이 물었다.

"화산 폭발?"

"맞아. 그래서 모든 절경귀왕은 맹렬한 화염과 용암, 천지를 뒤엎는 재앙과 함께 세상에 나왔어."

두 눈이 붉게 물들 듯한 그 뜨거운 장면을 상상해 본 사련은 살짝 넋을 놓았다. 배명이 입을 열었다.

"너무 멀군. 이 속도대로라면 도중에 귀신 무리와 싸우는 시간을 제외해도 제법 오래 걸리겠어."

사련은 고개를 끄덕이며 말했다.

"즉, 그동안 산이 열리고 살육하던 과정은 험난한 분만 같은 거였구나."

"참 절묘한 비유네."

웃으며 대답한 화성이 갑자기 걸음을 멈추었다.

"도착했어."

"뭐?"

사련은 화들짝 놀랐다.

"이렇게 빨리?"

"도착했어. 동로가 아니라 오용 신전이지만."

과연, 앞쪽 협곡의 중앙에 비뚜름하고 거대한 궁관이 모습을 드러냈다.

이는 그들이 두 번째로 마주친 오용 신전이었다. 사련은 두 눈을 비비고 싶은 심정으로 미심쩍어하며 입을 열었다.

"이 신전, 진짜야?"

사련만이 의문을 가진 건 아니었다. 사실 거의 모든 사람이 이 신전이 진짜인지 의심하고 있었다. 그도 그럴 것이, 이 신전의 등장은 너무도 뜬금없었다.

애초에 신전이 이런 곳에서 나타나선 안 됐다. 넓지 않은 협곡 산길에 궁관이나 사당을 세워 놓은 걸 누군들 본 적이 있겠는가? 이게 무슨 개똥같은 풍수란 말인가?

한사코 이런 곳에 짓겠다고 마음을 먹었어도 최소한 한쪽에 붙여서 지어야 하는데, 이 오용 신전은 협곡 산길 한가운데에 떡하니 세워져서는 막무가내 꼬마 폭군처럼 협곡을 지나는 길을 가로막고 있었다!

배명이 가라앉은 목소리로 말했다.

"이상한 곳에는 요사한 일이 일어나는 법. 다들 조심하십시오."

영문은 배숙의 어깨에 엎어진 채 힘겹게 고개를 들었다.

"여러분, 저 안으로 들어가기 싫으시면 사실 절벽을 뛰어넘는 방법도 있습니다."

그러나 사련이 말했다.

"아뇨, 들어가야겠어요. 벽화가 있는지 봐야 해요."

"형, 괜찮아. 보고 싶으면 보러 가. 별로 위험할 것도 없어."

화성이 이렇게 말하자 다들 묘하게 마음을 놓고 천천히 앞으로 걸음을 옮겼다. 신전 앞까지 다가갔지만 이상한 일은 일어나지 않았다. 문을 지나 대전으로 들어서서 보니, 역시 이 신전의 벽도 큰불에 그슬려 새카맣게 변한 상태였다. 손으로 살짝 뜯어내자, 이전의 신전처럼 작고 딱딱한 조각이 떨어져 내렸다.

처음부터 내내 경계를 곤두세웠던 사련은 은밀히 숨어 있는 것은 없는 듯해 보이자, 조금 안심하고 입을 열었다.

"시작하자."

얼마 지나지 않아 벽 위에 까맣게 눌어붙은 '보호층'이 서서히 지워지며 뒷면의 벽화가 드러났다. 사련과 화성은 함께 자세히 살펴보기 시작했다.

이 신전의 벽화 내용은 지난번 신전과는 완전히 달랐다. 두 사람은 맨 위층부터 살펴보았다. 위쪽은 이목구비가 수려한 백의 소년이 옥 침상에 앉아 있는 장면이었다. 바로 오용 태자였다. 그는 두 눈을 꼭 감고 있었다. 자세를 보니 명상을 하는 모습 같았다. 그러나 결코 평온해 보이지는 않았다.

이 태자 전하는 미간이 일그러져 있었다. 이마에 식은땀이 조금 흐르는 것도 같았다. 곁을 에워싼 네 명의 인물은 모두 근심스러운 표정이었다. 바로 지난번 벽화에서 태자의 아래에 있던 호법 천신들이었다. 그들의 용모와 복식은 지난번 벽화와 같은 모습이었다. 시선은 계속해서 아래로 향했다. 보호층은 아직 말끔히 사라지지 않고 서서히 떨어져 나가는 중이었다. 그 와중에 어지러운 붉은색이 눈에 띄었다. 사련은 인상을 살짝 찌푸리며 운을 뗐다.

"이상하다."

그는 손을 뻗어 벽을 톡 건드리며 의아한 듯 말했다.

"이 벽화는 보존이 잘 안 된 건가?"

구체적으로 무슨 그림인지는 또렷하게 보이지 않았지만 희미하고 흐릿한 선이나 색깔은 알아볼 수 있었다. 마치 옅은 안개에 흐릿하게 뒤덮인 것처럼. 하지만 이 벽화는 술법으로 그려진 것인데, 어떻게 실제 벽화처럼 보존 상태가 나빠질 수 있겠는가?

화성도 진지하게 살펴보고는 미간을 좁히며 말했다.

"기다려 보자."

두 사람은 짧게 시선을 마주 보았다. 이윽고 단단하게 늘어붙은 조각이 전부 떨어지고 온전한 그림이 드러났다. 몇 걸음 물러선 그들은 나란히 서서 다시 벽화를 바라보았다. 전체적으로 제대로 된 그림이 시야에 들어온 순간, 사련은 숨이 턱 막혔다. 갑작스러운 소름이 머리를 훑고 갔다.

그는 멍하니 중얼거렸다.

"이건…… 지옥인가?"

화성이 가라앉은 목소리로 말했다.

"아니, 인간 세상이야."

확실히 인간 세상이 맞았다. 그림 속에는 집과 나무, 사람들이 빼곡하게 그려져 있었다. 다만 그들은 끝이 보이지 않는 불바다와 흐르는 용암에 잠겨 있었다. 방금 사련이 보았던 흐릿한 붉은색은 바로 불의 빛깔이었다.

집과 나무는 불타고, 화염에 휩싸인 사람들은 비명을 질렀다. 그 일그러진 얼굴이 너무도 생생하게 묘사된 탓이었을까, 사련의 귓가에도 처절한 외침이 들려오는 듯했다.

그림 가운데에는 새빨갛고 거대한 산이 하나 그려져 있었다. 벌겋게 달궈진 거대한 화로 같은 모습이 퍽 무시무시했다. 그림 속 화염과 용암은 모두 이 화산구에서 뿜어져 나온 것이었다.

"이 벽화가 말하는 건…… 화산 폭발, 오용국의 멸망인가?"

"맞아. 동시에 아니기도 하고."

사련은 화성의 말뜻을 이해했다.

"단정 지어서 말할 순 없겠네. 왜냐면 이건…… 꿈이니까."

아래쪽에 그려진 인간 세상의 참극은 오용 태자의 꿈속 세계를 묘사한 것일 터다.

오용 태자와 네 호법 천신은 온몸에 금빛을 두르고 있다. 즉, 이 시기에 이미 선경에 올랐다는 뜻이 된다. 그리고 그는 악몽에 시달리고 있다. 그렇기에 꿈속 세계를 '허상'처럼 흐릿한 선과 색으로 묘사해 '현실'과 대비를 이루게끔 한 것이다.

법력이 고강하고 태생이 비범한 신관들은 사소한 징조를 보고 나면 꿈에서 미래를 엿볼 수 있었다. 한마디로 예지몽을 꾸는 것이다. 이 태자 전하의 꿈은 현실이 되었을까? 오용국은 실제로 이렇게 멸망했을까?

잠시 고민한 사련이 입을 열었다.

"분명 누군가가 우리에게 뭔가를 알리려는 거야. 이 벽화 속 이야기는 지난번 벽화와 이어질 테고. 내 생각엔 마지막 '동로' 근처에 도착하면 많은 의문이 풀릴 것 같아."

바로 이때, 영문이 창밖을 바라보며 말했다.

"여러분, 한 가지 여쭤볼 게 있습니다만. 뭔가 이상하지 않습니까?"

배명이 되물었다.

"뭐가 이상합니까?"

"제 기억이 잘못된 건지는 모르겠지만, 양쪽으로 늘어선 이 절벽 말입니다. 아까도 이렇게 가까웠던가요?"

사람들은 일제히 창밖을 내다보았다. 영문의 말대로였다. 아까 신전에 들어왔을 때만 해도 창문에서 한 장 남짓 떨어져 있던 절벽이 당장이라도 창에 달라붙을 것처럼 바짝 다가붙어 있었다. 사련이 가까이 다가가 살펴보려던 순간이었다. '삐거덕', '끼익' 하는 이상한 소리가 들렸다. 토목이나 벽돌이 눌리는 듯한 기척이었다.

이번에는 모두가 똑똑히 느꼈다.

"무슨 일이지?"

발밑의 벽돌이 흔들리나 싶더니 머리 위의 천장마저 흔들렸다. 돌 조각이며 흙먼지가 하나둘씩 떨어져 내렸다. 배명이 말했다.

"지진인가?"

말이 끝나기 무섭게, 벽에 무시무시한 '실금'이 몇 줄 생기더니 이내 벽이 쩍쩍 갈라지기 시작했다. 사련이 외쳤다.

"지진이 아니에요! 이건……."

양쪽 절벽이 가운데에 놓인 오용 신전을 눌러 오는 것이었다! 그는 설명할 겨를도 없이 소리쳤다.

"뛰어요!"

그가 따로 말할 필요도 없었다. 배명은 이미 한쪽 벽을 걷어차 출구를 연 참이었다. 일행은 벽을 뚫고 앞으로 내달렸다. 하지만 그들이 달리는 곳은 여전히 오용 신전 안이었다. 이 신전은 무척 깊고 길었다. 대전 외에도 그 뒤편으로 편전과 곁채, 규방, 도방(道房) 따위가 늘어서 있어서 달리는 내내 벽을 부수고 문을 걷어차야 했다. 이런 때에 무신의 행동 방식은 지대한 도움이 되었다. 그런데 곁채 두 개를 막 뚫고 나왔을 때, 사람 절반 크기만 한 돌이 지붕을 으스러뜨리며 사련의 발치에 내리꽂혔다.

양쪽 절벽 위에서 떨어진 바위였다!

우르릉거리는 소리가 연신 밀려들더니 커다란 바위가 하늘에서 쏟아졌다. 개중에 큰 것은 물독만 해서 온 지붕을 송두리째 박살 냈다. 작은 것은 사람의 머리통만 했으나 높은 곳에서 떨어지니 위력이 어마어마했다. 그나마 겹겹이 막아 줄 지붕이 있어 다행이었다. 게다가 다들 몸놀림이 민첩하니 때맞춰 피할 수 있었다. 화성 혼자서만 유독 한가로웠다. 한창 달리고 피하느라 바쁜 사련의 옆에서 문득 화성이 입을 열었다.

"형, 이리 올래?"

사련은 고개를 돌렸다. 한 보폭 떨어진 옆쪽에 바짝 따라붙은 화성이 보였다. 걸음이 깃털처럼 가볍고 안정적이었다. 그는 어디서 꺼냈는지 모를 붉은 우산 아래서 싱긋 웃으며 사련을 바라보고 있었다. 낙석이 쿵쿵 요란하게 우산 위를 때리는데도 화성은 한 손으로 우산을 지탱했다. 하다못해 조금도 흔들리는 법이 없었다.

사련은 재빨리 그 우산 아래로 몸을 피했다.

"위험했네. 삼랑 덕분에 살았다."

화성은 살짝 웃고는 자상하게 사련 쪽으로 우산을 약간 기울였다.

"이쪽으로 더 붙어."

이럴 때가 아니란 걸 알면서도 사련은 희미하게 두근대는 마음을 억누르지 못했다.

"이렇게 들고 있으면 힘들지 않아? 내가 대신 들어 주면……."

도망치고 피하느라 정신없이 뛰어다니던 나머지 사람들은 몹시 쾌적한 두 사람을 발견하고 덜컥 외쳤다.

"아니, 이건 너무 불공평하죠!"

"화 성주! 실례지만 남는 우산 더 없습니까?"

"같이 피하게 좀 비켜 주실 수 있을까요?"

화성은 가식적으로 웃으며 대답했다.

"없어. 안 돼."

여러 사람이 항의하자 사련은 조금 민망해졌다.

"이 산은 정말 괴상하네!"

그는 말을 돌리며 은근슬쩍 우산 아래에서 빠져나가려 했다.

하지만 화성이 자연스럽게 그를 감싸 안더니 유유자적 설명해 주었다.

"형 말이 맞아. 이 산은 확실히 괴상해. 말하자면 요괴에 가깝지. 동로산 안에는 각각 '로(老)', '병(病)', '사(死)'라고 불리는 세 개의 큰 산이 있어. 생긴 건 평범한 산과 다를 바 없지만 동로산 경계 안에서 스스로 움직여서, 어떤 자들은 이 산들을 동로산의 지표로 여기기도 해."

위에서 낙석이 격렬하게 쏟아지거나 말거나, 우산 아래 분위기는 화기애애했다. 사련이 말했다.

"그랬구나! 지난번에 용광이 탈명쾌도마로 위장했을 때 우리 앞 길을 가로막았던 산이 바로 이 세 산괴(山怪) 중 하나였던 거야?"

영문은 배숙의 등에 엎어져 위아래로 요동치면서도 대화에 합류하려 애썼다.

"어쩐지, 이 오용 신전이 '협곡' 중앙에 이리도 수상하게 세워졌다 했습니다. 원래는 이렇게 엉뚱한 곳에 신전을 짓지 않았겠지요. 저 두 마리 산괴가 먼저 협공해 온 겁니다!"

사련이 물었다.

"그나저나 '생로병사' 중에서 '로병사'는 나왔는데, '생(生)'은 어디 있지?"

"아쉽게도 '생'은 없어. 적어도 나는 못 봤어."

"살길을 주지 않겠다는 뜻이야? 정말 가혹하네!"

뒤이어 반월이 말했다.

"절벽이 계속 가까워져!"

사련 일행이 협곡에 막 들어섰을 무렵 십수 장 너비에 달했던 산길은 갈수록 좁아져서 오용 신전 문 앞에 다다랐을 적에는 열 장도 못 되었다. 그런데 지금은 양쪽 절벽 사이의 거리가 석 장도 채 남지 않아서 건물과 벽이 죄다 꾸깃꾸깃하게 구겨진 상태였다. 오용 신전은 석재 들보 같은 단단한 자재를 사용한 덕분에 서로 다가붙는 두 절벽 사이에 '끼어서' 버티고 있었다. 하지만 오래가지는 못할 것 같았다. 배명이 외쳤다.

"앞뒤가 다 막혔으니 지붕을 부수고 위로 올라갑시다! 쏟아지는 돌을 정면 돌파하는 건 어렵지 않아요. 낙석은 부수면 그만이니!"

그러나 사련의 생각은 달랐다.

"안 돼요! 지금은 신전 덕분에 버티고 있지만, 위로 올라갔다가 두 산괴가 허공에서 손뼉이라도 마주친다면 우린 바로 맞아 죽을 거예요!"

대화가 오가는 사이에 양쪽 절벽이 콰르르, 굉음을 내며 한층 빠르게 밀려들었다. 이제 사람들이 서 있을 공간은 두 장 너비도 되지 않았다. 이런 상황에서도 꼼짝도 할 수 없었던 영문이 참다못해 소리쳤다.

"여러분, 어서 무슨 조치를 취하실 순 없겠습니까? 그러지 못하시겠다면 알아서 조치라도 취하게 저를 풀어 주실 수 있을까요? 그냥 이대로 끼어 죽고 싶진 않습니다만?"

꽁무니에 불이 붙었는데 대책이 어디 그리 금방 떠오르겠는가? 서 있는 공간이 한 사람이 누울 만한 크기까지 줄어들었을 무렵, 배명이 난데없이 기합을 넣더니 공중 높이 뛰어올라 가로질러 드러누웠다. 그러곤 왼쪽 절벽에 양손을 짚고 오른쪽 절벽에 양발을 디뎠다. 온몸을 하나의 '가시(刺)'로 삼아 양쪽의 커다란 산 사이를 가로막은 것이다. 이내 그가 외쳤다.

"끼어 죽는 한이 있어도 이따위 것에 끼어 죽고 싶진 않습니다. 일단 버텨 볼 테니까 빨리 방법을 생각해 봐요!"

"……."

사람들은 그의 이 수법에 경악을 금치 못했다. 영문이 마지
못해 엄지손가락을 세우며 말했다.

"노배, 진정한 사내대장부네요!"

배명이 이를 악물고 대답했다.

"별말씀을!"

무신의 힘이야 더 말할 필요가 없었다. 두 절벽은 계속 중심
을 향해 밀려들었으나 배명의 몸에 억지로 막힌 듯 교착 상태
에 빠졌다. 그러나 이것은 배명이 모든 법력을 터뜨린 효과라
오래 버티지 못할 게 분명했다. 사련은 재빨리 머리를 굴려 탈
출할 방법을 고민했다. 이때 두 산괴가 약간 힘을 쓰나 싶더니,
배명의 무릎이 살짝 굽어질 정도로 무게가 가해졌다. 상황이
불리해지자 배숙이 외쳤다.

"장, 군, 제, 가 돕겠습니다!"

그는 어깨에 걸머멘 영문을 반월에게 던져 주고 인간 가시
행렬에 동참했다. 그러나 평범한 인간 신세인 그가 어디서 신
력이 나겠는가? 금의선을 걸친 영문이라면 제법 쓸 만하겠지
만, 그러기엔 감수해야 할 위험이 컸다. 그를 풀어 주는 건 불
에 기름을 붓는 격이었다. 어쩌면 늑대 굴에 빠진 것도 모자라
독사를 밟는 꼴이 될지도 몰랐다. 그리 생각한 반월은 영문을
내려놓으며 말했다.

"나도 도울⋯⋯."

그러나 반월의 몸집은 작은 여자아이에 불과했다. 두 성인 남자의 긴 팔다리에 미치지 못하니 벽에 끼어 버티기에는 조금 짧았다. 반월은 할 수 없이 배숙의 등을 두드려 법력을 전해 주었다. 배숙은 그제야 배명과 함께 천천히 무릎을 폈다. 온 힘을 터뜨린 두 사람은 얼굴이 새빨개지고 핏대가 툭 불거졌다. 이들 가운데 법력이 가장 강한 화성은 옆에서 붉은 우산을 돌리며 미적지근하게 구경만 했다. 이때 사련이 갑자기 주먹으로 손바닥을 내리치며 말했다.

"있다! 있어, 있어, 있어!"

방법이 있다! 사련이 입을 열었다.

"앞도 뒤도 위도 전부 막혔다면 아래로 가야죠! 구멍을 파서 피하는 거예요!"

영문이 곧장 외쳤다.

"좋은 생각입니다! 지금 바로 시작하시지요!"

배명이 악다문 잇새로 말했다.

"그럼⋯⋯ 죄송하지만⋯⋯ 조금만 빨리⋯⋯!"

"네네, 알았어요, 알았어요!"

사련은 방심을 들고 맹렬하게 구덩이를 파기 시작했다. 모래며 돌멩이가 날리고 흙이 마구잡이로 튀었다. 옆에서 우산을 씌워 준 화성은 일을 돕기는커녕 되레 그를 말렸다.

"형, 파지 말고 앉아서 쉬어."

인내심이 바닥난 사람들은 결국 한목소리로 고함쳤다.

"화 성주!"

화성이 대꾸했다.

"응? 난 왜 부르지?"

바닥에 널브러져 있는 영문이 말했다.

"화 성주, 당신과 태자 전하도 이곳에 갇힌 처지이니 방법이 있으면 일러 주시겠습니까? 어쨌든 다들 돌판 사이에서 만두소가 되고 싶지는 않잖습니까."

그리고 다들 차마 꺼내지 못한 한마디가 있었다. 마땅한 방법이 없으면, 미안하지만 당신도 올라가서 인간 가시가 되어 주면 안 될까? 조바심이 나면서도, 본능적으로 그를 신뢰하는 사련은 구덩이를 파면서 물었다.

"삼랑, 방법이 있어?"

화성이 웃으며 대답했다.

"형, 잠깐만 기다려. 형이 수고할 필요는 없어. 잠깐이면 돼."

지금은 다들 꽁무니에 불이 붙은 처지였다. 다들 화성에게 방법이 있으리라 생각은 하면서도 꽁무니가 뜨거워 죽을 지경이었다. 영문이 다시 입을 달싹이는데, 사련이 문득 말했다.

"무슨 소리지?"

하늘에서 거대한 바위가 떨어지는 굉음 속, 또 다른 이상한 소리가 빠르게 다가왔다. 카각, 카각, 엄청난 속도로 가까워지고 있었다. 게다가 어디선가 들어 본 적이 있는 듯 귀에 조금 익은 소리였다. 정신없이 구멍을 파던 사련은 손을 뚝 멈추었다.

"이거…… 이건 설마?"

말을 외치자마자 발밑이 움푹 내려앉더니 두 사람이 비집고 들어갈 만한 새카만 구멍이 나타났다. 구멍 안에서 고개를 내민 삽 머리가 번쩍이는 흰빛을 반사하고 있었다.

지사의 보삽!

반짝 등장한 삽은 다시 빠르게 구멍 안으로 들어갔다. 화성이 말했다.

"좀 늦긴 했지만 시간에 맞췄군. 가자."

사련은 두말없이 영문을 낚아채 아래로 던져 넣었다. 다음 차례는 반월과 배숙, 배명이었다. 중간에 걸려 있던 '가시'가 없어지자 두 산괴의 움직임에 속도가 붙었다. 덜컹거리는 소리를 뒤로한 채, 화성은 사련의 허리를 감싸 안으며 말했다.

"어서 가자!"

말을 마친 화성은 사련을 껴안고 땅굴 속으로 뛰어들었다. 어둠에 잠겨 드는 감각만이 느껴졌다. 곧바로 위쪽에서 거대한 굉음이 울려 퍼졌다.

두 거대한 산이, 결국 완전히 붙어 버렸다!

아직도 위에 있었다면 다들 틀림없이 고기 전병처럼 찌그러졌을 것이다. 놀란 가슴이 조금 가라앉자, 어둠 속에서 작은 불꽃이 두어 개 피어올랐다. 사련은 그들이 들어온 땅굴을 둘러보았다. 공간은 넓지도, 좁지도 않고 반듯했다. 역시 지사의 보삽이 파낸 통로다웠다. 먼저 떨어진 사람들은 바닥에 엎어진 채 숨을 가다듬었다. 화성이 허리를 놓아주자, 사련도 무심결에 그의 어깨를 잡았던 손을 내렸다. 그러곤 삽을 끌어안고 있는 검은 옷의 사람을 바라보았다.

그 검은 옷의 사람도 숨을 고르며 삽에 몸을 지탱한 채 식은 땀을 훔치고 있었다. 사련은 몇 걸음 다가가서 자세히 훑어보았다. 이 사람은 단정하고 말끔한 바른 청년 같았다. 이목구비도 제법 준수했다. 용모는 적게 잡아도 중상위는 되었다. 다만 그다지 개성은 없었다. 분명 평소에도 존재감이 무척 희미한 사람일 터였다.

사련은 그의 앞으로 다가섰다. 검은 옷을 입은 사람이 고개를 들고 운을 뗐다.

"태자 전……."

그가 말을 끝맺기도 전에, 사련은 그의 손목 혈을 확 움켜잡으며 물었다.

"풍사 대인은 어디 계시죠?"

검은 옷의 사람은 얼떨떨하게 대답했다.

"예? 그…… 그건 잘 모르겠습니다."

사련은 숨을 내뱉고 엄숙하게 말했다.

"흑수 각하, 왜 또 연기를 하십니까? 당신의 복수는 저와 상관없지만, 적어도 풍사 대인은 한때 당신과 교분을 나눴던 사이 아닙니까. 게다가 인륜에 어긋나는 일을 저지른 적도 없어요. 그러니 부디……."

이때 영문이 그의 말을 잘랐다.

"흑수? 태자 전하, 왜 그 사람을 흑수라고 생각하십니까? 얼굴이 다릅니다만."

사련은 뒤를 돌아보며 의문스레 말했다.

"이분이 지사의 보삽을 들고 계시잖아요. 그리고 여러분은 둔갑의 요점을 모르시나요? 이 얼굴이 얼마나 평범해요. 사람들 속에 던져 놓으면 금세 찾아낼 수 없을 테니 가짜 얼굴인 게 분명해요."

둔갑하는 방법이라면 앞서 언급한 바 있다. 검은 옷을 입은 이 청년의 얼굴은 뛰어난 가짜 가죽의 첫 번째 요점에 완벽하게 부합한다. '특이한 점 없이 평범하게'.

설령 그의 얼굴을 한 시진이나 뚫어지게 쳐다보았더라도, 한숨 자고 일어난 이튿날이면 그가 어떻게 생겼는지 깨끗하게 잊어버릴 수 있을 것이다. 그러니 당연히 만들어 낸 가짜 얼굴이 아니겠는가?

"……."

그런데 한참 뒤, 그 검은 옷의 청년이 입을 열었다.

"죄송합니다, 태자 전하. 그런데 저…… 저는, 진짜 이렇게 생겼습니다."

"……."

화성도 두 사람 쪽으로 걸어오더니 가볍게 기침을 하고 말했다.

"형. 이자는, 정말로 흑수가 아니야."

"……?"

화성이 한마디 덧붙였다.

"이 모습도 그의 진짜 모습이 맞고."

알고 보니, 정말로 길거리에서 흔히 볼 만한 얼굴을 타고난 것이었다!

사련은 한 손으로 이마를 짚었다. 그러곤 두 손을 합장하고 허리를 숙이며 사과했다.

"……죄송합니다."

그는 멋대로 확신에 차서는 남의 면전에 대고 당신 얼굴은 특이한 점 없이 평범해서 사람들 속에 던져 놓으면 찾아낼 수 없다고 말해 버렸다. 하지만 별수 있겠는가. 그의 얼굴은 아무리 보아도 너무나 표준적인 둔갑의 정석이었다!

민망하기는 매한가지인지, 그 검은 옷의 청년도 손사래를 치며 말했다.

"괜찮습니다, 괜찮습니다. 이미 익숙해져서……."

이때 영문이 말을 보탰다.

"인옥 전하, 이번에는 신세를 졌습니다."

이 호칭을 들은 사련은 멍해졌다. 그제야 이 청년의 목소리가 조금 낯익다는 생각이 들었다. 분명 전에도 몇 번 들어 본 적이 있었다. 사련은 청년의 손목을 내려다보았다. 손목은 소매에 가려져 있었으나, 그는 확신할 수 있었다. 소매 속에는 분명 검은 주가가 숨겨져 있을 것이다.

배명도 자리에서 일어나 이 청년의 신분을 거듭 확인했다.

"인옥 전하? 정말이군요. 여기서 뵙게 될 줄은 몰랐습니다. 여긴 어쩐 일로⋯⋯."

인옥은 손끝으로 콧등을 긁적이며 인사를 건넸다.

"영문진군, 배 장군, 소배 장군."

별안간 목소리 하나가 코웃음을 치며 끼어들었다.

"인옥? 네가 바로 자기 사제한테 묵사발이 됐다는 그 인옥이 냐?"

신관들의 표정이 굳어졌다. 그 목소리는 말을 이어 갔다.

"아니, 너도 너무 못난 거 아니냐? 폄적된 건 둘째 치고, 다 짜고짜 직진해서 귀신 심부름꾼 노릇을 하다니. 그 권일진인가 뭔가에 비교하면 진짜 개떡 같은 인생이네. 심지어 사형씩이나 돼서는⋯⋯."

이 목소리는 단지 속에 틀어박힌 용광이 내는 소리였다. 배 숙은 곧바로 부적을 붙여 그의 입을 다물게 했다.

심부름꾼 노릇이라고 해 봐야 군오의 아래에서 하든 화 성주의 아래에서 하든 별다른 차이는 없었다. 하지만 왕년의 신관이 지금은 '귀사'로서 옛 신선 친구들과 한방을 쓰게 되었다. 비유하자면 포졸이었던 사람이 도둑이 되어 옛 동료들에게 포위당한 셈이라, 공기 중에 어색한 분위기가 한껏 감돌았다. 다들 무슨 말을 해야 좋을지 몰랐다. 그렇게 인옥은 묵묵히 돌아서서 지사의 삽으로 마저 굴을 파기 시작했다.

일행은 길을 파면서 앞으로 나갔다. 배명은 여전히 행방이 묘연한 제 친우의 동생을 걱정하고 있었다.

"화 성주가 지사의 삽을 손에 넣었다는 건, 두 사람이 아직 연락하고 있다는 뜻 아니오? 지난번에 태자 전하에게 여쭈어봤더니 각하와 흑수현귀는 가까운 사이가 아니라 그의 행방을 모를 거라며 대신 변명하셨소만. 실례가 되지 않는다면 현귀에게 한마디 전해 주겠소? 아직 청현을 죽이지 않았다면 돌려보내 달라고."

그러나 화성이 대답했다.

"오해했나 본데, 나는 정말로 흑수의 행방을 모른다."

"그럼 이 삽은 어디서 났소?"

"주웠지."

"……."

그가 보란 듯이 잡아떼는데 뭘 어쩌겠는가? 아무도 손 쓸 도리가 없었다. 더군다나 지금은 다들 그에게 도움을 구하는 상황이었다. 배명은 하릴없이 헛웃음을 치며 말했다.

"그렇군. 화 성주는 재수도 참 좋소. 아무 데서나 법보를 다 줍고 말이오."

배숙의 어깨에 엎어진 영문이 습관적으로 말을 보탰다.

"이 보삽은 상천정 신관의 물건입니다. 화 성주께서는 제자리로 돌려놓으셔야……."

그러나 말을 이어 가던 그는, 자신은 이제 상천정에 재직하지 않으니 대신 빚 독촉을 할 필요가 없다는 것을 깨닫고 입을 다물었다.

사련은 미간을 문지르며 화성에게 넌지시 물어봐야 할지 고민하고 있었다. 그러자 화성이 그에게만 들릴 만한 작은 목소리로 나직하게 말했다.

"흑수가 버린 거야. 지사 흉내를 그만둔 뒤로 삽을 귀시장에 버리고 도망쳤거든. 동로산에 들어오기 전에 쓸모가 있을 거란 생각이 들어서 사람을 보내 가져온 거고."

"그랬구나. 풍사 대인의 행방을 알아낼 수 있을 줄 알았는데…….이 보삽은 산괴를 상대하기 딱 좋아. 삼랑은 정말 꼼꼼하고 빈틈이 없네."

"옛날에 이 산괴한테 쫓겨 다니느라 인이 박여서 그래."

사련은 저도 모르게 동로산에 막 들어선 풋내기 화성이 난관을 하나하나 돌파하는 모습을 상상해 보았다. 이때, 어둠 속에서 자그마한 은빛이 몇 덩어리 떠올랐다. 사령나비가 내뿜는 은은한 빛이 횃불의 역할을 대신했다. 사련은 작은 은나비에 의지해 위를 바라보며 물었다.

"이 산괴는 대체 정체가 뭐야? 왜 우리를 공격하는 걸까?"

"정확히 뭐라고는 말하기 어려워. 내가 왔을 때도 이미 오랜 세월 자리를 지켰던 놈들이야. 하지만 우리만 공격하는 건 아니야. 놈들은 동로산에 들어오려는 사람은 전부 막으려고 해.

막지 못하면 공격하고."

"무차별적으로 공격하는 거야? 그렇게 생각하면 오히려 우리의 목적이랑 일치하네. 지금은 우사 대인과 기영도 동로산에 있으니, 부디 무사했으면 좋겠다."

내내 부지런히 흙을 파헤쳐 길을 열던 인옥은 사련이 권일진을 언급하자 잠시 멈칫하는 것 같았다. 사련은 이를 눈치채고 그를 흘긋 쳐다보았다. 그러고 보면 이전에 그가 가면을 썼을 때 권일진과 한 번 만난 적이 있었다. 하지만 인옥은 권일진을 전혀 모르는 것처럼 굴었다. 만약 눈앞에 서 있는 사람이 자신의 사형이라는 사실을 권일진이 알았다면 과연 어떻게 됐을까?

영문이 겨우겨우 고개를 들며 말했다.

"인옥 전하, 기영 전하를 만나 보셨습니까? 전하를 찾는 걸 도와 달라고 영문전에 여러 번 왔었습니다."

인옥은 움찔하더니 입을 열었다.

"그, 그래요?"

영문이 대답했다.

"그렇습니다. 전하가 막 내려가셨을 때만 해도 거의 하루에 한 번은 왔습니다. 그 뒤엔 통 소식이 없으니 사흘에 한 번, 한 달에 한 번씩 왔고요. 얼마 전에도 일 년에 한 번은 꼭 찾아왔습니다. 그는 당시 금의선 사건에 오해가 있다고 생각했어요. 전하의 해명을 듣고, 남들의 오해도 풀어 주고 싶어 하더군요. 하지만 전하는 끝까지 소식이 없으셨지요."

인옥은 말없이 한숨만 내쉬더니 굴을 한층 세게 팠다. 사련은 속으로 생각했다.

'더 얘기하고 싶지 않은가 보네.'

눈치가 빠른 영문도 이를 알아채고는 인옥이 집중해서 길을 팔 수 있도록 말을 아꼈다. 얼마나 지났을까, 인옥이 겨우 말문을 뗐다.

"성주, 태자 전하. 벌써 땅 아래에서 30리나 왔습니다. 계속 팔까요?"

흙 속을 나아가는 지사의 삽은 두부를 자르는 듯이 움직임이 가벼웠다. 파헤친 흙도 전혀 쌓이지 않았다. 거기에다 도망치느라 급급한 마음이 겹치니 지상에서보다 달리는 속도가 빨라졌다. 덕분에 짧은 사이에 30리나 도망친 것이다. 사련은 그가 자신에게도 물어 오자 약간 의아한 마음으로 부드럽게 말했다.

"저한테 여쭤보지 않으셔도 됩니다."

그러자 화성이 입을 열었다.

"누구에게 물으나 마찬가지야. 형은 어떻게 생각해?"

잠시 고민한 사련이 대답했다.

"우리가 산괴의 협공에 당했을 땐 협곡을 거의 빠져나온 상태였으니까, 30리면 충분히 멀어졌을 거예요. 땅 밑은 공기가 잘 통하지 않으니 이대로라면 현기증이 날지도 몰라요. 위로 파죠."

"알겠습니다!"

짧게 대답한 인옥이 즉시 방향을 바꾸어 위쪽으로 비스듬히 땅을 파냈다. 심지어 근사한 흙 계단까지 만들어 냈다. 사련은 속으로 중얼거렸다.

'이분은 조수 노릇을 정말 잘하네. 손도 야무지고 군소리도 없고.'

일행은 인옥의 뒤를 따라 계단 몇십 개를 밟아 갔다. 문득, 사련의 발밑에 딱딱하게 튀어나온 덩어리가 밟혔다. 돌은 아닌 것 같았다. 그렇다고 진흙 같지도 않았다. 그는 고개를 숙이고 쪼그려 앉아 손으로 땅을 얕게 파헤쳤다. 이윽고 그의 미간이 설핏 굳어졌다. 이를 본 화성이 말했다.

"형, 만지지 마!"

그러나 이미 늦었다. 자리에서 일어난 사련의 양손에는 해골이 사이좋게 하나씩 들려 있었다.

"여러분, 질문이 있어요. 우리, 공동묘지를 파헤친 것 아닐까요?"

배명도 한쪽 흙벽에서 넓적다리뼈 하나를 뽑으며 탄식했다.

"그런 모양이군요. 이 골상을 보니 생전에 두 다리가 늘씬한 절색 가인이었을 게 분명한데, 이런 곳에 묻히다니 참으로 애석합니다."

화성이 말했다.

"유감이군. 확실히 다리는 길지만, 그건 남자의 뼈다."

배명은 여자가 아니라는 말에 흥미를 잃고 그 뼈를 툭 내던졌다. 화성이 말을 이었다.

"정확히 말하면 귀신으로 변하면서 형태가 바뀐 남자의 뼈이니, 겉에 분명 시독(屍毒)이 묻었을 거다."

배명은 손바닥을 펴 보았다. 화성의 말이 맞았다. 뼈를 잡았던 양손 일부에 푸른 기운이 비쳐 나오고 있었다. 영문이 핀잔을 주었다.

"자기 손도 단속 못 합니까? 못 해요?"

배숙이 말을 보탰다.

"시, 독은 지장, 없, 습니다. 장, 군께선 신관, 이시니, 조금 있, 으면, 괜, 찮아지, 실 겁니다!"

사실 그 다리뼈는 늘씬한 데다가 제법 옹골차서 배명이 휘둘러 던진 순간 힘찬 바람이 일었다. 그는 마음을 고쳐먹고 다시 뼈를 줍더니, 무기로 쓸 생각인지 끝부분에 천을 몇 번 감아 틀어쥐었다. 뒤이어 그가 말했다.

"태자 전하께선 머리 두 개를 들고 계신데 어째 괜찮으신가 봅니다?"

사련은 두 해골을 사뿐히 내려놓고 사람들 앞에 두 손을 펴 보였다. 마찬가지로 손바닥을 물들인 푸른빛이 빠르게 사그라들고 있었다. 사련이 말했다.

"솔직히 말씀드릴게요. 전 시독에 걸린 횟수가 천 번은 못 돼도 8백 번은 돼서 저항력이 무척 강해졌거든요. 이 정도의 시독은 괜찮아요."

이 말을 들은 일행들은 어쩐지 우스워서 조금 웃고 싶어졌다. 하지만 화성은 썩 유쾌하지 않은지, 옆을 지나치면서 그 해골 두 개를 가루가 되도록 산산이 짓밟았다.

원래 사련은 태평하게 마음을 놓고 있었다. 하지만 이 거칠다 못해 잔인한 '콰직' 소리를 듣고는 화성의 불쾌한 심사를 기민하게 알아챘다. 무슨 일인지 묻고 싶었으나, 어쩐지 자신이 그 불쾌함을 일으킨 듯한 기분이 들어 차마 입이 떨어지지 않았다.

이윽고, 화성의 담담한 목소리가 들렸다.

"왜 이리 오래 걸리지?"

이 땅굴은 지면에서 많아야 두 장 남짓 떨어져 있을 터였다. 비스듬히 올라가느라 거리가 약간 늘었대도 시간이 이렇게 오래 걸릴 리는 없었다. 인옥도 영 답답한 모양이었다.

"저도 이상…… 잠시만요, 끝났습니다. 뚫었습니다!"

화성이 묻자마자 지사의 삽 머리가 빈 곳을 파헤치고 나갔다. 인옥은 삽질 몇 번 만에 커다란 구멍을 내고는 앞장서서 뛰어나갔다.

"나온…… 건가?"

일행은 땅굴을 빠져나왔다. 그러나 '지면'에 발을 디디고서는 얼이 빠졌다. 배명이 말했다.

"이게 땅 위로 돌아온 겁니까? 아니겠죠. 여긴 어디야?"

그들이 빠져나온 곳은 절대 지면이 아니었다. 그러기엔 빛이 너무 어두컴컴했다. 영문이 입을 열었다.

"아까 우리가 협곡을 지날 때는 아직 낮이었습니다. 이리 순식간에 날이 저물 리가 없어요."

사령나비 몇 마리가 은은한 빛을 발하며 날아가 한 바퀴를 빙 돌았다. 사람들은 마침내 지금 그들이 어떤 곳에 있는지를 선명하게 볼 수 있었다.

이곳은 거대한 동굴이었다. 텅 빈 공간이 광활했다. 둥근 천장은 먹빛 밤하늘처럼 아득했다. 사면팔방으로 무수히 나 있는 작은 동굴들은 각기 다른 방향으로 통하고 있었다. 사련이 호기심에 말했다.

"여긴 사람이 뚫은 걸까, 아니면 자연적으로 생겨난 걸까?"

화성은 팔짱을 끼고 흘긋 시선을 던지며 말했다.

"자연적으로 생겨났어."

물론 그는 어김없이 사련의 질문에 대답해 주었지만, 사련은 아까 그 미묘한 기류가 자꾸 마음에 걸렸다. 화성이 말을 덧붙였다.

"방금 위로 파내려고 한 지점 위쪽을 이 산이 누르고 있었어. 우리는 산 안을 파헤치고 들어온 거야."

사련은 고개를 끄덕였다.

"그렇구나. 그럼 어서 출구를 찾아서 나가자."

배숙이 물었다.

"하지, 만 어느 쪽, 으로, 갑니까?"

이건 정말 어려운 문제였다. 사람이 들어갈 수 없을 정도로 작은 구멍을 제외해도 사람이 들어갈 수 있는 구멍이 일고여덟 개에 달했다. 사련은 팔짱을 끼고 상념에 잠겼다. 배숙이 말했다.

"조, 를 나눠, 서, 움직, 일까요? 가장, 빠, 를 텐데요."

사련은 팔을 풀며 대답했다.

"아니, 따로 움직이는 건 금물이야. 만에 하나 어두운 곳에 무언가가 숨어 있다면 각개 격파되기 너무 쉬워. 정확한 길을 찾아내기까지 시간이 걸리더라도 힘을 분산하면 안 돼."

배명은 넓적다리뼈로 만든 새 무기를 손에 들고, 마치 중독이라도 된 것처럼 뼈를 휘두르며 말했다.

"그럼 같이 움직입시다. 우선 이쪽 길로."

그리하여 일행은 길 하나를 골라 함께 움직였다. 화성과 사련이 선두에 앞장섰다. 말없이 한참을 걷던 와중, 사련은 넌지시 그를 불러 보았다.

"삼랑?"

화성의 표정은 일찌감치 부드럽게 풀려 있었다.

"형, 무슨 질문이라도?"

아까 화가 났었냐고 물어보기도 곤란했기에 사련은 어영부영 대답했다.

"별거 아냐. 그냥…… 이 동굴은 꼬불꼬불한 게 꼭 창자 같아서, 걷다 보니까 약간 멀미가 나네."

화성은 그 말을 듣자마자 대답했다.

"그럼 좀 쉴까?"

농담이라곤 조금도 느껴지지 않는 말이었다. 사련은 다급하게 말했다.

"아냐, 아냐."

뒤에 있던 배명이 말을 얹었다.

"제가 잘못 들은 건 아니겠지요, 태자 전하. 길을 걷는데 멀미를 하신다고요?"

"……."

사련도 방금 입에서 나오는 대로 지껄인 말이 조금 창피하게 느껴진 참이었다. 어떻게든 할 말을 찾아야 했던 그는 배명의 말을 못 들은 척 진지하게 말했다.

"뒤에 계신 분들, 꼭 바짝 따라오셔야 합니다. 이 동굴은 모퉁이가 많아서 사고가 생기기 쉽……."

말을 이어 가며 고개를 돌린 사련은 순간 얼이 빠졌다. 그는 화성을 덥석 붙잡으며 외쳤다.

"삼랑!"

"왜 그래?"

뒤이어 뒤를 돌아본 화성도 미간을 찌푸렸다.

그들 뒤에는, 아무도 없었다!

바로 한마디 하기 전까지도 배명은 멀지 않은 뒤쪽에서 빈정거리고 있었다. 그런데 지금, 어두컴컴한 동굴 안에는 두 사람만 덩그러니 남았다. 화성은 곧장 사련의 어깨를 끌어당기며 가라앉은 목소리로 말했다.

"형, 내 옆에 붙어 있어. 함부로 움직이지 말고."

사련도 숨을 죽이고 바짝 경계했다.

"산속에 뭔가 숨어 있는 거야?"

"아니. 하지만 없다는 점이 무섭지."

누군가가 쥐도 새도 모르는 사이에 그들에게 접근했고, 동시에 다른 모두를 잡아갔다는 뜻이 되니까!

82장 산 채로 함께 묻히니 편히 잠들 수 있으랴

사련이 소리를 낮추었다.

"……아무리 그래도, 아무런 기척도 없이 우리 뒤를 쫓아와 이런 만행을 저지를 순 없을 텐데."

사련은 자신의 통찰력은 믿지 않을지언정 화성만큼은 믿었다. 게다가 솔직히 말하면, 위험에 관한 직감에는 무척 자신이 있었다. 그리 생각하는 와중에 화성이 말했다.

"돌아가자, 살펴보러."

둘은 왔던 길을 함께 되돌아갔다. 그렇게 구불구불한 동굴을 한동안 걸은 뒤, 다시 걸음을 멈추었다.

그들이 멈추려고 한 것이 아니라, 길이 막혀 멈출 수밖에 없었다. 그들이 온 동굴은 복잡하게 얽히고설켰지만 그래도 길은 하나뿐이었다. 하지만 지금은 처음 지점까지 돌아가기도 전에 난데없이 차가운 돌벽이 생겨나 있었다!

두 사람 모두 표정이 담담했다. 사련이 물었다.

"이건 환술이야, 실물이야?"

은나비 한 마리가 유유히 날아올라 그 울퉁불퉁한 돌벽 위에 살짝 몸을 부딪었다. 하지만 아무런 이상 없이 튕겨 나올 뿐이었다. 화성이 답했다.

"실물이야."

사련은 고개를 끄덕였다.

"그럼 꽤 골치 아파지겠네."

귀신이 길을 막는 것은 흔히 두 가지 방식이 있다. 첫 번째는 환상을 보게 하는 것이다. 즉, 당신은 여기에 돌벽이 있다고 느끼지만 실제로는 없다. 그건 환각에 불과하다. 이런 방식은 깨기도 쉽다. 처음부터 만져 봐도 좋고, 자기 뺨을 한 대 때리든지 냉수 한 사발을 끼얹어 정신을 차린 후 만져 봐도 좋고.

두 번째는, 길에 관한 기억이나 방향 감각 등 여러 감각 기관을 어지럽히는 것이다. 이건 조금 어렵다. 예컨대 한 갈림길에서, 당신은 왼쪽을 골랐다고 생각했지만 실제로는 정신이 홀려 오른쪽으로 걷는다. 그리고 이른바 '귀신에 홀려 같은 길을 맴돈다'는 것은 얕은 속임수에 불과하다. 사람은 왼발과 오른발의 보폭에 미묘한 차이가 있는데, 삿된 존재가 마음을 현혹해 그 차이를 벌려 놓는다. 이렇게 본인도 모르는 사이에 당신은 일직선으로 걸어왔다고 생각하지만 실제로는 큰 원을 그리게 된다. 제자리로 되돌아온 뒤에는 얼이 빠질 것이다. 어? 왜 또 여기로 돌아왔지? 하면서.

그러나 이런 두 가지 방식은 이 두 사람에게는 시시한 잔재주로 통한다. 다만, 이 차가운 돌벽은 놀랍게도 세 번째다. 이것이 실재한다는 것.

사련이 돌벽을 거칠게 부수고 건너편의 상황을 살펴봐야 하나 고민하고 있는데, 화성의 목소리가 들려왔다.

"형, 손 이리 줘."

"응?"

그는 영문도 모르면서 화성에게 고분고분 손을 내주었다. 화성은 그의 손을 부드럽게 잡아 자신의 손바닥에 올려두더니, 무언가를 채워 주려는 것처럼 다른 손으로 위를 덮었다.

사련은 잠시 숨을 죽였다. 이윽고 그가 손을 들고 의아한 투로 물었다.

"이건?"

그의 왼손 중지에 가느다란 붉은 실 한 가닥이 생겨났다. 화성이 손수 매어 준 실이었다. 끊임없이 뻗어 나가는 이 붉은 실은 화성의 손가락에 묶인 붉은 실과 이어져 있었다.

화성은 자신의 손을 들어 올렸다. 두 사람의 손에 똑같이 자그마하게 묶인 붉은 나비매듭을 보여 주며 그가 싱긋 웃었다.

"같이 묶어 뒀어."

이 말을 들은 사련은 얼굴이 약간 달아오르는 기분이었다.

어쩌면 자신이 너무 예민하게 받아들인 것일지도 모르겠다. 그는 평소보다 훨씬 빠른 심장 박동을 화성이 눈치챌까 봐 재빨리 얼굴을 두어 번 문지르고는 웃으며 물었다.

"이건 법술이야?"

"응."

화성은 자못 진지한 얼굴을 하더니 손을 내리며 말했다.

"우리가 자진해서 떨어지진 않겠지만, 혹시 모르니까. 이 실은 끊어지지 않고 짧아지지도 않아. 실이 끊기면 매듭이 사라지는데, 끊어지지 않은 걸로 다른 쪽 상대가 괜찮다는 걸 알 수 있어. 상대가 없어지지만 않는다면, 이 실을 따라 붉은 실 끝에 이어진 사람을 찾을 수 있을 거야."

"없어진다는 건?"

"죽었거나, 연기처럼 사라졌거나."

사련이 다시 말을 이으려는 순간, 문득 먼 곳에서 먹먹한 진동 소리가 들려왔다. 그는 잠시 정신을 가다듬고 귀를 기울였다.

"누가 주먹으로 때리는 건가?"

이 힘과 빈도는 마치 누군가가 산 몸체를 한 대 한 대 묵직하게 내리치고 있는 것 같았다. 사련이 말했다.

"이런 힘은 보통 사람이 아니라 무신인 게 분명해. 혹시 배 장군인가?"

"앞쪽에서 들려오고 있어."

이 '앞쪽'이란, 당연히 그들이 원래 가려다가 일행이 도중에 사라지는 바람에 돌아서야 했던 앞쪽이다. 하지만 일행은 그들 뒤에서 사라졌는데 어떻게 갑자기 앞에서 나타날 수가 있겠는가? 그리고 배명이 아니라면 대체 누구란 말인가?

두 사람은 눈빛을 교환하고 나란히 걸음을 옮겼다. 상황을 확실하게 파악하러 갈 심산이었다. 그런데 절반쯤 갔을 무렵, 주먹으로 산 몸체를 때리던 소리가 불현듯 사라졌다. 일부러 멈춘 것인지 힘이 다한 것인지 모를 노릇이었다.

그러나 여기까지 왔는데 어떻게 포기하란 말인가? 그렇게 사련과 화성은 소리가 들려온 곳으로 걸음을 재촉했다. 은나비 몇 마리가 푸르스름하고 어두운 동굴 길 앞쪽에서 날갯짓하며 길을 밝혀 주었다. 문득, 사련은 옆쪽 벽에서 이상한 점을 포착했다.

"저게 뭐지? 빨간 줄?"

멀리서 보고 있자니 통 정체를 알 수 없었지만 몹시 기괴했다. 빨간 줄처럼 보였으나 줄보다는 훨씬 굵었다. 부단히 꿈틀거리는 모습은 차라리 빨간 뱀에 가까웠다. 사련은 천천히 돌벽 쪽으로 다가가서 자세히 들여다보았다.

"이거, 반월의 갈미사잖아?"

아니나 다를까, 그건 벽 바깥으로 삐져나온 채 끊임없이 꿈틀거리고 있는 갈미사의 자홍색 하반신이었다. 상반신은 돌벽 안에 묻혀 있는 것 같았다. 사련이 중얼거렸다.

"구멍을 뚫고 들어갔다가 못 나오고 있는 건가?"

"아마 아닐걸."

이 갈미사는 온몸이 허공에 떠 있었다. 뱀은 벽을 기어오르지 못하는데 어떻게 이 높은 곳까지 올라와 구멍을 뚫었겠는가? 게다가 이 돌벽의 하고많은 구멍 중에 왜 하필 이렇게 작은 구멍을 파고들려 했을까? 게다가 이 '구멍'도 희한했다. 뱀의 형태에 꼭 맞게 붙어 있어서 뱀이 그대로 끼어 버린 것이다.

사련은 뱀을 잡아당겨 꺼내 보려 했다. 돌발 상황에 경계를 곤두세운 뱀은 전갈 꼬리를 마구 휘두르며 허공을 찔러 댔다. 하마터면 사련을 제대로 찌를 뻔했다. 그러자 화성이 손가락을 튕겨 뱀을 때렸다. 건성으로 때린 것처럼 보였지만, 한 대 얻어맞은 뱀은 넋이 나간 것처럼 꼼짝도 하지 못했다. 사련은 울지도 웃지도 못할 심정으로 말을 꺼내려다 문득 입을 다물었다.

"들었어?"

"들었어."

두 사람은 나란히 앞을 바라보았다.

어둠 속에서 새근거리는 숨소리가 들려왔다. 무척 평온하고 느릿했다.

사령나비 두 마리가 한데 어우러져 노닐며 숨소리가 나는 곳으로 날아갔다. 나비들이 높이 날수록 은빛의 불빛도 위로 떠올랐다. 서서히, 한 쌍의 손이 밝게 비추어졌다.

그건 사람의 손이었다. 남자의 손이다. 손등에 핏자국과 상흔을 뒤집어쓴 채 죽은 듯이 축 늘어져 있었다. 나비들이 한층 위로 날아오르자 너저분한 사람의 머리가 비쳤다. 머리도 죽은 듯이 추욱 늘어져 있었다.

다만, 하반신이 없었다.

그렇다. 돌벽에 높이 '걸려' 있는 이 사람은, 하반신이 없었다. 그는 흡사 돌벽에서 자라난 것처럼 상반신만 떡하니 드러나 있었다.

사련은 옛날에 그런 황족들을 본 적이 있다. 사냥을 나갔다가 희귀한 사냥감을 잡으면 머리를 베고 약물로 처리해 부패를 막은 다음, 사람들이 구경하게끔 자신의 저택 벽에 걸어 놓는 것이다. 지금 이 상황은 벽에 일렬로 늘어선 호랑이, 사슴, 이리 따위의 짐승 머리 장식을 연상시켰다. 하지만 이 사람은 분명 아직 숨을 쉬고 있었다. 그는 아직 살아 있었다!

사련은 한 걸음 다가서며 말했다.

"이게 뭐지? 산괴의 본체인가?"

그러나 옆에서 돌아오는 대답은 없었다. 불현듯 한기가 목덜미를 타고 기어올랐다. 고개를 홱 돌려 보니, 역시— 화성이 사라졌다!

"삼랑?"

당연히 아무도 대답해 주지 않았다. 벽에 걸린 그 사람은 단잠에서 깨어나 잠꼬대를 하듯이 웅얼거렸다. 사련은 그를 신경 쓸 마음도 없이 제자리를 몇 번 맴돌았다. 그러다 문득, 아까 화성이 손에 묶어 준 붉은 실이 생각났다. 그는 얼굴에 화색을 띠고 손을 들었다. 과연, 그 붉은 실은 끊어지지 않고 그대로 남아 있었다. 사련은 조금 안심하고 이 붉은 실을 잡아당기며 걸어갔다. 그렇게 한참을 걷다 보니 실의 끝에 이르렀다.

이 붉은 실의 반대쪽 끝은, 뜻밖에도 다른 돌벽 속으로 이어져 있었다.

사련은 제 눈을 믿지 못하고 다시 두어 번 잡아당겨 보았다. 기다란 붉은 실이 돌벽 안에서 줄줄이 딸려 나왔다. 이젠 그런 의심까지 들었다. 설마 화성이 지금 이 돌벽 안에 있는 건가?

그런 가능성이 떠오르자 사련은 두말없이 방심을 들고 돌벽을 부수려 했다. 그런데 웬일인지, 검 끝이 돌벽에 닿기도 전에 별안간 눈앞이 캄캄해졌다. 앞에 있던 돌벽이 거대한 입을 벌린 것처럼 울음소리를 내더니 그를 송두리째 집어삼킨 것이다!

눈앞을 가로막은 어둠은 금방 사라지지 않았다. 사련이 삼켜진 동시에 끝없는 암흑이 이어졌다. 사방에서 모래며 자갈, 진흙이 그를 묵직하게 덮쳐 와 숨이 턱 막혔다. 게다가 이 자갈과 진흙은 끊임없이 요동쳤다. 말 그대로 거대한 요수의 배 속에 삼켜진 느낌이었다. 이 요수는 사련 말고도 이것저것 주워 먹었는지, 소화를 위해 배 속을 마구 뒤엎고 있었다. 흐르는 모래에 빠진 것처럼 제대로 힘을 쓸 수 없었고, 그마저도 몸부림칠수록 깊이 빠져들었다. 사련은 벽을 부수고 탈출해야겠다고 생각했다. 그런데 문득 화성이 안에 있을 가능성이 떠올랐다. 그는 뒤로 물러서는 대신, 팔을 휘저어 흙과 모래를 가르는 동시에 붉은 실을 잡아당기며 간신히 앞으로 나아갔다. 이때였다. 앞에서 불현듯 손 하나가 뻗어 나와 정확하게 사련의 손목을 붙잡았다. 사련이 외쳤다.

"누구냐!"

그는 입을 벌리자마자 진흙을 한입 가득 먹고 괴롭게 뱉어 냈다. 한편 그 손은 사련을 잡고 자신의 품 안으로 끌어당겼다. 위에서 익숙한 목소리가 울려 퍼졌다.

"형, 나야!"

이 목소리를 듣자마자 사련은 온몸의 긴장이 풀렸다. 그는 상대를 힘껏 껴안고 경황없이 말했다.

"……다행이다, 붉은 실이 끊어지지 않았어. 정말로 너를 찾았어!"

화성도 그를 힘껏 껴안으며 단칼에 외쳤다.

"끊어지지 않았어! 나도 형을 찾았어."

알고 보니 방금 두 사람은 똑같이 괴이한 일을 맞닥뜨렸다. 사련은 벽 높이 몸 절반만 내밀고 있는 사람을 관찰했고, 화성은 주변을 살피며 어둠 속에 무언가 숨어 있지는 않은지 경계하고 있었다. 그런데 눈 깜짝할 사이에 옆에 서 있던 사련이 사라질 줄 누가 알았겠는가. 게다가 뜬금없이 돌벽 하나가 나타났다. 붉은 실을 잡아당기며 찾아가던 화성은 실 끝이 벽 안으로 이어지는 것을 발견하고는 망설임 없이 시원하게 사련을 찾으러 들어갔듯.

사실 그들 사이에는 벽이 하나 생겼을 뿐이었다. 하지만 두 사람은 서로가 벽 속에 갇힌 줄 알고 약속이나 한 것처럼 그 안으로 몸을 던졌다. 화성은 정말로 예견 못 하는 일이 없구나, 사련은 마음속으로 수없이 되뇌었다.

"네가 붉은 실을 이어 놓아서 다행이야! 아니면 정말 못 찾았을지도 몰라. 어쩐지 배 장군과 다른 사람들이 왜 그렇게 갑자기 사라졌나 했어. 누가 기습한 게 아니라…… 산괴에 삼켜진 거였구나."

"맞아. 고른 지점이 좋지 않았네. 공교롭게도 산괴의 배 속을 파고 들어왔으니."

사련은 저도 모르게 큼, 헛기침을 했다.

그렇다. 그들은 지금 '로, 병, 사' 세 산괴 중 하나의 배 속에 들어와 있었다. 당시 인옥이 사련에게 위로 파느냐고 물으면서 고른 지점이 공교롭게도 바로 이 산괴가 자리한 곳이었던 것이다. 그리고 사련은 흔쾌히 동의했으니, 역시 세상에 제일가는 기이한 운수는 아무도 못 속이는 법이다. 모래자갈과 흙이 사면팔방에서 밀려들자 발 디딜 곳도 점점 좁아졌다. 숨도 덩달아 막혀 왔다. 사련은 어서 떠나야겠다는 생각이 절실하게 들었다.

"우리 이제 어떻게 나가지?"

화성이 대답했다.

"놈은 지금 속이 파헤쳐져서 심기가 불편해. 게다가 우리를 소화하고 있으니 좀 귀찮게 됐어. 하지만 걱정 마, 형. 어떻게든 나갈 수 있을 거야."

그러곤 농담 한마디를 덧붙였다.

"부부가 죽어서 한 무덤에 묻히는 기분이 아마 이러려나."

사련은 이 말에 조금 멍해졌지만 어쩐지 입꼬리가 슬쩍 올라갔다. 그러다 제 반응을 자각하고는 재빨리 입가에 힘을 주었다.

"바깥에 있던 그 사람도 아마 산괴에 삼켜진 거겠지. 우리가 아까 들었던 주먹으로 산을 치던 소리도, 그가 탈출하려고 돌벽을 마구 내리쳐서 났던 거야. 그 사람은 갈미사와 마찬가지로 깔끔하게 삼켜지지 않고 절반만 먹혔어."

그 때문에 아주 소름 끼치는 효과가 난 것이다. 화성이 말했다.

"하지만 저자는 이번에 우리와 동행한 인물이 아니야."

사련은 문득 그 너저분한 머리를 떠올렸다.

"잠깐, 누군지 알겠어. 아마 기영일 거야!"

화성도 잠깐 생각해 보고는 기억이 난 듯 말했다.

"아, 곱슬머리. 그 사람 말이지."

사련이 거듭 말했다.

"무슨 일이 있었는지는 모르겠지만, 기절한 걸까? 방금은 아무 반응도 없던데."

"괜찮아. 잠들었어."

"……."

사련이 물었다.

"어떻게 알았어?"

"바깥에 남겨 뒀던 은나비를 그쪽으로 날려 보냈거든. 지금 내 오른쪽 눈은 바깥 상황을 볼 수 있어."

말이 끝나자마자, 그가 가볍게 '음?' 하고 중얼거렸다. 무언가 이상한 것을 본 모양이었다. 사련이 물었다.

"밖에 무슨 일 있어?"

화성이 말없이 고개를 살짝 숙였다. 그러곤 사련의 턱을 가볍게 그러쥐고 두 사람의 이마를 맞댔다. 눈을 휘둥그레 뜬 사련은 거듭 눈을 감았다가 떠 보았다.

"이건 정말…… 너무 신기하다."

그의 오른쪽 눈에는 눈앞과 다른 장면이 보였다. 어스름하긴 해도 대략적인 윤곽은 뚜렷하게 볼 수 있었다.

바깥을 감시하는 이 은나비는 잡초 속에 숨어 있는 것 같았다. 이내 눈앞의 장면 아래쪽으로 검은 그림자가 천천히 다가왔다. 사련이 작은 목소리로 말했다.

"사람이 왔는데, 누군지는 모르겠어. 네 은나비는 어디에 숨었어? 들키지 않겠지?"

"그의 머리카락 속에 있어. 빛을 숨겼으니 들키진 않을 거야."

드디어 제법 가까운 곳까지 다가온 그림자가 고개를 들었다. 안색이 창백했다. 사련이 한마디 중얼거렸다.

"인옥?"

83장 아름다운 옥구슬, 어찌 함부로 벽돌을 던지랴

틀림없는 인옥이었다.

그는 아직 지사의 삽을 들고 있었다. 이 신기(神器)가 손에 있다면 산괴에 삼켜졌어도 빠르게 길을 내어 구사일생으로 도 망칠 수 있다. 그러니 그가 여기에 나타난 것도 이상하지 않았다. 누가 뭐래도 아까 권일진이 벽을 두드리던 소리는 천지를 뒤엎을 지경이었으니까.

양쪽 눈으로 보는 장면이 다르니 영 불편했다. 눈을 살짝 깜 박거린 사련은 오른쪽 눈을 감아도 바깥의 그 광경이 보인다는 사실을 발견하고 아예 눈을 감았다. 이때, 갑자기 시야가 움찔 거리다 싶더니 좌우로 세차게 흔들렸다. 드디어 잠에서 깬 권 일진이 고개를 몇 번 터는 것 같았다.

그가 고개를 들자 인옥은 재빠른 동작으로 귀신 가면을 들고 얼굴을 가렸다. 그러나 권일진은 그를 신경 쓸 겨를 따위 없었다. 깨어나자마자 온몸이 뒤로 매섭게 움츠러들었기 때문이다.

그 산괴가 권일진의 몸을 또 한 움큼 빨아들인 것이다.

권일진은 아직 바깥에 있는 두 손으로 벽을 쾅쾅 내리치는 동시에 몸을 밖으로 빼내려 안간힘을 썼다. 그러나 이 산괴는 천년을 묵어 요력이 아주 강했다. 산괴가 입을 쩍 벌리고 다시 숨을 들이마시자 권일진은 깊이 빨려 들어갔다. 이내 벽을 두들기는 소리도 사라졌다. 두 손마저 돌벽 안으로 끌려 들어간 것 같았다. 바로 이때, 산괴의 움직임이 멎었다. 권일진은 겨우 머리 하나만 밖으로 삐져나와 있는 신세였다.

그는 그제야 아래에 누군가 서 있다는 걸 알아챘는지, 무심하게 물었다.

"누구야?"

인옥은 대답이 없었다. 가면 너머로 두 줄기 시선이 쏘아져 나왔다.

사람의 모골을 송연하게 하는 눈빛이었다. 사련은 내심 생각했다.

'……옛 회포를 풀어 보자는 눈빛은 아닌 것 같은데?'

권일진은 계속해서 별생각 없이 말했다.

"너 손에 든 거 삽 아니야? 벽 좀 파내 줘. 나가고 싶어."

그의 언사는 한결같이 이렇다. 천진하고, 당연한 듯 굴고, 두려움도 근심도 없다. 마치 어린아이처럼. 상대가 누구인지도 묻지 않고 도와 달라고 한다. 지금 상황과 분위기에서 나타난 이 수상한 사람이 자신의 목을 따러 온 건 아닐까 의심조차 하지 않는다. 권일진의 말에, 지사의 삽을 쥔 인옥의 손이 서서히 조여들었다.

이윽고 그가 번뜩이는 삽을 잡고 천천히 권일진에게 다가왔다. 한 걸음 한 걸음 다가오는 모습이 흡사 중대한 범죄를 앞둔 살인자 같았다. 지켜보고 있던 사련은 어쩐지 조금 불안해졌다.

"……잠깐. 왜 그가 삽으로 기영의 머리를 찍으려는 거 같지?"

"어쩌면 그럴지도."

"뭐?"

화성이 말을 이었다.

"하지만 당장 권일진을 죽이게 둘 수는 없어. 지금 산괴는 날것만 삼켜서 소화가 더디지만, 권일진이 죽어서 시체만 남게 되면 훨씬 수월해져. 산괴가 신관을 잡아먹고 법력이 늘어나면 여길 빠져나가기 번거로워질 거야."

사련이 다급하게 말했다.

"잠깐, 잠깐만, 삼랑. 소화가 잘 되고 안 되고는 일단 제쳐 두고, 인옥은 네 부하잖아. 네가 아는 대로라면 인옥이 기영을 죽일 것 같아? 둘 사이에 깊은 원한이라도 있어?"

권일진은 그토록 열심히 인옥을 찾아다녔다. 동문 사형 사제로 수년을 지낸 만큼, 그가 인옥의 됨됨이를 잘못 보았을 리 없다. 당연히 인옥을 좋은 사람이라고 생각했기에 그토록 찾아다

넀을 터다. 거기에다 권일진의 성격을 보면 결코 자신을 죽이려던 사람을 위해 무언가 할 인물이 못 된다. 화성이 말했다.

"없어. 하지만 누군가를 죽이고 싶은 마음은, 꼭 이런저런 깊은 원한 때문에 생기는 건 아냐. 사소한 일에서 비롯되었을 수도 있지. 심지어 자신조차 눈치채지 못한 사소한 일에서."

"어떤 사소한 일?"

말이 끝나기 무섭게, 사련의 오른쪽 눈앞에 펼쳐진 광경이 달라졌다. 화성의 가슴께를 덮은 붉은 옷도, 돌벽 너머에서 한 사람과 한 머리가 대치하고 있는 광경도 사라졌다. 보이는 것은 그저 넓은 대로였다. 사련이 이게 뭔지 물어보려는 찰나, 앞쪽에서 떠들썩한 소리가 들려왔다.

한 무리의 도인들이 거리에 모여 있었다. 다들 누군가를 에워싸고 핏대를 세우며 욕을 퍼붓는 듯했다. 자세히 보니 도인들 가운데에 어린아이가 쪼그려 앉아 있었다. 곱슬곱슬한 머리에, 얼굴은 죄 피투성이였다.

평범한 아이가 이렇게 둘러싸여 욕을 먹으면 일찌감치 겁을 먹고 울어 버렸을 것이다. 하지만 이 아이는 고작 열 살 남짓 되었는데도 겁을 내기는커녕 퍽 신이 난 것처럼 두리번거리며 몸이 근질근질한 듯 주먹을 쥐고 있었다. 이때, 한 소년 도인이 인파를 헤치고 걸어왔다.

"됐어, 그만 욕해. 이 아이도 자기 잘못을 알았을 거야."

사련이 조용히 엇, 하고 감탄했다.

이 소년 도인은 눈동자가 맑게 빛나고 얼굴이 환했으며 자세가 무척 곧았다. 바로 인옥이었다.

다만 혈기 왕성한 소년이어서였을까, 아니면 한창 기세를 떨칠 때여서였을까. 이때의 인옥은 지금처럼 세월에 닳아 어둡게 빛바랜 느낌이 없었다. 오히려 사련이 그의 얼굴을 처음 보았을 때 머릿속에 남은 희미한 인상보다 훨씬 또렷하고 밝았다. 누가 보더라도 훌륭한 소년이라며 감탄할 터였다. 그야말로 지금과는 사뭇 다른 모습이었다. 사련은 속으로 생각했다.

"저 때는 그렇게 평범하지 않았잖아!"

화성이 하핫, 웃으며 말했다.

"다들 한때는 소년 아니었겠어?"

사련은 실수로 소리를 내어 말했다는 걸 뒤늦게 깨닫고, 입을 열었다.

"삼랑의 오른눈은 이런 것까지 볼 수 있어?"

"내 오른쪽 눈이 아니라 다른 게 본 거야. 난 빌려 보는 것뿐이고."

"신묘하네. 정말 기발해."

"쉬워. 부하를 하나 고르려면 상대의 내력 정도는 샅샅이 조사해야지. 이건 내 나름의 특기니까, 나중에 누군가의 뒤를 캘 필요가 생기면 편하게 날 찾아."

이때였다. 두 사람의 오른쪽 눈이 보는 장면 속, 인옥과 나이가 엇비슷하고 준수한 도인 하나가 분통을 터트렸다.

"알긴 뭘 알아! 너는 저게 잘못을 아는 것처럼 보여? 이 꼬맹이는 그냥 아무것도 몰라! 다 같이 멀쩡하게 아침 수련을 하고 있었는데 저놈이 돌과 흙을 던져서 제대로 낭패를 봤으니, 단단히 혼내 줘야겠어!"

인옥이 그를 말렸다.

"그만하면 됐잖아, 감옥. 저렇게 맞았으니 앞으로는 절대 잘못을 저지르지 않겠지. 너희도 실컷 화풀이해 놓고 여기서 뭘 더 혼내겠다고. 더 혼냈다간 정말로 사람 잡겠다. 아이의 저 옷차림 좀 봐. 집에 누가 있겠어. 그를 가르쳐 줄 사람도 없어 보이는데. 저 아이는 신경 쓰지 말고 다들 돌아가서 마음 가라앉혀."

감옥은 돌아서면서도 노발대발했다.

"저 망할 자식은 제정신이 아니야. 정상이 아니라고! 얻어맞고도 실실 쪼개는 것 좀 봐! 한 대 더 패 주고 싶네!"

인옥은 그들의 등을 떠밀면서 말했다.

"참! 제정신이 아닌 애라고 말해 놓고 굳이 저 애와 실랑이를 해야겠어?"

보아하니 이 시절 인옥의 말은 동문 사이에서 제법 무게가 있던 모양이었다. 청년 도사들은 분이 풀리지 않았지만 결국 돌아갔다. 인옥은 땅바닥에 주저앉은 아이를 쳐다보고는 몸을 숙여 앉았다. 입을 달싹이려는 순간, 아이가 다시 진흙을 덥석 움켜쥐고 그의 얼굴에 내던졌다. 여전히 신이 난 표정이었다.

정통으로 흙을 맞은 인옥은 잠시 할 말을 잃었다가, 얼굴의 흙을 닦으며 말했다.

"꼬마야, 어찌 이리 장난이 심해. 왜 우리 도관의 도사들을 때렸어?"

그 아이는 벌떡 일어나더니 싸우는 자세를 취하면서 외쳤다.

"덤벼라!"

"……."

인옥은 몸을 일으키며 물었다.

"이 동작은 우리 문파의 초식인데. 누가 가르쳐 줬지?"

하지만 아이는 군소리 없이 '덤벼!' 하고 외쳤다. 그러곤 어수룩한 새끼 원숭이처럼 제자리에서 펄쩍펄쩍 뛰면서 땅바닥의 흙과 돌멩이를 낚아채 '적수'에게 부단히 내던졌다. 의외로 손놀림이 정확했다. 나이가 한참 많고 신분도 있는 인옥으로선 차마 어린아이와 싸울 수가 없었다. 그는 꼬마의 공격을 피해 가며 말했다.

"이 동작도 우리 문파의 초식인데, 매일 담에 붙어서 어깨너머로 배운 거야……? 때리지 마, 그만, 때리지 말라니까! 난 널때리지 않았잖아! 싸움이 그렇게나 좋아?"

웬걸, 권일진은 이 한마디에 우뚝 손을 멈추고는 고개를 끄덕였다. 진흙으로 더러워진 두 손을 문지르며 그가 말했다.

"좋아."

뜻밖에도 아주 진지한 한마디였다. 사련과 인옥은 나란히 어안이 벙벙해졌다.

이 아이가 누구인지는 말하지 않아도 알 만했다. 사련은 감탄을 금치 못했다.

"기영은 진정한 무술광이구나. 타고난 무신이야."

이 시절 남들은 권일진이 정신 나간 꼬마라고 생각했겠지만, 사련은 더없이 친근하게만 느껴졌다.

뭐든지 우선 '광기'가 있어야 '신'이 될 가능성이 생기니까.

이런 관점에서 말하자면, 그 광기를 이해하는 사람은 어느 정도 잠재력과 뜻을 지닌 셈이다. 반면에 이해하지 못하는 사람이나, '미쳤다'거나 '멍청하다'고 비웃기만 하는 사람은 그 순간부터 이 길에선 희망이 없는 범인(凡人)으로 판가름 난다.

멍하니 넋을 놓았던 인옥은 이내 픽 웃었다. 하지만 오래 웃지도 못하고 다시 얼굴에 진흙 덩어리를 얻어맞았다. 그가 다급하게 말했다.

"저기! 그만 때리래도……. 내 말 좀 들어 봐! 그럼—— 우리 문하에 들어와서 어떻게 싸우는지 배우지 않을래?"

이 말이 나오자 권일진의 동작이 뚝 멈추었다. 손에 쥔 진흙 뭉치가 날아갈 듯 말 듯 했다. 하지만 사련은 그가 진흙을 던졌는지 보지 못했다. 뒤이어 돌벽 바깥에서 인옥이 '챙' 하는 소리와 함께 지사의 삽을 벽에 박아 넣었기 때문이다.

인옥은 정말로 권일진의 머리를 내려찍지는 않았지만, 그 날카로운 금속은 권일진의 얼굴에 바짝 붙어 아슬아슬하게 스치고 지나갔다.

권일진의 머리카락 속에 숨어 있는 은나비는 무척 침착해서 이 갑작스러운 일격에도 놀라 날아오르지 않았다. 반면 사련은 놀란 나머지 오른쪽 눈으로 보던 장면을 흩트리고 말았다. 그는 저도 모르게 외쳤다.

"안 돼!"

화성은 이렇게 될 줄 알았다는 듯 말했다.

"지켜보자. 보다시피 이런 느낌이야. 그래도 지금은 살의가 아주 강하지는 않아."

권일진은 머리 하나만 내민 채로 말했다.

"날 죽이려고?"

인옥은 아무런 말이 없었다.

권일진은 무척 의아하다는 듯 물었다.

"내가 뭘 잘못했어?"

사련도 물었다.

"그가 무슨 일을 했는데?"

화성이 대답했다.

"글쎄. 형이 직접 봐 봐."

말이 끝나자, 이번에는 사련의 오른쪽 눈앞에 흰 벽과 검푸른 기와로 지어진 도방이 나타났다. 인옥은 아까보다 약간 더 성숙해 보였다. 그는 도방 서안 앞에 앉아 글을 휘갈기고 있었다. 무언가 일러바치러 온 동문들이 그의 곁을 둘러싼 채 의분에 차 씩씩거렸다.

"인옥 사형. 권일진 그놈, 밥 먹는 꼴이 너무 추잡스럽습니다! 식사 때마다 사방에 음식을 뿌려 놓질 않나, 무슨 굶어 죽은 귀신도 아니고 먹성이 남들보다 세 배는 더 됩니다. 혼자서 밥통을 독차지하니 다른 사람들이 제대로 먹을 수가 있어야지요!"

"인옥 사형, 전 그놈이랑 같이 못 살겠습니다. 방을 바꿀래요. 아침에 잠에서 덜 깼을 때 얼마나 성질을 부리는데요. 그놈이 제 갈비뼈를 차서 부러뜨리진 않을까 날마다 걱정입니다. 손을 쓸 수가 있어야지요!"

"인옥 사형, 저는 그 녀석과 같은 조 하기 싫습니다. 녀석은 생전 남들에게 협조하는 법도 배려하는 법도 없어요. 그냥 아무렇게나 주먹을 휘두르면서 으스대느라 바쁘다고요. 차라리 제일 뒤떨어지는 사제와 한 조를 하지, 놈과는 같이 못 하겠습니다!"

듣고 있는 인옥은 정신이 혼미하다 못해 머리가 터질 것 같았다.

"그래, 그래. 그럼 이렇게 하자. 내가 우선 조사해 보고 그 뒤에 어찌 처리할지 생각해 볼게. 너희는 일단 돌아가도록 해."

탁자를 내리치며 가장 열변을 토하는 사람은 역시 감옥이었다. 그는 이 결과가 영 불만스러운 기색이었다.

"인옥, 넌 처음부터 사부님께 그놈을 문하생으로 추천하지 말았어야 했어. 완전 골칫덩이가 굴러들어 왔잖아. 봐라, 그놈이 들어온 지가 한참인데 하루라도 조용히 넘어간 적이 있었냐? 뭔가 안 부서지는 날이 있었냐고!"

여럿이서 거세게 몰아붙이자, 인옥은 중재할 작정으로 말을 얹었다.

"사실 그런 일들이 아주 큰 사안은 아닌 것 같은데……."

"큰 사안이 아니라고요? 우리의 청정한 생활이 다 망가졌습니다. 고요한 마음으로 수행하라, 그리 강조하셨으면서 고요하지 않은데 어떻게 수행을 합니까?"

"맞습니다! 예전에는 사고가 이렇게 자주 나지 않았잖아요?"

인옥은 부득이한 심정으로 말했다.

"일진도 악의는 없다. 다만 세상 물정을 잘 모르고, 남들과 함께 지내는 방법을 잘 모를 뿐이야."

감옥이 받아쳤다.

"세상 물정 모르는 게 면죄부가 되지는 않지. 모르면 배우지도 못하나? 사람이 득시글대는 세상을 살아가는 처지라면, 어쨌든 사람들과 함께 지내는 방법을 배워야지. 벌써 십 대인데 아직도 어린애처럼 굴면 어쩌자고? 하다못해 십 대에 아비가 되는 사람도 있어!"

"사부께서 편애하시는 건 말해 봐야 입만 아픕니다. 그놈이 여기 온 지 몇 년이나 됐습니까? 그런데 좋은 일이 들어오면 다 그놈에게 주시고, 제일 좋은 무술 단련실도 놈에게 주시고, 분기마다 나오는 제일 좋은 단약도 놈에게 주십니다. 게다가 아침저녁 수업을 빠져도 돼, 경문도 안 외워도 돼, 어쩌다 걸려도 사부께선 적당히 말로만 끝내시고 혼내지를 않으신다고요! 대체 왜죠? 인옥 사형, 사형이야말로 수제자입니다. 사형이 이런 혜택을 받았으면 저희도 딱히 할 말 없었을 겁니다. 하지만 그놈이 뭔데요? 교양도 덕행도 없는데 자질만 좋으면 다입니까? 저희 중 누가 그놈을 따르기나 한답니까?"

은근슬쩍 이간질을 놓는 말이었다. 동문들은 너도나도 맞장구를 쳤다. 이를 들은 인옥은 대번에 안색을 굳히며 붓을 꽉 움켜쥐었다. 여차하면 큰일 나겠네, 사련은 속으로 중얼거렸다.

그릇이 평범한 사람은 누구든 쉽게 이런 낚싯바늘에 걸려든다. 하물며 그릇이 좁은 사람은 낚싯바늘을 쓰지 않아도 알아서 뛰어오르기 마련이다. 이렇듯 낚싯바늘이 던져졌으니 인옥도 당연히 폭발하지 않겠는가?

그런데 예상과는 달리, 인옥은 잠시 가만히 생각하더니 붓을 내려놓고 미간을 굳힌 채 엄숙하게 말했다.

"사제들. 난 사제들이 이런 말을 하는 건 옳지 않다고 봐."

동문들은 일제히 당황했다. 인옥이 말을 이었다.

"잔소리가 될지도 모르겠다만, 어떤 도를 수행하든 자질이 좋다는 건 실로 대단한 거야. 더구나 일진은 자질도 좋은데 적극적으로 수련을 하지. 정말 사부께서 편애한다는 생각이 든다면, 우리도 열심히 그 아이를 따라잡고 능가하면 될 일이야. 그리하면 무술 단련실이나 단약 같은 것들도 양껏 가지게 될 테니. 다들 그 아이에게 화를 낼 여유가 있으면, 그 시간에 부지런히 수련하는 게 더 중요하지 않겠어?"

그가 이렇게 말하자 다들 멋쩍은 기분에 조금 김이 샜다. 그러면서도 몇 마디 대꾸했다.

"사형은 아량이 넓으셔서 그놈을 문제 삼지 않으시네요."

"이 아량만큼은 그놈보다 십만팔천 리는 앞서십니다."

감옥도 끼어들었다.

"인옥. 너 오늘처럼 그놈 편들다가 나중에 뒤통수 맞을지도 모르니 조심해라!"

좌우간 이번 고발은 양쪽 모두 썩 유쾌하지 않게 끝났다. 동문들이 떠나자 인옥은 문을 닫았다. 뒤이어 창문을 닫으려던 그는 창 위에 앉아 있는 누군가를 발견하고는 펄쩍 뛰어올랐다.

"누구?"

권일진이 고개를 푹 숙인 채 창틀에 쪼그려 앉아 있었다. 상대를 확인한 인옥이 말을 건넸다.

"언제 온 것이냐?"

그러면서 권일진을 두어 번 끌어당겼다. 하지만 그는 꼼짝도 하지 않았다.

"일진아, 쪼그려 앉을 거면 다른 곳으로 옮기도록 해. 난 창문을 닫아야겠으니."

권일진이 불쑥 물었다.

"사형, 저 미움받는 거 맞죠."

인옥이 어색하게 웃으며 말했다.

"다 들었어?"

권일진은 고개를 끄덕였다. 인옥은 이루 말할 수 없는 표정을 짓고는 손가락으로 콧등을 긁적이며 말했다.

"……그래도…… 나름…… 나쁘진…… 않지……."

평범한 사람이라면 마지못해 하는 말이라는 걸 눈치챘겠지만, 권일진은 글자 그대로 받아들인 모양이었다.

"그렇구나."

그가 정말 믿는 눈치이자, 인옥은 픽 웃더니 결국 말을 덧붙였다.

"사실, 그리 마음 쓸 일도 아니다. 넌 잘못한 게 없어. 정말로. 이대로도 괜찮아."

두 눈 멀쩡한 사람이라면 쉽게 알아볼 것이다. 사형 사제들이 권일진을 눈엣가시 취급하는 이유는, 그가 밥을 축내거나 아침잠에 취했을 때 성질을 부려서가 아니었다. 같은 조 동문들을 배려하지 않고 혼자 으스대느라 바빠서도 아니었다.

그들이 정말로 참을 수 없는 점은 오직 이 한 가지였다. 가장 늦게 들어온 주제에, 가장 많은 혜택을 누리는 것.

권일진은 또 고개를 끄덕였다.

"저도 그렇게 생각해요."

인옥은 그의 어깨를 툭툭 두드리며 말했다.

"이만 가서 수련하도록 해! 그게 가장 중요하지. 다른 건 깊이 생각하지 말고."

권일진은 곧장 창문 아래로 뛰어내렸다. 방향을 보니 정말 무술을 연습하러 가는 모양이었다. 창문을 닫은 인옥도 서안에 펼쳐진 경문 서적을 들고 다시 공부에 집중했다.

두 장면을 연달아 지켜본 사련은 감탄을 금치 못했다.

"삼랑. 네 부하, 정말 보기 드문 인물이야. 심성이 아주 훌륭하네."

하지만 말을 마친 그는 방금 바깥에 있는 인옥이 지사의 보삽으로 권일진의 머리를 내리찍을 뻔한 장면을 떠올리고는 황급히 덧붙였다.

"바깥은 별일 없겠지?"

그러자 화성은 그에게 바깥을 보여 주었다. 인옥은 냉정을 되찾고 지사의 보삽을 뽑은 참이었다. 권일진의 이 머리통을 어쩌면 좋을까, 고민에 잠긴 것도 같았다. 사련은 겨우 한숨을 돌렸다.

"두 사람은 등선한 뒤에 문제가 생긴 건가?"

"정답."

화성이 대답을 마친 순간, 사련의 눈앞에 화려한 대전이 나타났다.

단정한 자세로 대전 중앙에 앉아 있는 인옥이 보였다. 감옥과 권일진은 공손한 자세로 그의 뒤쪽 좌우를 지키고 서 있었다. 대전 안은 밀려드는 온갖 신들로 북새통이었다. 전부 상천정의 신관들이었다. 사련은 그 안에서 익숙한 얼굴들을 발견했다. 남상을 한 영문, 미적지근한 표정의 배숙, 해사하게 웃는 낭천추까지…… 다들 정식 관복을 입고 참석했다. 뒤에서 시중을 드는 측근 소신관들은 두 손으로 진홍빛 선물함을 들고 있었다.

볼 것도 없었다. 이곳은 선경의 인옥궁이 틀림없다. 그리고 이날은 인옥궁의 낙성식이 열리는 날이다. 즉, 선경에 선부를 처음으로 준공한 인옥궁의 기념일인 셈이다.

사련은 문득 의아해졌다. 화성이 인간계의 상황을 보는 것쯤은 어려운 일이 아니다. 인간계는 그의 지반이니까. 길가의 행인, 떠도는 넋, 날짐승부터 들짐승까지, 사방에 그물을 치고 그들의 눈을 활용하면 그만이다. 하지만 선경은 천계의 구역인데 어떻게 본 것일까?

화성은 그의 머릿속을 들여다본 듯 말했다.

"형, 궐문 모퉁이를 봐."

사련은 화성의 말대로 시선을 옮겼다. 하지만 '모퉁이'라는 범위는 생각보다 넓었다. 애당초 규모가 작지 않은 신전이라 궐문 근처 한구석에도 몇십 명씩 되는 신관들이 들락날락하고 있었다. 화성이 말을 이었다.

"누가 흑수일 것 같아?"

사련은 그제야 하현이 상천정에 잠복 중이었다는 사실이 떠올랐다. 선경에 관한 소식은 그가 화성에게 내다 판 게 분명했다. 사련은 나름 진지하게 구별해 보았다. 이윽고 제법 조건에 들어맞는 인물이 눈에 들어왔다.

"저기 검은 옷 입은 사람인가?"

"너무 무난한 추측인데. 틀렸어. 다시 맞혀 봐."

사련이 다시 말했다.

"무뚝뚝해 보이는 저 사람?"

"또 틀렸어."

이어진 몇 번의 추측도 실패로 돌아갔을 무렵, 누군가가 외쳤다.

"풍사 대인 납시오—!"

사련은 재빨리 대전 문어귀로 시선을 돌렸다. 사청현이 활짝 핀 얼굴로 풍사선을 한들한들 부치며 들어서고 있었다. 그는 선물함을 한쪽에 툭 던져 내려놓고는 공수하며 말했다.

"인옥궁의 준공을 축하드립니다. 제가 좀 늦었지요? 그렇다면 벌주를 마셔야겠습니다! 하하하하!"

상석에 앉은 인옥이 싱긋 웃었다.

"무슨 말씀이십니까. 늦지 않으셨습니다. 풍사 대인, 안으로 드시지요!"

이때, 화성이 드디어 수수께끼의 정답을 내놓았다.

"바로 저 사람이야."

"으응? 풍사 대인이 흑수였어?"

이렇게 현묘한 일이 다 있다니. 사련의 말에 화성이 웃으며 대답했다.

"잘못 알아들었구나. 그쪽 말고, 그 뒤에 있는 사람."

사련은 시선을 가만히 모았다. 사청현의 뒤편 궐문 옆에 서서 방문객들의 선물함을 수거하는 하급 신관이 보였다. 용모는 영 볼품없었으나 한껏 열성적으로 웃고 있었다. 득의양양하게 대전으로 들어온 사청현은 그에게 작은 진주 한 알을 포상으로 던져 주었다. 그 신관은 눈을 빛내며 두 손으로 진주를 받아 들고는 '감사합니다, 대인!' 하고 연신 외쳤다. 퍽 충견 같은 모습이었다. 사련은 참지 못하고 입을 열었다.

"……저 사람이 흑수? 저렇게 찬란하게 웃는 흑수라니?"

화성이 말했다.

"흑수 맞아. 다 가식이지. 흑수가 선경에서 지닌 신분은 거의 50개가 넘어. 각자 다른 신분이라 상천정 신관 80명, 중천정 신관 3백 명을 동시에 감시할 수 있지. 지사라는 신분 하나만으론 한참 부족했을걸."

"……."

사련은 흑수의 발톱을 감추는 연기력과 무어라 말하기도 어려운 불굴의 정신력에 내심 감탄하며 물었다.

"그럼 50명이나 된다는 분신은 지금 어디 있어?"

"군오가 하나씩 뿌리 뽑고 있겠지."

화성의 대답이 끝난 찰나, 갑자기 바깥에서 날카로운 소리가 들려왔다.

"인옥 전하, 오늘만큼은 제대로 설명해 주셔야 할 겁니다. 전하의 사제는 대체 뭐가 문제인 겁니까!"

모든 신관이 순간 웃음기를 거두고 일제히 밖을 바라보았다. 누군가가 난입하려다 가로막혔는지 대전 바깥에서 고집스레 외치고 있었다.

"전하의 사제 권일진이 본인보다 지체 높은 상천정 신관들에게 폭력을 행사하고 있는데, 이대로 가만두고 보실 겁니까?"

인옥도 웃음기를 거두고는 뒤쪽의 두 사람에게 나지막이 물었다.

"무슨 일이냐? 일진, 또 다른 사람을 때린 것이야?"

권일진이 대답했다.

"때렸어요."

감옥이 도끼눈을 부릅뜨며 이를 갈았다.

"이 망할 자식이 또!"

사청현은 늘 이런 문제가 불거지면 가장 먼저 끼어드는 사람이었다. 그는 불진을 목덜미 뒷깃에 꽂으며 말했다.

"무슨 일입니까? 오늘은 인옥궁의 낙성식입니다. 볼일이 있거든 나중에 말하면 되잖습니까?"

남의 경삿날에 쳐들어와 소란을 피우다니. 눈치가 모자라거나 괜히 시비를 걸러 온 것이거나, 분명 둘 중 하나다. 대전 바깥에서 그 사람이 말했다.

"아이고, 오늘이 전하의 경사스러운 낙성식이었군요. 정말 몰랐습니다. 하오나 권일진도 우리를 예고하고 때린 게 아닌

데, 우리가 놈과 결판을 내겠다고 날을 따져야겠습니까? 권일
진은 인옥 전하께서 친히 지명해 데려온 이곳 인옥궁 사람입니
다. 그러니 전하가 아니면 누굴 만나 얘기한답니까?"

이제 확실해졌다. 괜히 시비를 걸러 온 쪽이다. 영문은 인상
을 살짝 찌푸렸다.

"꼭 이러셔야겠습니까?"

인옥은 하는 수 없이 자리에서 일어섰다.

"알겠습니다. 다만 지금은 적당한 때가 아니니, 조금 이따가
얘기하면 어떻겠습니까?"

대전 밖의 그 사람은 코웃음을 치며 받아쳤다.

"인옥궁에서 그자를 감싸고돌지나 않으면 다행이지요!"

앞뒤 사정도 제대로 모르는데 '감싸고돈다'는 누명부터 뒤집
어씌우다니, 사람을 몰아붙이려고 작정한 모양이었다. 사청현
이 다시 말문을 떼려던 순간이었다. 권일진이 인옥의 뒤편에서
훌쩍 뛰어내리더니 입을 열었다.

"너네, 안 가?"

소란을 일으킨 그 사람은 권일진이 이런 자리에서 주먹을 휘
두르진 못할 것이라 확신하고는 겁도 없이 대꾸했다.

"안 가면 또 치려고? 이 많은 선경 동료들이 지켜보는 앞에
서……."

하지만 권일진은 보통 상식으로 판단해서는 안 될 사람이었
다. 그는 두말없이 주먹을 쳐들고 앞으로 몸을 날렸다. 대전 바

깥에서 처참한 비명이 울려 퍼졌다. 한편, 대전 안에 모인 신관들은 충격에 말문이 턱 막혔다.

얼마나 지났을까. 영문이 겨우 입을 열었다.

"여봐라, 그를 말려라. 저러다 사람 잡겠구나!"

덩달아 얼이 빠졌던 인옥도 재빨리 밖으로 나가며 외쳤다.

"그만두지 못하겠느냐!"

소란을 일으킨 그 사람이 목청껏 소리쳤다.

"당신들 인옥궁도 참 기가 막히는군! 그래, 대단하다! 사형 사제가 손잡고 남을 괴롭히네!"

그날 밤, 인옥궁 편전. 인옥은 제자리를 서성였고, 격분한 감옥은 길길이 날뛰었다.

"잘 풀리고 있던 오늘 낙성식을 그놈이 다 망쳐 놨어!"

사련은 감옥이 왜 이토록 분노했는지 충분히 이해가 갔다.

물론 사련은 크게 개의치 않았지만 다른 신관들은 이 낙성식을 무척 의식했다. 낙성식은 한 신관이 상천정의 정식 일원이 되었음을 인정받는 의식이다. 조금 과장해서 예를 들자면, 오늘 이 사건은 인간계의 황제가 즉위식을 방해받은 것과 다름없었다. 그러니 어느 누가 분개하지 않으랴?

인옥은 한숨을 지으며 말했다.

"됐어, 분명 그쪽이 먼저 시비를 걸었잖아. 게다가 오늘 일은 일진 탓이 아니지. 그자가 일부러 오늘을 골라 찾아왔는데 별 수 있었겠어?"

감옥이 대꾸했다.

"상천정의 그 많은 사람은 다 제쳐 두고 왜 하필 그놈한테 시비를 거는데?"

"일진이 원래 지고는 못 사는 성격인 거 너도 알잖아. 그자가 남들을 제쳐 둔 게 아니라, 남들은 시비를 참았는데 일진은 못 참았던 거겠지."

"여긴 인간계가 아니라 선경이라고. 성질 죽이고 조용히 살면 어디가 덧나? 그놈이 처음부터 사고 안 치고 얌전히 굴었으면 남들이 오늘처럼 폭발할 일도 없었어! 이제 잘됐네, 망신 한번 톡톡히 당했으니까! 그 많은 신관들이 다 봤다고! 소문이라도 나면 누가 먼저 시비를 걸었는지 따위 뒷전일걸? 인옥궁 사람이 대중 앞에서 막무가내로 폭력을 행사했다는 얘기만 나오지, 누가 더 잘못했는지를 따지겠냐? 그놈이 옳은 짓을 했다? 아니지! 사고 치고, 주먹 휘두르고, 그것부터가 잘못이야! 그놈은 개뿔도 몰라! 우리한테 민폐만 끼칠 줄 알지!"

한바탕 울분을 쏟아 낸 감옥은 씩씩거리며 편전을 박차고 나갔다. 인옥은 제자리에 앉은 채 깊은 근심에 잠겼다.

잠시 뒤, 고개를 돌리자 창틀에 쪼그리고 앉은 검은 인영 하나가 보였다. 인옥은 이 익숙한 장면에 놀란 나머지 또 한 번

펄쩍 뛰어오르고 말았다.

"또 여기에 앉아 있어? 언제 왔느냐? 습관이 어찌 이래?"

권일진은 대답 대신 딴소리를 했다.

"그 사람들이 먼저 절 욕했어요."

입을 달싹인 끝에 인옥이 어렵사리 말을 꺼냈다.

"일진아, 감옥이 한 말은 마음에 담아 두지 말렴."

권일진은 고집스레 말을 이었다.

"그 사람들이 먼저 절 욕했어요. 애초에 모르는 사람들이었
는데 뜬금없이 저보고 하급 신관이라면서 욕하고 비웃었어요.
길 막지 말고 꺼지라고요. 사과하라고 했는데 끝까지 안 하길
래 그냥 때렸고요. 얻어맞을 때만 입을 다물던데요. 안 그랬으
면 때리지도 않았을 텐데."

물론 지금은 평화로운 편에 속하지만, 먼 옛날에는 지위가
높고 관록이 붙은 중천정 신관과 상천정 신관들이 가장 신참인
하급 신관을 따돌리는 일이 다반사였다. 인옥은 한숨을 푹 내
쉬었다.

권일진이 입을 열었다.

"하급 신관은 남들보다 아래예요?"

"아니지."

아닐까?

말을 꺼낸 본인조차 이 말을 믿지 않는 기색이 빤했다. 권일
진도 눈치를 챈 모양이었다. 한참 뒤, 그가 속내를 털어놓았다.

"전 여기 싫어요."

인옥은 아무런 말이 없었다. 권일진이 말을 이었다.

"그 사람들은 제가 싫은가 본데, 저야말로 그 사람들 싫어요. 예전엔 하루에 여덟 시진씩 수련할 수 있었는데 지금은 절반이 깎였잖아요. 헛소리하러 가거나 남들 헛소리 들어 주고, 손님 역할 하거나 손님 대접하고. 모르는 사람한테 갑자기 욕먹고 맞았는데 사과도 못 받고. 그런데 때리지도 말래. 이런 게 무슨 선경이에요. 전 여기 싫어요."

인옥은 거듭 한숨을 내쉬었다.

"나도 여기가 싫다."

"그럼 돌아가요."

하지만 인옥은 고개를 가로저었다.

"싫지만, 그래도 여기에 남아 있고 싶어."

권일진은 이해가 가지 않았다.

"싫은데 왜 남아요?"

인옥은 저도 모르게 실소를 터트렸다. 선경이 얼마나 숱한 사람이 갈망하는 수행의 종착점인지 어떻게 설명하면 좋을까. 이 나이에 등선하는 것이 얼마나 어려운 일인지는 또 어떻게 이해시키면 좋을까.

"음…… 그야, 선경에 오르기가 참 어려우니까. 기왕 간신히 올라왔으니 제대로 해내고 싶구나."

그러나 권일진의 생각은 달랐다.

"선경에 오르는 것도 별거 아니잖아요! 그냥 안 오르고 말지."

인옥은 조금 언짢으면서도 한편으론 웃음이 나왔다.

"별거 아니기는! 직접 해 보지 그러느냐?"

여기까지 지켜본 사련이 입을 열었다.

"사람은 진짜 함부로 농담하면 안 된다니까."

화성도 입을 열었다.

"그렇지. 반년도 안 돼서 권일진이 정말로 등선했을 때는 웃음도 안 나왔을걸."

"그 시기도 볼 수 있어?"

"그럼. 잠깐만 기다려."

순간 눈앞의 장면이 바뀌었다. 여전히 선경이었지만, 이번에 펼쳐진 풍경은 달밤의 연회석이었다. 잠시 눈앞을 응시한 사련이 중얼거렸다.

"중추연?"

"맞아."

"흑수, 이번에는 어디 숨었어?"

"뭔가 먹고 있는 사람을 찾아봐."

연회석 안. 각지의 신관들이 서로 잔을 돌리고, 인사를 건네고, 놀이를 즐기느라 한창 바빴다. 그중 한 사람만이 눈앞의 거대한 사발에 얼굴을 파묻을 기세였다. 이번에 하현은 다른 곳에 숨는 대신 지사의 모습으로 모퉁이에 앉아 있었다. 그런데도 그를 신경 쓰는 사람은 전혀 없었다.

인옥과 감옥은 '지사'의 옆에 자리를 잡았다. 다들 변두리에 속하는 자리였다. 인옥은 음식을 입에 대지도, 누군가와 대화를 나누지도 않았다. 옆에서 감옥이 소리를 낮추어 말했다.

"이렇게 고마울 데가. 그 미치광이 녀석이 안 왔네!"

인옥이 그 말을 듣고 작은 목소리로 대답했다.

"그 아이도 등선한 지 제법 오래됐잖아. 자꾸 그런 식으로 부르다가 남들 귀에 들어가면 곤란해지니 주의해."

"사실이 그렇잖아. 내가 뭐 틀린 말 했나? 등선했으면 또 어때? 몇백 살을 더 먹어도 멍청할 놈인데."

대화가 오가는 와중에 새로 도착한 신관들이 근처 자리에 앉았다. 다들 처음 보는 얼굴이라 예의상 적당히 인사를 건넸다. 어떤 신관이 별생각 없이 인옥에게 물었다.

"실례지만 직함이?"

다른 신관도 별생각 없이 대신 대답했다.

"서방을 관장하는 무신 되는 분이오."

그 한마디가 나온 순간, 먼저 말을 건넨 그 신관의 태도가 더없이 친절해졌다. 그는 자리에서 일어나 술잔을 건네며 외쳤다.

"엇! 아아아! 존함이라면 익히 들었습니다! 드디어 그 유명하신 각하를 뵙는군요!"

인옥도 황급히 일어나 웃음으로 화답했다.

"익히 들을 이름은 아닙니다만."

그 신관이 대답했다.

"아이고, 이리 겸손 차리실 것 없습니다! 각하의 존함이 얼마나 유명한데요! 젊고 유능하신 서방의 기영 전하께서 등선한 지 고작 몇 년 만에 신도들의 열렬한 지지를 받으셨단 얘기는 익히 들었습니다. 오늘 중추연 투등에서도 10위 안에 드셨다지요! 이제 당당한 기세로 서방에 굳건히 자리매김하셨으니, 참으로 앞날이 창창하십니다! 이리 뵙고 보니 제 생각보다는 조금 나이가 있으신 듯합니다? 하여간 그래도 젊으십니다. 젊고 유능하다는 말이 딱이로군요!"

인옥의 웃음기가 그대로 딱딱하게 굳어졌다. 그는 건네진 술잔을 받지도 물리지도 못하는 난감한 처지에 놓였다. 적극적으로 아부 공세를 펼치던 상대는 이제 아우라는 호칭을 끌어다 붙이기 시작했다.

"솔직히 말입니다, 내 평생 마음에 맞는 사람이 별로 없었거든. 그런데 우리 아우님은 초면인데도 옛 친우 같단 말이지! 내 지반도 서쪽에 있습니다. 훗날 도움이 필요하면 사양 말고 말만 하세요! 서로서로 돕고 사는 거지요. 하하하……."

호탕한 웃음소리가 울려 퍼졌다. 인옥을 아는 다른 사람들도 호탕하게 웃음을 터트렸다. 다른 시공간에 있는 사련마저 숨통을 콱 틀어막는 엄청난 어색함을 느낄 수 있었다.

감옥의 얼굴이 새파랗게 질렸다. 그런대로 냉정을 유지한 인옥은 손을 희미하게 떨면서도 침착하게 입을 열었다.

"송구하지만……."

오해를 풀어 보려던 이때, 누군가가 요란하게 외쳤다.

"기영이 왔소!"

저쪽이 떠들썩해지자 이쪽에 있던 신관은 아연실색했다.

"어? 다— 당신, 기영 전하 아니셨습니까?"

그제야 옆 사람이 배를 끌어안고 폭소했다.

"형님, 사람 잘못 보셨습니다! 잊으셨습니까? 서방을 관장하는 무신은 둘입니다. 하나가 인옥, 다른 하나가 기영. 동문 사형 사제 출신이지요. 형님 앞의 이분은 인옥 전하라고요. 하하하……."

그 신관은 다급하게 말했다.

"아아, 제가 착각했군요. 송구합니다, 하하하. 식견이 좁은 탓에 기영 전하를 좀 더 많이 들어 본지라……."

하지만 인옥은 입을 열기도 지쳤는지, 이미 눈을 감은 채 대화를 포기한 상태였다. 누군가 심상치 않은 공기를 눈치채고 팔꿈치로 그 신관을 쿡 찔렀다. 그는 그제야 자신이 인옥을 겨냥하는 말을 했음을 깨닫고 하하 웃으며 재빨리 말을 돌렸다.

"크흠, 실례지만 먼저 가 보겠습니다. 인…… 인월, 아니, 아니지, 인옥 전하! 나중에 시간 나면 다시 얘기 나눕시다. 즐거운 중추절 되십시오. 하하하……."

그는 먼저 가 보겠다더니 권일진이 왔다며 떠들썩해진 쪽으로 술잔을 들고 달려갔다. 벌써 수많은 신관이 저쪽에 몰려간 참이었다. 다들 권일진을 겹겹이 둘러싼 채 인사를 나누려고 실랑이를 벌이느라 안에 있는 사람은 보이지도 않았다.

이때는 권일진이 등선한 뒤로 금세 독립해 자신의 신전을 일구고 한창 권세를 자랑할 때라, 아직은 나중처럼 미움을 받지는 않는 모양이었다. 두 사람은 비록 같은 서방 무신이지만 인옥이 크게 뒤처지는 분위기였다. 사람들이 모조리 한쪽으로 몰려가는 바람에, 계속 국을 마시고 있는 하현만 덩그러니 자리에 남았다. 인옥은 서 있기도 앉아 있기도 영 멋쩍었다. 이윽고 그가 불쑥 말했다.

"돌아가자."

두 사람이 자리를 뜨는데도 아무도 시선을 주지 않았다. 감옥은 화가 잔뜩 치밀었다.

"저 간에 붙었다 쓸개에 붙었다 하는 놈들! 저러고도 신관이야? 저 자식이 막 상천정에 왔을 땐 싫어 죽겠다면서 너한테 일러바치려고 그렇게 애를 쓰더니만. 얼씨구, 이제 선경에 오르고 등불도 많아지니까 치켜세우는 꼴 좀 봐라! 태도 바꾸는 게 책장 넘기는 것보다 빠르네. 어딜 굳건히 자리매김했고 뭐가 젊고 유능하단 거야? 보니까 저놈 신도들은 전부 저놈처럼 제정신이 아니네! 정신이 나갔으니까 저런 정신 나간 놈을 믿지!"

이때 술잔을 든 사청현이 맞은편에서 걸어왔다. 인옥이 낮은 목소리로 말했다.

"조용히 해. 어서 가자!"

감옥은 누가 오는 것을 보고서야 입을 다물었다. 사청현이 의아해하며 물었다.

"인옥, 벌써 가시려고요? 기영도 방금 왔잖아요. 둘이 한동 안 못 만났다고 기영이 저번에 그러던데. 인옥 사형은 요즘 어 떻게 지내냐고도 묻더라니까요. 기영하고 회포라도 풀어야 하 지 않아요?"

인옥은 마지못해 웃으며 대답했다.

"아뇨. 몸이 좀 안 좋아서, 먼저 가 보겠습니다."

사청현은 달리 의심하지도 않고 뒤에 있는 '지사'를 보더니 웃음을 곁들이며 말했다.

"그럼 푹 쉬세요. 우린 다음에 또 만나요. 명 형! 여기 앉지 말라고 했잖아! 자자, 저쪽, 내 쪽으로 가재도……."

자리를 뜬 사청현이 이쪽에 관심을 버리고 나서야 감옥은 목 소리를 낮추고 말을 이었다.

"회포는 무슨 회포! 저 자식, 저렇게 으스대다가 조만간 쓴맛 제대로 보게 될 거다. 어디 그때 두고 보자고!"

그가 계속 욕을 꿍얼거리니 인옥도 무척 심란해졌다.

"그만해. 너무 그렇게 원망하지 마."

"그만해라, 그만해라. 넌 항상 그만하라고 하는데, 어떻게 그 만해? 저놈이 막 올라왔을 때 네가 저놈 대신 사죄하러 다니고 뒤를 닦아 주지 않으면 진작에 쫓겨났을 텐데! 정말 못 봐 주 겠다. 그놈은 네가 챙겨 줄 가치도 없다고!"

두 사람은 빠르게 인옥궁으로 돌아왔다. 하급 신관 몇몇만 자리를 지키고 있을 뿐, 성황리에 들썩였던 낙성식 초반에 비하면 지금은 찬 바람이 들 정도로 한산했다. 문을 닫고 나서야 인옥의 목소리가 조금 커졌다.

"이제 그만해! 그만 듣고 싶어. 선경에 오른 신관이 자립해서 신전을 꾸리는 건 정상적인 일이야. 일진이 무슨 짓을 저지른 것도 아니잖아. 넌 일진 얘기를 꺼낼 때마다 그렇게 성을 내면서 왜 자꾸 먼저 말을 꺼내?"

감옥이 대답했다.

"말참견하려는 게 아니야. 어차피 누군가는 반드시 네게 일러 줘야 할 말이라고. 인옥아, 온 서쪽을 통틀어서 지반이 그렇게 크고 신도도 그렇게 많은데 그놈은 혼자서 그 많은 몫을 독차지했어. 지난번 그 늑대 요괴도 억지로 빼앗겼잖아! 지금 좀 봐라. 점점 줄어드는 네 지반, 이제 얼마나 남았는데? 아직도 네가 설 자리나 있어?"

"그걸 어떻게 뺏었다고 해? 그 애가 자기를 믿으라고 신도들한테 칼 들이대면서 협박한 것도 아니고, 다들 스스로 원해서 믿은 건데. 그리고 그 늑대 요괴는……."

그는 한숨을 내쉬며 솔직하게 말했다.

"그건 정말 내가 상대할 수 없었어. 내게 기원해도 소용이 없으니 그 애를 찾아간 거지."

감옥은 분노로 치를 떨며 입을 열었다.

"난…… 난 네가 이대로 가다간 그놈한테 져서 재기도 못 할까 봐 그렇지! 젠장, 하급 신관들까지도 얼마나 속물인지. 하나같이 핑계를 대고 우리 신전을 나가선 몰래 다른 신관의 신전에 들어가다니. 좋은 놈이 하나도 없어!"

인옥은 다시 한숨을 내쉬며 부들방석에 앉았다.

"지고 이기고가 어디 있어……. 왜 굳이 그런 걸 의식하는데? 떠날 사람은 어떻게든 떠나고, 남을 사람은 자연히 머무르는 거지. 내가 선경에 오른 건 누군가와 세력을 다투거나 땅을 빼앗고 싸우기 위해서가 아니야. 그런데 너는 왜 그런 생각에만 집착해?"

이른바 '산 하나에 호랑이 두 마리는 살 수 없다'라고 하던가. 당장 눈앞에 있는 예를 보자. 남쪽을 함께 관장하는 풍신과 모정은 이 오랜 세월을 죽도록 치받고 싸웠다. 같은 지반에 있지 않았더라면 조금은 나았을지도 모른다. 그러나 '원수는 외나무다리에서 만난다'는 말도 있다. 보통은 선경에 올랐거나 명성을 떨쳤던 장소가 신관 본인의 지반이 되니, 인간 시절에 마찰을 빚었던 옛 지인들이 등선한 뒤로 한곳에 몰리곤 한다. 하늘 위든 아래든, 인간이 되었든 신이 되었든, 다들 어색하기는 매한가지다. 권일진도 서쪽을 버리고 다른 지반으로 갈 가능성은 없다. 두 사람이 한창 맞서고 있는데, 갑자기 누군가가 문을 힘껏 쾅쾅 두드렸다. 감옥이 말했다.

"누구냐!"

문밖의 사람이 대답했다.

"저요."

감옥은 목소리를 낮추면서도 인옥에게 노발대발했다.

"……저 자식은 왜 또 왔어?"

뒤로 물러가라며 손짓한 인옥은 표정을 갈무리하고 앞으로 다가가 문을 열었다. 역시 문 앞에 서 있는 사람은 권일진이었다. 앞선 장면보다 훨씬 키가 자란 모습이었다. 사련이 그를 처음 만났을 때 보았던 키와 엇비슷했다. 그리고 이제는 드디어 창가에 쪼그려 앉지 않았다.

인옥이 제법 평온한 목소리로 입을 열었다.

"일진이구나. 중추연에 참석하지 않았느냐? 어찌 여기에 왔어?"

인옥을 따라 대전 안으로 들어선 권일진은 다짜고짜 한마디를 던졌다.

"제 생일이에요."

"……."

알고 보니 중추절은 권일진의 생일이었다. 게다가 그가 여기까지 찾아온 건 무려 생일 선물을 받기 위해서였다.

사련도 들은 적이 있었다. 옛날에는 권일진의 생일이 되면 사형인 인옥이 늘 선물을 챙겨 줬었다고. 아마 올해는 이런저런 어색함 때문에 챙겨 주지 못한 듯했다. 아까 사청현이 중추연에서 한 말을 돌이켜 보니, 한동안 일부러 그를 피한 것도 같았다. 조금 섬세한 사람이라면, 누군가 얼굴을 피하고 선물도 보내지 않았을 때 어느 정도는 눈치껏 알아차렸을 터다. 아무리 못해도 먼저 선물을 달라며 찾아오지는 않을 것이다. 하지만 이 대단하신 권일진은 아무런 낌새도 느끼지 못하고 당당하게 선물을 받으러 친히 찾아왔다. 사련은 이렇게 처참할 정도로 어색한 상황은 생전 본 적이 없었다. 화성과 이마를 맞대고 있어야 했으니 망정이지, 아니었다면 그는 정말 손바닥으로 제 이마를 팍 때리고 더는 못 보겠다는 심정으로 눈을 가렸을 것이다.

인옥은 뻣뻣하게 웃으며 말했다.

"……아, 그렇지. 오늘이 네 생일이구나. 한데 요즘 신전이 좀 바빠서, 그래서……."

권일진은 이 말에 눈이 휘둥그레졌다.

"없어요?"

인옥은 아무래도 마음이 무거웠는지, 입가까지 나온 말을 바꾸었다.

"아니다, 챙겨 뒀지. 뒤쪽에 있으니 일단 기다리렴."

권일진은 제자리에 옷자락을 펼치고 앉더니 무릎 위에 두 손을 올려놓고 연신 고개를 끄덕였다. 잔뜩 기대에 찬 모습이었다. 인옥은 편전으로 도망쳤다. 감옥은 가라앉은 얼굴로 안에 앉아 있었다. 당연히 선물을 준비해 두지 않았던 인옥은 편전을 구석구석 뒤져 보았으나 적당한 물건을 찾지 못했다. 그는 하는 수 없이 감옥에게 말했다.

"급하니까, 잠깐 선물 대신 쓸 만한 게 있으면 같이 좀 찾아 줘."

감옥이 한쪽에서 무명천으로 만든 수건을 집어다 땅에 내던지더니, 발로 두어 번 짓밟고 말했다.

"이걸로 해."

"감옥!"

"이것도 후하게 쳐 주는 거야. 무슨 낯짝으로 선물을 달라고 찾아와."

인옥이 맥없이 말했다.

"그 애가 뭘 알겠어. 예년에는 전부 챙겼는데 올해 챙기지 않으면 너무 일부러 그러는 것 같잖아. 아무거나 줘도 괜찮아. 어차피 성의 표시니까. 그게 좋겠다. 지난번에 구한 금강 복마 팔찌 좀 찾아 줄래? 아주 적당한 물건은 아니지만 없는 것보단 낫겠지."

그가 거듭 재촉하자 감옥은 씩씩거리며 물건을 찾으러 갔다. 인옥은 대전으로 돌아와 권일진 앞에 앉았다.

"잠깐만 기다리렴. 물건들이 어질러져 있어서 감옥에게 찾아 달라고 했거든. 참, 요새는 어떻게 지내느냐? 제법 순조로울 테지? 네 신전에서 치성을 드리는 신도가 요 몇 달 새에 다섯 배 늘었다고 들었다. 축하해."

권일진이 재깍 대답했다.

"신도 같은 건 몰라요. 난 그냥 알아서 싸웠는데 뜬금없이 신전으로 몰려오잖아요. 이상해. 저번에는 늑대 요괴 하나를 해치웠어요."

인옥의 미소가 한층 더 뻣뻣해지고 말았다. 그가 끝내 해치우지 못한 일을 권일진은 거저 해치웠다. 이는 지독하게 짝사랑하는 여인이 당신은 거들떠보지도 않고 한사코 울며불며 다른 사람에게 매달리는데, 그 다른 사람은 쳐다보는 둥 마는 둥 하면서 그녀가 용모도 밋밋하고 흔해 빠진 여인이라고 말하는 것과 비슷했다. 권일진은 한참 이야기를 하다가 다시 불쑥 말했다.

"아까 중추연에서도 사형을 봤어요. 말을 걸고 싶었는데 이렇게 빨리 가실 줄 몰랐어요."

드디어 권일진이 최근에 올린 실적 이야기를 끝내자, 인옥은 한숨을 돌리고 입을 열었다.

"아, 일이 좀 있어서 먼저 돌아왔다."

권일진은 고개를 끄덕였다.

"어떤 사람이 말해 줬어요. 누가 사형을 다른 사람으로 착각해서 그런 거라고요."

이 말을 들은 인옥의 안색이 은연중에 변했다. 권일진은 이를 전혀 눈치채지 못하고 입꼬리를 끌어 올리며 말했다.

"너무 웃겨. 바보도 아니고!"

사련은 차마 더는 지켜보지 못하고 화성의 품에 얼굴을 파묻었다.

"이…… 이이이, 이건 너무 끔찍해서 못 보겠어……."

물론 사련은 확신할 수 있었다. 권일진은 순전히 사람을 착각한 그 신관이 우스운 것이고, 그 이야기가 인옥에게는 하나도 우습지 않다는 사실을 전혀 몰랐을 터다. 그럼에도 사련은 두 사람이 이 어색한 대화를 계속했다간 자신이 먼저 질식해 죽겠구나 싶었다. 다행히 그가 질식하기 전에 감옥이 드디어 선물함을 들고 나왔다. 그는 선물함을 인옥에게 건네주고는 말 한마디 없이 안으로 되돌아갔다. 인옥은 구원이라도 받은 것처럼 권일진에게 선물함을 건넸다. 그는 신난 기색으로 자리에서 벌떡 일어나 선물함을 받아 들었다. 이제 인옥의 웃음 속에는 피곤함이 묻어나고 있었다.

"돌아가서 열어 보렴."

권일진이 고개를 끄덕였다.

"네, 이만 갈게요. 저 다음 달에 순시를 나가는데, 사형도 시간이 되면 같이 가요."

더는 그의 말을 들어 주기 힘들었던 인옥은 적당히 말을 얼버무렸다. 그를 보내자마자 인내심이 바닥난 감옥이 문을 쾅 닫고 욕을 퍼부었다.

"사람을 무시해도 정도가 있지! 저놈은 태어나자마자 제 어미가 저 머리를 바닥에 180번 내동댕이친 거 아니냐? 그게 아니면 일부러 속 뒤집어 놓으러 온 거지! 신도를 모른다느니, 뜬금없다느니, 순시를 나간다느니, 일부러 자랑하는 거야 뭐야? 시커먼 속내가 다 보인다!"

이번에는 인옥도 감옥의 욕지거리를 말리지 않았다. 그는 혼자 대전 뒤편으로 가서 다시 나오지 않았다. 사련은 권일진이 가져간 그 선물함에 문제가 있음을 본능적으로 직감했다.

"저 안에 든 게 설마 금의선이야?"

"맞혔어."

"그럼 금의선 사건의 죗값은 감옥이 물어야 마땅한데, 왜 인옥이 그렇게 중한 처벌을 받았어?"

"형도 사흘 뒤면 알게 돼."

사흘이라 말하니 사흘이 지났다. 한산한 인옥궁에 별안간 햇빛이 비껴들었다. 인옥이 지친 기색으로 편전에 걸어 들어오더니, 무언가를 찾는지 옷궤며 서랍을 뒤지기 시작했다. 그런데 누가 알았으랴. 그리 한참을 뒤지니 서안 두루마리 위에서 주문이 잔뜩 새겨진 금빛 찬란한 팔찌 하나가 나왔다. 팔찌를 무심하게 한 곁에 내려 둔 그는 이내 그것을 다시 확 잡아채고 목소리를 높였다.

"감옥?"

감옥이 바깥에서 들어오며 물었다.

"무슨 일이야?"

인옥은 그 팔찌를 든 채 따져 물었다.

"이 금강 복마 팔찌가 왜 여기 있어? 일진에게 주지 않았어? 내가 상자에 넣으라고 했었잖아?"

감옥이 코웃음을 치며 대답했다.

"그놈한테 줘? 네가 상으로 침을 뱉어 줘도 받을 자격이 없는 놈인데."

인옥은 우스우면서도 기가 막혔다.

"너 정말로 그 발 닦는 천을 그 애한테 준 건 아니지? 괜히 미움을 사면 어쩌려고."

그러나 감옥은 묘하게 웃으며 대답했다.

"아니, 훨씬 좋은 걸 줬어."

어쩐지 조금 괴상한 말투였다. 인옥은 인상을 살짝 찌푸리며 물었다.

"대체 뭘 준 거야?"

"지난번에 네가 붙잡은 그 옷."

인옥의 안색이 대번에 뒤집혔다. 이젠 우습다는 생각도 까맣게 사라졌다.

"뭐? 어쩐지 아무리 찾아도 왜 안 나오나 했어. 그 옷은 사람의 정신을 조종할 수 있어. 피를 빨 수도 있다고!"

그는 이리 말하며 황급히 나갈 채비를 했다. 그러자 감옥이 그를 붙들었다.

"야, 뭘 그렇게 걱정해! 그 옷이 사람의 정신을 통제하긴 해도, 옷을 준 사람은 너니까 남들이 그놈을 조종하진 못해. 그리고 피를 빠는 거. 그게 평범한 인간의 피는 빨아먹을 수 있을지 몰라도 신관은 절대 못 건드려. 벌써 사흘이나 지났는데 그놈한테 별일 있었어?"

인옥은 생각에 생각을 거듭하며 편전 안을 서성였다. 감옥이 말을 덧붙였다.

"게다가 그 녀석은 능력이 좋잖아? 젊고 유능하다니까, 이번에 그 능력이 얼마나 되는지 한번 보자고."

결국, 인옥은 손을 홱 뿌리치며 말했다.

"안 돼! 그게 얼마나 위험한지도 모르는데, 사고라도 생기면 끝장이야! 너는 어쩜 이렇게 정도를 몰라! 정말!"

그렇게 감옥의 외침을 뒤로한 채 뛰쳐나간 그는 여러 신관들과 부딪쳐 가며 기영전에 급히 도착했다. 하지만 기영은 자리에 없었다. 그는 다시 주변 사람들을 붙잡고 물었다.

"급한 일로 기영을 찾고 있는데, 지금 어디 있습니까?"

다른 사람이 말했다.

"기영? 기영 전하라면 신무전에서 집의 중입니다! 오늘 상천정의 상위 무신들은 전부 거기 모여서……."

인옥은 다 듣지도 않고 냅다 달렸다. 신무전에 도착한 그는 뒤늦게야 안에 들어갈 수 없음을 깨달았다. 첫째, 이 집의에 불려 온 이들은 '상천정의 상위 무신들'인데, 그는 불리지 않았다. 둘째, 들어가더라도 남들 앞에서 이 일을 말할 수는 없었다. 그는 어쩔 수 없이 우선 신무전 앞에서 기다리기로 했다. 사련은 장식 창호지 너머로 안을 훑어보았다. 풍신, 모정, 배명 등 익숙한 얼굴 몇몇이 대전 안에서 진중하게 집의를 하고 있었다. 한편 인옥의 시야에는 대전 안에 있는 권일진이 들어왔다. 그는 눈부시게 반짝거리는 비범한 갑옷을 걸치고 있었다.

권일진은 별다른 이상이 없어 보였다. 오히려 상석의 군오 옆에 서 있는 영문이 조금 이상했다. 그녀가 혼이 빠져나간 것처럼 자꾸 실수를 저지르자, 군오는 하는 수 없이 목소리를 냈다.

"영문, 영문?"

그리 몇 번을 불리고서야 영문은 퍼뜩 정신을 차렸다.

"예? 무슨 일이십니까?"

군오가 웃으며 말했다.

"오늘은 어찌 된 게야? 기영을 계속 쳐다보는데, 혹시 나처럼 저 새 갑옷이 괜찮다고 생각한 것이냐?"

대전의 무신 몇몇도 뒤따라 웃음을 흘렸다. 영문은 송구하다고 말하고는 남몰래 이마의 식은땀을 닦았다. 하지만 붓을 쥔 손은 아직도 조금씩 떨리는 것 같았다.

당시 같은 자리에 있었다면 사련도 아마 웃었을 것이다. 그러나 지금은 너무나 훤히 보였다. 영문은 본인이 수백 년 전에 손수 지은 피 묻은 옷을 권일진이 입은 채 눈앞에서 돌아다니는 것을 보았기 때문에 머리카락이 곤두서고 마음이 동요한 것이리라.

인옥은 신무전 바깥을 서성이다가, 웅크려 앉았다가 일어서가며 마음을 바짝 졸였다. 그렇게 겨우 집의가 끝났다. 가장 먼저 걸어 나온 권일진은 밖에서 인옥을 발견하곤 인사를 했다.

"사형, 왜 여기 계세요?"

인옥은 서둘러 자리에서 일어나 이유를 대충 얼버무리고 바로 본론을 꺼냈다.

"그 갑옷……."

"너무 좋아요! 방금 제군과 영문도 좋다고 칭찬했어요. 고마워요, 사형."

"……."

인옥은 애써 태연한 척 말했다.

"좋긴 좋은데, 그, 갑옷을 만든 사람이, 갑옷에 조금 문제가 있어서 다시 가져다주면 고쳐 주겠다고 하더라."

권일진에게 '이 갑옷을 벗어'라고 직접적으로 명령을 내리면 나중에 자신이 사특한 물건에 조종당했다는 사실을 눈치챌지도 몰랐다. 좌우간 이 일이 들통나는 건 곤란했다. 그에게 수상한 점을 들킬 수는 없으니 이렇듯 완곡하게 부탁하는 편이 최선이었다. 하지만 권일진은 어리둥절해하며 물었다.

"무슨 문제가 있어요? 전 괜찮은 것 같던데."

어쨌든 자신이 챙겨 준 선물을 다시 돌려 달라 하기에도 참 난감했다. 인옥이 대책을 고심하고 있는데, 권일진이 말을 덧붙였다.

"맞다, 사형. 다음 달에 우리 같이 순시 나갈 수 있어요."

인옥은 순간 고개를 들고 멍하니 외마디로 물었다.

"뭐?"

그는 한순간 금의선까지 깜빡 잊고 머뭇거리며 말했다.

"순시에 내 자리는 없을 텐데."

권일진은 퍽 기쁜 기색으로 대답해 주었다.

"있어요. 아까 사형 얘기를 했더니, 제군이 생각해 본다고 하셨어요."

"……."

그 순간, 사련은 인옥의 얼굴에 뜨거운 피가 울컥 솟구치는 장면을 볼 수 있었다.

오랜 세월 쌓인 노기와 울분이 끝내 폭발하고 말았다. 인옥은 돌려 말하는 법 없이 곧장 윽박질렀다.

"너 미쳤어?"

이렇게 화가 난 인옥을 처음 보는 권일진은 눈을 끔벅대며 당황한 기색을 보였다. 옆을 지나던 신관 몇몇도 슬쩍 시선을 던졌다. 인옥은 두 손으로 머리를 감싸 쥐고 소리쳤다.

"내가 언제 가고 싶다고 했어? 무신 순시가 나랑 무슨 상관이야? 너한테 부탁하지도 않았는데 왜 제군께 내 얘기를 해!"

다른 사람들은 인옥이 왜 이렇게 이성을 잃었는지 모르겠지만, 사련은 너무도 잘 알았다. 지금 이 상황은 자존심이 지극히 강한 무신에게 실로 크나큰 치욕이기 때문이다.

무신의 순시는 상천정의 최정예 무신들만이 참여할 수 있는 의식이다. 선발된 무신들은 밖을 순시하면서 본인의 위세로 숱한 요괴와 귀신을 물리친다. 명성을 떨치고 신도를 늘릴 수 있을뿐더러, 함께 순시를 나간 무신들과 서로 부지런히 겨루어 실력을 키우며 인맥을 쌓는 기회이기도 했다. 한마디로 요약하면 아주 성대한 행사다. 하지만 순시를 나가는 무신의 기반이

나 실력에는 까다로운 조건이 따라붙었다. 이를테면 궁관이 4천 채 이상이라든지, 투등 순위가 10위 이내라든지.

인옥의 밑천으로는 순시를 나갈 무신 자격에 미치지 못할 게 뻔했다. 설령 순시에 참여하게 되어 실질적인 이득을 얻는다고 한들, 그의 지위를 잘 아는 상천정과 중천정 사람들이 입방아를 찧어 대지 않겠는가? 물론 낯가죽이 두꺼운 사람은 개의치 않을 것이다. 수많은 소신관들도 어떻게든 순시 일정에 빌붙어 보겠다고 발버둥을 친다. 하지만 인옥은 자명하게도 낯가죽이 두꺼운 사람이 아니었다. 본인에게 자격이 없다는 사실쯤은 똑똑히 알고 있었다. 그런 그가 어떻게 다른 사람의 힘을 빌려 무리하게 끼어들 생각을 하겠는가? 하물며 이 사람은, 애초에 자신이 발 벗고 나선 덕에 인간계로 쫓겨나지 않은 그 권일진인데!

그러나 권일진은 전혀 이해하지 못했다. 그는 이것이 좋은 일이라고 생각해 말을 꺼냈을 뿐, 다른 사정을 신경 쓸 필요는 느끼지 못했을 터다. 하지만 인옥은 진심으로 격노했다. 권일진의 얼굴에 처음으로 우물쭈물 망설이는 표정이 떠올랐다. 이윽고 그가 시무룩한 목소리로 물었다.

"사형, 왜 화나셨어요? 제가 뭘 잘못했어요?"

"……."

또 이 소리!

정말이지 사련은 권일진에게 제발 그만 말하라고 부탁하고 싶었다. 인옥의 이마에 핏대가 툭 불거졌다. 이성의 끈이 완전히 끊어지기 직전이었다. 그는 자신의 머리카락을 움켜잡고 일 갈했다.

"됐어! 이젠 한계야! 미칠 것 같아! 제기랄, 너 때문에 미치겠 다고!"

그는 신무전을 가리키며 말을 이었다.

"권일진, 이제 나한테 말 걸지 마! 당장 가서 제군께 한 말 취 소해! 나 성가시게 하지 말고! 당장 가!"

그가 고함치자 권일진은 두말없이 재깍 돌아서서 신무전으로 내달렸다. 인옥은 순간 당황했다. 권일진이 아직 금의선을 입 고 있다는 사실이 뒤늦게 떠올랐다. 저 행동은 자신의 잘못을 깨닫고 수습하려는 게 아니라, 금의선에 정신을 조종당한 것이 었다!

신무전 안. 아직 자리에 있던 무신 몇몇이 바람처럼 돌진해 들어온 권일진을 이상하게 쳐다보았다. 대전 밖에 서 있던 인 옥이 온몸을 가늘게 떨며 다시 외쳤다.

"멈춰!"

권일진은 군오의 코앞을 덮치기 직전에 급정지하더니 정말로 멈춰 섰다. 그는 한참이 지나서야 어리둥절한 듯 말했다.

"방금 내가 왜 그랬지?"

군오도 미간을 좁히며 말했다.

"기영, 움직이지 마라! 이리 와서 얼굴을 보여라. 방금 네 눈 빛이 흐려지고 사기가 흘러나오더구나. 무언가 사술에 걸린 모양이다."

머리를 긁적인 권일진은 어리둥절한 눈치로 '네.' 하고 대답
하곤 앞으로 걸음을 떼려 했다. 궁지에 몰린 인옥은 부득이한
심정으로 외쳤다.

"돌아와! 어서!"

명령이 떨어지자 권일진은 곧장 돌아서서 신무전을 뛰쳐나가
인옥에게로 돌진했다. 홧김에 눈앞이 흐려진 탓일까, 미칠 것
처럼 초조한 탓이었을까. 인옥은 엉망진창으로 몇 걸음을 떼더
니 저도 모르게 덩달아 달리기 시작했다. 마치 죗값이 두려워
도망치는 죄인 같은 모습이었다. 이를 못 본 척할 수 없었던 군
오가 자리에서 일어서며 외쳤다.

"붙잡아라!"

무신들이 일제히 대답했다.

"예!"

인옥은 반쯤 절망한 상태로 혼란에 빠졌다. 그는 얼굴을 감
싸며 고함쳤다.

"가! 빨리 가! 그 옷을 벗어!"

권일진은 두 눈에 초점을 잃은 채 질주하면서 갑옷을 벗었
다. 그런데 도중에 무신관들이 그를 노리고 포위망을 좁혀 올
줄 누가 알았겠는가. 명령을 실행하려던 움직임을 방해받자 권
일진의 눈에 흉포한 빛이 어렸다. 그는 당장 무신관 십여 명의
몸을 과녁 삼아 닥치는 대로 주먹을 휘둘러 줄줄이 구멍을 뚫

어 버렸다.

"아아아아악! 상천정, 상천정에서 살인이 났다―!"

사방을 뒤엎는 날카로운 비명과 공기 중에 몰아치는 핏방울 속에서, 인옥은 창백하게 질린 얼굴로 제자리에 얼어붙었다. 그보다 안색이 더 창백한 사람은 아마 영문뿐이었을 것이다.

금의선이 이리도 강할 줄, 이리도 사악할 줄이야! 이제 사태는 완전히 걷잡을 수 없게 되었다!

저지하러 왔던 하급 무신관들은 권일진의 주먹을 막지 못하고 그 자리에서 즉사했다. 사태가 심각해지자 풍신과 모정, 낭천추가 공격을 감행하려는 듯 권일진의 앞으로 뛰어들었다. 인옥이 외쳤다.

"그를 내버려 두십시오! 건드리지 말아요! 이젠 사람을 죽이지 않을 겁니다!"

명령을 완수하는 것을 방해하지 않는 한, 권일진은 사람을 해치지 않을 것이다. 그러나 이미 십여 명의 무신관을 죽인 그를 어느 누가 내버려 둘 수 있겠는가? 당연히 인옥의 말을 믿을 리 없었다. 순발력이 좋고 위기 앞에서도 침착한 사람이라면 이때 당장 '엎드려서 움직이지 말고 항복해!' 같은 명령을 내렸겠지만, 사태가 너무 빠르게 벌어진 탓에 짧은 시간 안에 반응할 겨를조차 없었다. 하물며 인옥은 지금껏 이런 종류의 전투는 겪어 본 적이 없을 터였다. 당황한 탓에 결정도 엉망진창으로 내리고 말았다. 잘못 내디딘 첫걸음에 길 자체가 어긋났다. 혼란한 와중에 모정이 인옥의 등 뒤에 불쑥 나타났다.

"어딜 도망치시는 겁니까?"

인옥도 그제야 자신이 무작정 도망치고 있다는 걸 깨달았다. 그는 서둘러 걸음을 멈추고 변명했다.

"그게 아니라……."

그러나 모정은 단호하게 그의 팔을 등 뒤로 비틀었다. 사련은 또렷하게 울려 퍼지는 '우둑' 소리를 들었다. 인옥의 얼굴이 움찔거렸다.

무신 된 몸으로서, 기량이 한층 고강한 무신에게 제압당하는 것은 그야말로 심신에 이중으로 타격을 받는 일이었다. 뒤편 멀찍이서 지켜보던 배명이 입을 열었다.

"어째 갑자기 실력이 대폭 늘어난 것 같은데?"

그가 말하는 것은 권일진이었다. 그야 당연했다. 원체 싸움에 일가견이 있는 권일진이 금의선을 걸쳤으니, 능력이 최소한 곱절은 넘게 올랐을 터다. 다른 무신이 그와 홀로 맞서 싸우는 건 사실 일 대 이 싸움이라 전혀 공평하지 않았다. 하지만 무슨 비밀이 숨겨져 있는지도 모르는데 다 같이 합세해 포위하고 공격하기도 무안했다. 자칫 괜히 체면이 깎이면 어쩌겠는가? 추격전을 벌이던 권일진은 피투성이 몸으로 선경 대로까지 달려갔다. 그러다 문득 대로변의 궁관 하나를 보더니 곧장 돌진했다. 사람들이 소리를 질렀다.

"그가 인옥궁에 들어갔다!"

인옥은 그에게 '가'라고 명령했으나, 구체적으로 어디로 가라고는 말하지 않았다. 그래서 아무렇게나 골라 들어간 것이다. 무신들도 뒤따라 들어갔다. 다른 이들은 정신이 멀쩡했으니 공격하면서도 사정을 봐주었지만, 권일진은 자신을 막는 사람들을 사력을 다해 공격했다. 이 상황에 무신들도 심기가 불편해졌다. 풍신이 소리쳤다.

"정말 괴상한 녀석이군. 우선 때려눕히고 봅시다!"

진작에 그럴 마음이었던 무신들은 이 외침이 나오자 더는 사양 않고 권일진을 둘러싼 채 공격을 퍼부었다. 검기며 장풍이며 권법이 난무했다. 가뜩이나 조금 낡아 있던 인옥전은 금세 절반이 와르르 무너져 내렸다!

모정에게 붙잡혀 있던 인옥은 난투 속에서 요란하게 무너지는 자신의 궁전을 보고는 눈을 크게 뜨고 외쳤다.

"그만 싸워!"

이 외침을 듣는다고 다른 무신들이 멈출 리 없었다. 그러나 권일진은 그의 명령을 듣고 불현듯 주먹을 거두었다. 이번에는 공교롭게도, 칼과 검에 주먹과 발까지 요란한 굉음과 함께 권일진의 몸을 강타했다. 또 하나의 대참사였다!

낭천추는 미처 중검을 치우지 못하고 권일진의 어깨를 찍어 내렸다. 다행히 원체 무딘 검인 데다가 즉시 위력을 죽였기 때문에 권일진을 반쪽으로 갈라놓지는 않았다. 낭천추가 외쳤다.

"공격하지 마십시오. 움직일 수 없는 것 같습니다!"

풍신은 얼굴에 튄 핏자국을 닦으며 말했다.

"젠장, 드디어 조용해졌군!"

권일진은 오랏줄에 묶인 사람처럼 땅바닥에 뻣뻣하게 드러누워 있었다. 한편 모정은 인옥의 손을 곤선삭으로 묶은 뒤 놓아주었다. 인옥은 무의식중에 바닥에 주저앉아 아수라장이 된 인옥궁을 멀거니 바라보았다. 주위를 한 바퀴 둘러본 시선은 다시 앞쪽의 권일진에게 가닿았다. 권일진은 생명력이 얼마나 끈질긴지, 방금까지 무신들에게 된통 얻어맞아 사람 꼴이 아닌데도 금세 또 벌떡 일어나 앉았다. 그는 어리둥절해하며 말했다.

"무슨 일이야?"

"……."

권일진 때문에 혈압이 오른 무신들은 이구동성으로 소리쳤다.

"자네 지금 죽을 뻔했어!"

내내 바짝 뒤따르며 상황을 지켜보던 영문은 창백한 얼굴로 어렵사리 한숨을 내쉬었다. 이제야 겨우 사람을 부를 정신이 생겼다. 그녀는 두 손가락을 모아 관자놀이에 대고 통령진에게 말했다.

"의관, 응급 처치가 필요합니다!"

권일진은 여전히 어리둥절했다. 고개를 돌리니 바닥에 주저 앉은 인옥이 보였다. 그는 인옥을 부축해 주고 싶었는지 자리에서 몸을 일으켰다. 처참하게 묵사발이 난 인옥의 신전을 배경으로, 난 아무것도 모른다는 표정을 짓는 얼굴. 그 얼굴을 본 인옥은 말이 없었다. 그러나 표정은 희미하게 일그러지기 시작했다.

권일진은 무슨 일이 일어났는지 꿈에도 모르고 물었다.

"사형, 왜 그러고 계세요?"

"……."

인옥은 홀연히 이성을 잃은 것처럼 난데없이 픽 웃었다. 그러곤 두 눈을 붉히며 말했다.

"권일진. 넌 어떻게 죽지를 않아? 죽어 버리면 안 돼?"

이 말을 들은 사련도 그 자리의 다른 신관들처럼 눈을 휘둥그레 떴다. 명령을 받은 권일진은 망설임 없이 실행에 옮겼다. 바닥에서 검을 주워 든 그는 한 손으로는 자신의 머리카락을 붙들고, 다른 손으로는 검을 거꾸로 쥔 채 자신의 목을 겨누었다.

권일진이 움직이자, 무신들은 그가 기습하려는 줄 알고 순간적으로 열댓 장을 물러났다. 그런데 예상치 못한 자결 시도라니. 앞으로 달려가 검을 빼앗을 틈도 없었기에 다들 연신 고함만 쳤다. 인옥도 흠칫 몸을 떨었다. 그러면서도 결국 움직이지 못하고 고개를 돌렸다. 머지않아 피가 튀려는 순간, 권일진의 뒤로 군오의 형체가 홀연히 나타났다.

바드득, 소리가 울려 퍼졌다. 순식간에 권일진의 팔다리 관절이 전부 빠졌다.

군오는 다시 적당히 힘을 조절해 손날을 내리쳤다. 권일진은 그제야 완전히 의식을 잃고 거듭 바닥에 쓰러졌다. 온몸은 이미 사람 꼴이 아니라 핏덩어리였다.

이로써 사련을 비롯한 모두가 비로소 안도의 한숨을 내쉬었다. 하지만 군오는 그렇지 않았다.

빙글 뒤돌아선 그는 기쁘지도 노하지도 않은, 더없이 엄정한 표정으로 인옥에게 말했다.

"사태가 이리되었으니, 마땅히 해명이 있어야겠지."

손을 머리카락 깊숙이 파묻고 있던 인옥은 그의 말을 듣자 무의식적으로 고개를 들었다.

"전 모릅니다. 제가 아닙니다. 이건……!"

그는 여기까지 말하고서야 자신이 아까 뭐라고 말했는지 알아차린 듯, 거듭 몸을 흠칫 떨었다.

그는 이렇게 많은 눈앞에서 권일진에게 죽으라고 말했다. 그리고 권일진은 정말 그대로 따랐다.

여기서 증거를 놓친 사람이 있을 리 만무했다. 모정이 말했다.

"제군, 방금 기영의 반응은 사술에 당한 것이 분명합니다. 필시 그가 지닌 무언가가 인옥이 보내는 지령을 듣게 만들고 있습니다. 그게 뭔지 모를 뿐이지요."

물론 옆에 있던 영문은 그것이 무엇인지 잘 알고 있었다. 그러나 그녀가 어떻게 말을 보태겠는가. 이 현장에 남아 일손을 부른 것만으로도 이미 최선이었다. 낭천추는 믿지 못하겠다는 얼굴로 말했다.

"세상천지에 그런 게 있습니까?"

이때, 한 사람의 그림자가 군중을 헤치고 들이닥쳤다. 감옥이었다. 밖에서 인옥을 찾아다니다가 돌아온 모양이었다. 그는 정확한 상황을 파악하지 못한 채 입을 열었다.

"뭣들 하시는 겁니까? 이게…… 저희 인옥궁은 왜 이럽니까? 어쩌다 이리된 겁니까? 누가 부쉈습니까!"

군오는 인옥의 옆으로 천천히 걸음을 옮겼다.

"무엇으로 그를 조종했느냐?"

냉혹하지 않은 어조였으나, 이유 모를 위압감이 덮쳐 와 숨통을 틀어막았다. 이처럼 높은 곳에서 아래를 내려다보는 모습이 한층 두려움을 불러일으켰다. 사련도 큰 사고를 쳤던 몸이지만 이런 군오는 본 적이 없었다. 그러고 보면 당시 군오는 그에게 유난히 인자하게 관용을 베푼 셈이었다.

인옥은 원래부터 마음이 굳건하지 못하고 여렸다. 사련이 지켜본 그는 심지가 단단하지 못했고 순발력도 높지 않았다. 지금에 와서는 변명조차 꺼내지 못했다. 군오가 말을 이었다.

"되었다, 말하지 않아도 알고 있으니. 그 갑옷이겠지."

끝났다. 끝났다. 전부 끝장이다.

인옥은 바닥에 주저앉은 채 다시 머리를 감싸 쥐었다. 천지를 뒤덮을 듯한 말소리가 사방에 물결쳤다.

"정말 놀랐습니다……. 상천정에서 몇백 년을 지내도록 이런 터무니없는 일은 본 적이 없습니다!"

"한 신관이 다른 신관의 정신을 조종해 살인 병기로 만들어선, 신관 십수 명을 죽이게 한 것도 모자라 자결을 시키려 하다니요?"

"악랄하기도 해라……."

인파 사이에 선 감옥은 이런 대형 사고가 일어났다는 말을 듣고 얼굴이 새하얗게 질렸다. 그러면서도 이를 악물고 뛰쳐나와 무릎을 꿇었다.

"제군! 그 갑옷은, 제가, 제가 권일진에게 준 것입니다. 인옥과는 무관합니다."

그제야 넋이 돌아온 인옥이 갈라진 목소리로 말했다.

"감옥……."

감옥은 체면도 모조리 내려놓고 목청 높여 고했다.

"저는 원래, 저 녀석에게 따끔한 맛이나 보여 줄까 했던 겁니다. 한데 이렇게…… 이렇게 큰 사고가 생길 줄은 몰랐습니다……."

권일진은 한쪽에서 의식을 잃고 낭자한 피바다 위에 누워 있었다. 황급히 달려온 약사(藥師)와 의관들이 벌써 그의 곁을 둘러싸고 있었다. 감옥이 말을 이어 갔다.

"저는 항상 저 녀석을 싫어했지만, 인옥은 언제나 그를 정중하게 대했습니다. 여기 이 많은 분들도 증언하실 수 있을 겁니다. 인옥은 이 갑옷에 대해 전혀 몰랐습니다!"

그러나 지금에 와서는 이미 늦었다. 이것이 인옥과 무관한 일이라고 믿는 사람은 이제 아무도 없을 터였다. 누군가가 곧바로 대꾸했다.

"인옥궁의 하급 신관인 네가 직접 수작을 부릴 만큼 권일진을 원망한다면, 네가 섬기는 신관은 또 얼마나 심보가 대단할지 눈에 선하다만?"

비아냥대는 목소리도 이어졌다.

"사정을 몰랐다? 그런데 어찌 남한테 죽어 버리라고 한단 말이냐? 그냥 농담한 거라고 하진 않겠지."

인옥이 앞서 보였던 반응은 당황한 나머지 보인 반응이니 참작할 만하다고 해도, 마지막의 그 '죽어 버려'라는 말만큼은 도저히 책임을 벗을 길이 없었다.

사련은 당시 영문이 자신에게는 '인옥이 농담을 했다'고 말했던 것이 떠올랐다. 그녀 나름대로 인옥을 감싸 준 셈이었다. 그러나 감옥은 믿을 수가 없었다.

"뭐라고요? 말도 안 되는 소리 마십시오. 인옥이 어떻게 그런 말을 하겠습니까? 인옥은 언제나 저 녀석을 깍듯하게 챙겨 왔는데, 어떻게 죽으라는 말을 했겠습니까? 인옥, 아니지? 그런 말 안 했지? 네가 그런 말을 했을 리 없잖아!"

그러나 인옥은 대답 대신 눈을 감을 뿐이었다. 감옥이 결사적으로 부인하자, 주위 사람들은 기가 막힌다는 듯 말했다.

"우리가 직접 들었는데 발뺌할 셈이냐?"

감옥이 다급하게 말했다.

"오해가 있는 게 분명합니다! 여러분도 모르는 일들이 많단 말입니다!"

"어떤 오해가 있든, 아무리 대단한 오해라도 사제를 죽이려 들면 안 되지 않나?"

이 말에 인옥과 감옥은 말문이 막혔다. 그러자 주변에 있던 신관이 계속 숙덕거렸다.

"권일진이 독립해서 자기 신전을 꾸려 나가고서부터 인옥궁 사람들은 그를 본체만체했다지요. 권일진이 찾아올 때마다 매 번 궁에 사람이 없다고 했었다던데요. 처음엔 이상하다 싶었는 데, 이제 보니 눈에 거슬려서 그런 거였구먼……."

"그러고 보니 며칠 전 중추연 때 권일진으로 오해받은 적이 있었잖습니까? 그때 저 두 얼굴이 아주 안 좋아 보이더라고요."

전부 반박할 수 없는 사실이었지만, 그들이 내린 결론은 달 랐다.

"그 일 말이지요. 저도 압니다. 민망스러운 일이긴 해도 사람 을 해할 것까진 없잖습니까……."

"맞습니다. 무슨 마음이 그리 좁은지……."

감옥은 두 눈을 붉히며 목소리를 높였다.

"우리 전하와는 무관한 일이라고 했잖습니까! 저 혼자 저지 른 일입니다! 제가 다 인정했는데 왜 다들 딴소리를 하십니까!"

그러나 이제는 황하에 뛰어들어도 죄를 씻어 낼 수 없었다. 남들 눈에는 그의 자백이 기껏해야 인옥이 악랄하고 충성스런 부하를 두었다는 방증으로 보일 뿐이었다. 하물며 단 한마디면 모든 해명이 일축됐다.

"권일진에게 죽으라고 한 건 다른 사람이 아니었잖소!"

갈수록 상황이 악화되어 가자 군오가 가라앉은 목소리로 말했다.

"둘 다 데려가라. 영문, 너는 여기서 기영을 지켜보거라."

영문이 예, 하고 대답하며 고개를 숙였다. 군오는 뒷짐을 지고 인옥궁을 떠났다. 무신관 몇 명이 인옥을 끌어 올렸다. 인옥은 허탈한 목소리로 읊조렸다.

"감옥, 됐어. 그만해."

감옥도 끌어 올려져 곤선삭에 묶였다. 그가 말했다.

"예전엔 그냥 그만뒀지만 이번엔 절대로 안 돼! 여기서 그만두면 넌 끝장이야! 폄적될 거야, 틀림없이 폄적될 거라고!"

인옥은 한숨을 토했다.

"됐어. 폄적된다면 그리해야지. 난 여기 머물러도…… 아무런 의미가 없어."

감옥은 한스럽게 소리쳤다.

"……넌, 넌 아무리 그래도, 무슨 일이 있었어도, 절대 마지막 그 한마디만큼은 뱉지 말았어야 했어. 그 한마디 때문에 완전히 무너졌잖아! 평소에는 한 번도 그놈을 욕하지 않았으면서, 왜 하필 지금 그놈에게 죽으라고 했어? 하필 그 한마디를!"

인옥은 한순간에 십수 년은 늙은 것처럼 눈빛이 부옇게 변했다. 그 역시 조금 망연자실한 듯 고개를 가로저으며 말했다.

"나도 왜 그랬는지 모르겠어. 난 그때…… 하, 변명은 그만둘게."

감옥은 끌려가며 몇 걸음을 비틀비틀 내딛다가, 불현듯 소리를 내질렀다.

"대체 뭐 때문인데?"

모두의 시선이 모여들었다. 감옥의 외침이 이어졌다.

"네가 노력하지 않은 것도 아니잖아! 넌 그놈보다 만 배는 더 강하고, 만 배는 더 나아! 권일진은 개뿔도 아냐! 내가 그놈 싫어하겠다는데 뭐? 대체 왜 지금 저놈은 저렇고 너는 이래? 왜 폄적되는 게 저놈이 아니냐고!"

그는 분통한 나머지 이가 바드득 갈렸다. 진심으로 한스러웠다. 눈물이 흐를 만큼 한스러웠다. 그러나 본디 세상사라는 게, 노력한다고 다 통하지는 않는 법이다.

어쩌면 그도 내심 알고 있을지 모른다. 그러나 억울한 마음에 도저히 이 분노를 삼킬 수가 없었다.

감옥이 울부짖자, 인옥도 걸음을 뗄 수가 없었다.

그는 손에 얼굴을 푹 파묻고 인옥궁 앞에 힘없이 주저앉아 울부짖었다.

"됐어! 그만하라고 했잖아! 날 그냥 내버려 둬!"

그는 다시 귀를 틀어막고는 목이 찢어지도록 악을 썼다.

"더는 일일이 충고하지 마! 그만 얘기해! 부탁이니까 다들 제발 그만 말하라고!"

사련은 차마 더는 지켜볼 수가 없었다.

"……이제 됐어!"

그러자 화성이 눈앞의 장면을 거두었다. 두 사람의 이마가 살짝 떨어졌다.

오래 맞닿아 있었던 탓일까, 사련은 이마가 저릿저릿했다. 조금은 간지럽고 뜨거운 것도 같았다. 손으로 문지르고 싶었지만 손을 들 만한 공간이 없었다. 화성은 이 미묘한 불편함을 알아챈 듯 손을 들어 그의 이마를 꾹꾹 문질러 주고 다시 자연스럽게 손을 내려놓았다. 한편 돌벽 밖, 귀면을 쓴 채 한참을 왔다 갔다 서성인 인옥이 권일진에게 냉랭하게 물었다.

"나오고 싶으냐?"

일부러 바꾸어 낸 목소리였다. 권일진은 고개를 끄덕이며 대답했다.

"응."

"좋다. 여길 봐!"

인옥은 말을 끝내자마자 전광석화 같은 속도로 삽을 휘둘러 권일진의 머리를 내리쳤다!

'텅!' 하는 묵직한 소리가 울려 퍼졌다. 권일진은 곧장 입을 다물고 머리를 아래로 늘어뜨렸다. 사련은 경악했다.

"아니겠지. 이렇게 때려죽였다고? 진짜 죽었어?"

화성이 하핫, 소리 내어 웃었다.

"형, 걱정 마. 죽지 않았어. 기절했을 뿐이야."

삽을 내리친 인옥은 한숨을 내쉬었다. 결국에는 권일진을 벽에서 캐내기로 마음먹었는지, 그는 지사의 삽을 세우고 한 움큼씩 벽을 파내기 시작했다. 사련은 이해했다.

이대로 권일진을 꺼냈다가 그를 당해 내지 못하면 인옥은 신분을 들키고 말 터다. 이 얼마나 속이 타들어 가는 상황인가. 이 사형 사제 두 사람의 인연이란 참 지긋지긋해서, 누가 누구보다 더 속이 타는지 말하기도 힘들다. 그러니 차라리 모르는 체하는 게 낫다. 사련이 말문을 뗐다.

"삼랑, 우리도 나갈 방법을 찾아야 하지 않을까?"

화성은 이 안에서 지내는 것이 퍽 즐거운 모양이었다.

"응? 벌써 나가자고?"

사련은 기가 막힌 심정으로 물었다.

"그러면? 안에서 살고 싶어?"

"형과 함께라면 안 될 것도 없지. 자, 이건 농담이고."

표정을 바로잡은 그는 손을 뻗더니 사련의 두 귀를 단단히 막았다. 사련이 물었다.

"뭐 하는 거야?"

화성이 미소를 지으며 대답했다.

"한 걸음씩 걸어 나가기 귀찮아서, 아예 터뜨려 버리게."

"……."

산괴에 잡아먹힌 사람도 같이 터져 버리진 않을까, 그리 생각하던 사련의 안색이 문득 희미하게 변했다.

"잠깐."

화성도 그처럼 안색을 바꾸며 손을 내렸다. 두 사람은 귀를 바짝 기울였다. 이윽고 사련이 소리를 낮추어 물었다.

"들었어?"

화성의 목소리도 낮게 가라앉았다.

"들었어."

인옥은 한쪽 돌벽 너머에서 지사의 삽으로 구멍을 파고 있다. 그런데 돌벽의 다른 쪽에서도 누군가의 목소리가 들려왔다.

이 목소리는 은나비로 탐지한 게 아니라 그들이 직접 들은 것이었다. 이 사람의 목소리는 돌벽에 달라붙어서 말하는 것처럼 아주 가까이서 들려오고 있었다. 사련은 숨을 죽이고 조용히 들어 보았다. 먹먹하게 울리면서 드문드문 끊어지는 모호한 단어들이 들렸다. '먹었느냐?', '상천정', '무신' 따위의 단어들이었다. 순간 가슴이 덜컥했다. 사련은 화성과 눈을 마주치고는 소리가 들려오는 쪽으로 애써 다가붙었다.

목소리의 주인공은 한 남자였다. 말을 하는 도중마다 잠깐 멈추는 것을 보니 누군가와 대화를 나누는 것 같았다. 하지만 사련은 다른 상대방의 목소리를 듣지 못했다. 어쩌면 그 상대방이 비교적 멀리 떨어져 있기 때문인지도 몰랐다.

조용히 자리를 옮기자 그 목소리는 조금 더 또렷해졌다. 여전히 모호하기는 했으나 아까보다 완전한 문장이 귀에 들어왔다.

그 사람이 말했다.

"태자 전하께서도 오셨더군. 난 이렇게까지 하고 싶진 않아. 자네도 그러리라 믿네. 하지만 그분은 이미 가망이 없어."

사련은 속으로 중얼거렸다.

'나 말하는 건가? 내가 무슨 가망이 없는데? 잠깐, 이 목소리……'

굉장히 귀에 익은 목소리였다. 분명 어디에선가 들어 본 적이 있었다. 까마득히 오래전에, 그것도 한두 번 들어 본 목소리가 아니었다. 하지만 너무 긴 세월이 지난 탓에 당장은 저 목소리에 들어맞는 마땅한 인물이 떠오르지 않았다. 사련이 머리를 싸매고 고민하고 있는데, 그 사람이 또 한마디를 꺼냈다.

"그러니 이쯤에서 끝내 버리세."

그 순간, 사련은 이 목소리의 주인이 누구였는지를 기억해 냈다.

그는 입술을 달싹이며 소리 없이 말했다.

"국사?"

돌벽의 다른 너머에 있는 사람. 그의 목소리는 놀랍게도 한때 선락국에서 사련을 가르쳤던 스승과 똑같았다!

84장 수수께끼의 국사, 은밀한 언어와 속내

사련의 가슴이 무섭게 뛰기 시작했다. 손끝까지 희미하게 떨려 왔다.

이내 마음을 가라앉힌 그는 소리 없이 고개만 살짝 들어 화성의 귓가에 대고 말했다.

"⋯⋯삼랑, 움직이지 마. 밖에서 들리는 이 목소리, 내 스승님과 무척 비슷해. 일단 들키면 안 되니까⋯⋯."

무척 비슷하긴 했으나 확실하다고는 단언할 수 없었다. 세상 천지에 목소리가 꼭 닮은 사람이 없는 것도 아니고, 그와 국사는 몇백 년을 만나지 못했으니 기억이 흔들렸을 가능성도 적지 않았다. 당장은 경거망동할 필요 없이 조용히 지켜보면 더 많은 비밀을 알아낼 수 있을 터였다. 화성도 고개를 살짝 숙이고 그의 허리를 껴안으며 귓가에 속삭였다.

"알겠어…… . 형도 움직이지 마."

두 사람은 사면팔방의 흙과 돌에 짓눌려 몸을 바짝 맞붙였다. 뺨 근처가 닿을 정도라 귓가가 조금 뜨거워졌다. 문득, 사련의 뇌리에 난데없는 한마디가 스쳐 지나갔다.

– 부부가 죽어서 한 무덤에 묻히는 기분이 아마 이러려나.

이때, 그 목소리가 다시 말했다.

"그 둘은? 어디까지 갔지?"

'그 둘'? 본능적으로 자신과 화성이라 짐작한 사련은 마음이 선득해져선 이 사람의 대화 상대는 대체 누구인지 자세히 들으려 했다. 그러나 이상한 것은, '국사' —우선은 '국사'라고 부르자.— '국사'의 물음에 돌아오는 대답은 없었다.

참 이상할 노릇이었다. 이 거리에서는 사련과 화성 모두 '국사'의 물음을 들을 수 있었다. 이치대로라면, '국사'도 고함을 치는 정도로 큰 소리를 내지 않았으니 상대방은 그와 멀리 떨어져 있지 않을 테고, 대답을 했다면 몇 마디쯤은 들렸을 것이다. 그러나 실제로는 전혀 들리지 않았다.

'국사'가 다시 입을 뗐다.

"둘이 고생 많았겠군. 하지만 이제 잡초들은 신경 쓸 필요 없네. 하등 능력도 없는 것들이니. 지금 우리에겐 더 긴히 해야 할 일이 있어."

사련은 그제야 깨달았다. '그 둘'은 그와 화성이 아니라, 정체는 모르겠지만 아마 국사의 패거리 중 어떤 두 명을 가리키는 것 같았다.

상황은 갈수록 기묘해졌다. 국사는 분명 대답을 받은 말투였다. 그러나 순전히 혼잣말을 중얼거리거나 공기와 대화하는 것처럼 들렸다. 사련은 머릿속에 이 기괴한 장면을 떠올렸다가 바로 떨쳐 버리고 다른 가능성을 떠올렸다. '국사'는 그 사람의 목소리를 들을 수 있지만, 다른 사람은 듣지 못할 가능성.

마음속 의구심은 갈수록 짙어져 갔다. 사련은 더욱 숨을 죽이고 귀를 기울여 자세히 들어보았다. 뒤를 잇는 '국사'의 말에 충분한 단서가 담겨 있었다.

"산에 사람이 어찌 이리 많아? 아무튼, 우선 그들을 전부 동로에 데려다 놓게. 그때 가서 내가 어떻게든 하나하나 처리할 테니. 빠를수록 좋아. 반드시 이틀 안에는 도착해야 하네."

동로!

게다가 '이틀 안에'라고 했다. 동로산 안에서는 축지천리를 사용할 수 없는데 어떻게 이틀 만에 도착한단 말인가? 거기에다 사람들을 모두 데려가라니. '처리한다'는 건 또 어떻게 '처리'한다는 것인가?

짧은 침묵 끝에 그 목소리가 말을 이었다.

"그들 둘도 불러오게. 함께 동로로 가지. 태자 전하를 상대하려면 하나라도 빠져서는 안 돼. 지금 전하께선 아직 완전히 각성하지 않은 상태일세. 만약 그분이 깨어나시면…… 이번엔 무슨 일을 저지르실지 짐작하기 어렵네."

사련은 멍하니 굳어졌다.

지금 내 이야기를 하는 건가?

바로 이때, 산 몸체가 우르릉거렸다. 사련은 주변의 흙과 돌이 잘게 진동하는 것을 느꼈다. 바깥의 국사가 말했다.

"뭐지?"

돌벽 안에 갇힌 사련도 화성에게 물었다.

"왜 이러지?"

화성이 나직하게 대답했다.

"저쪽에 변화가 생겼어."

두 사람은 다시 이마를 맞대었다. 사련의 오른쪽 눈앞에 인옥과 권일진이 있는 건너편 동굴의 상황이 펼쳐졌다. 아마 조금 전에 일어난 상황 같았다. 마침내 권일진을 돌벽에서 파낸 인옥은 가쁜 숨을 몰아쉬며 그를 끌어 내리고 한숨을 내쉬었다. 그런데 누가 알았으랴. 정신을 잃었던 권일진이 자리에서 벌떡 일어나더니, 인옥의 얼굴을 가린 가면을 벗겼다!

아까, 권일진은 기절한 척을 했던 것이다!

생각해 보면 그렇다. 그는 인옥이 생각에 잠기면 제자리를 서성이는 버릇이나 말할 때의 어조, 사람을 때리는 힘까지도 낱낱이 알고 있었을 테니 인옥이 삽으로 자신을 내리친 순간 그의 정체를 알았을 것이다. 권일진 같은 성격도 속임수를 쓰는 날이 다 있다니. 평범하고 어설픈 수법이기는 해도 권일진이 그런 짓을 한다는 건 전대미문에 속했다. 그러니 누구든 무방비할 수밖에. 경악하다 못해 참담하게 질린 얼굴이 가면 밑에서 등장했다. 놀라서 얼이 빠진 모습이었다. 그러나 권일진은 못내 감격해서는 온 머리에 피를 뒤집어쓴 꼴로 펄쩍 뛰어오르며 외쳤다.

"사형!"

인옥의 입가가 일그러졌다. 마치 아주 무서운 것을 본 사람처럼, 그는 양손으로 머리를 부둥켜 쥐고 외쳤다.

"아니야!"

버럭 고함친 그는 재빨리 달아났다. 그는 도망치면서 권일진을 저지할 심산으로 뒤쪽을 집중 공격했다.

"가까이 오지 마! 따라오지 마!"

권일진도 재빨리 뒤쫓아 달렸다. 그는 날아드는 공격 따위 깔끔하게 무시하고 기쁨에 겨워 소리쳤다.

"사형! 저예요!"

인내심을 저버린 인옥이 울부짖으며 험한 말을 터트렸다.

"제기랄, 너라서 무섭다고! 따라오지 말라니까!"

공격이 마구잡이로 날아드는 추격전 때문에 산 몸체가 울려댔다. 한편 '국사'가 의문스럽다는 투로 말했다.

"저쪽에선 뭘 하는 거지? 어찌 이리 시끄러워?"

여전히 대답하는 이는 없었다. 그러나 '국사'는 답을 얻은 듯 말했다.

"그렇군. 요즘 애들도 참, 이리 수선스러워서야 쓰나. 난 먼 저 가겠네. 준비를 해야지. 나중에 자네가 동로 근처에 도착하면 다시 합류하세!"

그는 이대로 떠나려는 듯했다. 이를 들은 화성은 다시 사련의 귀를 가렸고, 사련은 눈을 감았다. 이윽고 온몸이 격렬하게 흔들렸다. 오랫동안 두 사람을 짓눌러 온 돌벽이 마침내 폭발했다. 나란히 도약한 두 사람은 가볍게 땅을 딛고 서서 신선한 공기를 들이마셨다. 그러나 밖은 텅 빈 동굴이었다. 국사도, 그 신비한 상대방도 이미 흔적도 없이 사라진 뒤였다.

사련과 화성은 서로 눈빛을 주고받았다. 조급하게 뒤쫓을 생각은 없었다. 두 사람의 몸이 떨어지기도 전, 맞은편 동굴에서 검은 옷을 입은 사람이 들이닥쳤다. 인옥이었다. 그는 지사의 삽을 휘두르며 두 사람을 향해 정신없이 달려왔다.

"성주! 태자 전하!"

머리가 깨져 피를 줄줄 흘리는 권일진도 인옥의 뒤를 쫓아오며 들이닥쳤다. 화성은 고개도 까딱이는 법 없이 손을 흔들었다. 권일진은 즉시 팔을 들어 막았다. 그러나 화성이 쓴 이 수는 주먹으로 막아 낼 수 있는 것이 아니었다. 펑, 하는 소리가 들리더니 권일진의 온몸에서 붉은 연기가 터져 나왔다. 연기가 서서히 걷히고 나자, 그 자리에는 둥그런 빨간색 오뚝이만 홀로 남아 빙글빙글 돌고 있었다.

그 오뚝이는 두 눈을 크게 부릅뜬 채 퍽 애꿎은 모습을 하고 있었다. 화성이 지난번 낭천추를 다루었던 그 수법이었다. 인옥은 그제야 질주를 멈추고 식은땀을 훔치며 걸어왔다.

"감사합니다, 성주."

화성이 말했다.

"이렇게 겁낼 정도는 아니잖아?"

인옥은 여전히 공포가 가시지 않은 듯 쓴웃음을 지으며 말했다.

"솔직히, 지금 이 기영 전하를 보면 그냥 멀리 도망칠수록 좋다는 생각만 듭니다."

이를 들은 사련은 웃음이 나면서도 동정심이 들었다. 보아하니 인옥은 정말 권일진의 '개성'에 심각하게 마음의 상처를 입은 모양이었다. 모두에게 외면당한 오뚝이는 여전히 땅바닥에서 눈을 동그랗게 뜬 채 이리저리 기우뚱거렸다. 오뚝이가 가엾어 보인 사련이 주우러 가려던 찰나, 갑자기 지면이 격렬하게 진동했다. 몸도 따라서 비틀댔다. 하마터면 저 오뚝이보다 더 심하게 기울어질 뻔했다. 사련은 급히 중심을 잡으며 물었다.

"무슨 일이지? 지진인가?"

물론 사련은 부축이 필요하지 않았지만, 화성은 그를 부축해 주며 인옥에게 말했다.

"나가 봐."

인옥은 무척 빠르게 상태를 회복했다.

"네!"

그는 대답과 함께 지사의 삽을 움켜잡았다. 머지않아 한쪽 돌벽에 구멍 하나가 냉큼 뚫렸다. 바깥의 햇빛이 안으로 비껴들었다. 바깥을 바라본 인옥은 놀란 기색이었다. 사련이 물었다.

"인옥 전하, 지진인가요? 아니면 산이 무너지려는 건가요?"

"전부 아닙니다! 산괴가…… 달리고 있습니다!"

달린다고? 사련과 화성은 시선을 마주치고는 앞으로 다가가 산괴의 바깥을 바라보았다. 저도 모르게 말문이 턱 막혔다.

정말로 달리고 있었다!

산 몸체 밖의 풍경은 알록달록한 선처럼 보일 정도로 빠르게 후퇴하고 있었다. 이렇게 보면 그들은 질주하는 마차에 타고 있는 것 같기도 했고, 맹렬하게 달리는 거인의 어깨 위에 앉아 있는 것 같기도 했다.

작은 산, 하천, 평야, 숲들은 이 산괴의 발에 납작하게 짓밟히며 길을 내주었다. 광풍이 동굴 어귀 바깥에서 세차게 들이닥쳤다. 세 사람의 머리카락과 허리끈도 춤추듯 공중에 펄럭였다. 인옥이 중얼거렸다.

"이런 식으로 달리면 이틀 만에 동로에 도착할 수 있겠는걸요……"

이틀?

찰나, 사련의 마음이 시원하게 트였다. 그런 거였구나!

'다른 사람'이 대답하는 소리가 들리지 않던 이유가 여기에 있었다. 국사가 상대방에게 이틀 안에 그들을 동로로 데려가라고 했던 요구도 이상할 게 없었다. '국사'는 애초에 사람이 아닌 이 산괴와 대화하고 있었던 것이다!

화성도 확실하게 깨닫고 입을 열었다.

"마침 잘됐네. 산괴의 힘을 빌리면 천천히 갈 필요가 없어. 그자는 때가 되면 동로산에서 합류한다 했으니, 그쪽으로 가 보면 대체 무슨 속셈인지 알게 되겠지."

그러나 사련은 안색이 어두웠다. 화성이 이를 눈치채고 물었다.

"형, 왜 그래?"

"아직 완전히 각성하지 못했다는 건 뭘까?"

아까 그 목소리가 말했었다. '지금 전하께선 아직 완전히 각성하지 않은 상태일세. 만약 그분이 깨어나시면…… 이번엔 무슨 일을 저지르실지 짐작하기 어렵네.'라고. 사련은 미간을 굳히며 덧붙였다.

"만약 그 사람이 정말 내 스승이고, 그가 말한 '태자 전하'가 나라면, 그 말은 무슨 의미지?"

"형, 우선 너무 깊게 생각하지 마. 첫째, 그 사람이 꼭 형의 스승이란 법은 없어. 둘째, 그가 말한 '태자 전하'가 반드시 형인 것도 아냐. 잊지 마, 오용 태자도 태자 전하야."

"하지만 맞다면? 약간 터무니없는 추측일 수도 있는데, 일리가 있는지 한번 들어 줘."

"좋아. 말해 봐."

사련이 말을 이었다.

"동로산에는 로, 병, 사, 이렇게 세 개의 주요 산이 있어. 그 중 '생'만 없지. 만약 아까 그 사람이 정말로 내 스승님이고, 그와 대화하던 상대가 산괴인 데다가 그가 산괴와 교류할 수 있다면, 그가 말했던 '그 둘'은 다른 두 산괴일 가능성이 유력해."

화성이 대답했다.

"이 점에는 동의해. 다른 건?"

"그리고 이 세 산괴는 인간의 의식을 지닌 게 아닐까 싶어. 심지어 애초부터 인간에서 변화했을지도 몰라. 그런데 어째서 '생'이라는 산은 없을까? '생'은 아직 형태가 변하지 않았으니까. '생'은 아직 인간이니까. 그리고 그 인간이…… 바로 국사인 거야!"

생각할수록 일리 있는 추측 같았다. 심장이 멈출 줄 모르고 무섭게 뛰었다. 사련은 계속해서 말을 이어 갔다.

"동로산은 한때 오용국의 영토였어. '생로병사'는 전부 넷이야. 오용 태자의 호법 천신도 네 사람이었지. 그리고 어려서부터 나를 가르쳤던 선락 국사도 모두 네 분이 계셨어! 수석 국사 한 분, 부국사 세 분. 보통 한 나라의 국사가 네 명씩이나 될까? 예전에는 이상한 점을 모르고 그저 관례이겠거니 생각했었는데, 나중에야 그런 관례가 없다는 걸 알았어. 이게 우연의 일치일까? 그들 사이에 무슨 연관이 있는 건 아닐까?"

"우연의 일치라 해도 놀랍진 않아. 사명경도 넷이잖아? 사대해는 넷이 안 되니까 억지로 하나를 끌어다 머릿수를 채웠고."

"하지만 이유는 몰라도 강한 예감이 들어. 생로병사, 오용국의 호법 천신들, 선락 국사들…… 어쩌면 모두 같은 네 사람일지도 몰라."

그는 자신의 추측을 따라 짚어 내려갔다.

"만약 나의 스승님 네 분이 정말로 오용 태자의 네 호법 천신이었다면, 그럼 그분들은 왜 선락국 국사를 하셨던 걸까? 왜 날 가르치신 거지? 국사는 왜 나에게 오용 태자의 옛이야기를 해 주셨고? 왜 내게 오용 태자 같은 사람이 되라고 하신 거야? 혹시 나에게 나 자신조차도 몰랐던 무슨 문제가 있나? 내가 아직 깨어나지 않았다는 게 무슨 소리지? 설마 사실은 내가……."

사련이 뭔가에 홀린 것처럼 자기 생각에 심취하자, 화성이 그의 어깨를 움켜잡고 단호하게 말했다.

"그럴 리 없잖아! 내가 장담해. 형은 형이야. 다른 어떤 사람도 아니야. 날 믿어. 터무니없는 생각은 하지 마."

사련은 그제야 꿈에서 막 깨어난 것처럼 중얼거렸다.

"……네 말이 맞아. 내가 좀 터무니없는 생각을 했어."

국사는 부모님을 제외하고 그가 가장 잘 아는 사람이었다. 비록 말을 듣지 않는 그를 천덕꾸러기 취급하고 신분을 생각해 거리를 두었으나, 대체로는 좋은 스승이었다. 제 딴에는 무척 잘 안다고 생각했던 사람을, 실은 전혀 모르고 있었음을 깨닫는다면 확실히 사고가 혼란해지기 마련이다.

그리고 한 가지 더. 너무 비슷했다. 이제까지 오용 신전 벽화에 묘사된 오용 태자의 경험은, 윤회가 되풀이되는 듯한 두려운 감각을 희미하게나마 그에게 전해 주었다.

화성은 어조를 부드럽게 누그러뜨리며 말했다.

"그런데 형, 먼저 잘 생각해 봐. 형의 스승, 내력이 어떻게 돼?"

잠깐 고민해 본 사련이 대답했다.

"……잘 몰라."

정말이었다. 정말 자신의 스승이 어디에서 온 사람인지 전혀 떠오르지 않았다. 잠시 망설인 사련이 다시 말했다.

"국사는 내가 태어나기 전부터 국사였어. 성함이 매념경이라는 것만 알아. 하지만 볼 것도 없이 가명이겠지. 예전에도 그렇게 대단한 분이 왜 선경에 오르지 않았을까 궁금했었는데. 만약 아까 그 사람이 국사라면, 그분이 세상을 살아온 세월은 분명 나보다 훨씬 길 거야. 그분이 정말 우리를 상대할 작정이라면……."

그러나 화성은 조금도 아랑곳하지 않았다.

"상관없어. 그래 봤자 오래 살았을 뿐이잖아. 정체가 뭐가 됐건 다 막을 방법이 있겠지. 무슨 일이든 내가 있다는 걸 기억해. 난 영원히 형의 편이니까."

사련은 조금 멍해졌다. 가뜩이나 존재감이 낮은 데다 눈치껏 말을 아꼈던 인옥은 모두의 머릿속에서 잊힐 지경이 되었을 무렵에야 입을 열었다.

"성주, 다른 사람들을 찾아야 할까요?"

이들은 빠져나왔지만, 산괴에 삼켜진 배명과 다른 사람들은 어느 구석에서 소화되고 있을지 모를 노릇이었다. 사련이 재빨리 말했다.

"찾아야 해요! 같이 찾아보죠. 인옥 전하, 잠시 기다려 주세요."

인옥이 대답했다.

"태자 전하, 저를 전하라고 부르지 않으셔도…… 저는 상천정의 신관을 그만둔 지 오래인걸요."

사련이 웃으며 말했다.

"그럼 그쪽도 절 이름으로 부르세요. 이렇게 예의 차리실 필요 없어요. 저도 태자 전하를 그만둔 지 한참이라서요."

인옥은 그의 뒤에 있는 화성을 흘긋 보고는 얼른 말했다.

"그건…… 송구, 송구스러워서 그렇게는 못 합니다."

"송구스러우실 게 뭐가 있어요?"

사련은 그리 물으면서 앞으로 걸음을 뗐다. 권일진 오뚝이를 주우려는 순간, 별안간 사람의 형체가 하늘에서 뚝 떨어지더니 뼈가 부러지는 날카로운 소리를 내며 그의 앞에 묵직하게 내려앉았다.

사련은 본능적으로 방심을 뽑아 아래로 휘둘렀다. 공격을 가하기 전에 상대를 훑어보는 좋은 버릇을 들인 덕에, 그는 시선이 가닿자마자 검을 멈춰 세웠다.

"배 장군?"

몸을 뒤집고 벌떡 일어난 그 사람은 다름 아닌 배명이었다. 그는 의외로 여유롭고 소탈한 자태로 어깨의 먼지를 툭툭 털더니, 흘긋 눈길을 던지며 말했다.

"태자 전하와 귀왕 각하는 아주 즐거운 시간을 보내고 계셨군요."

"그럭저럭요. 저기, 배 장군, 괜찮으신 거 맞죠? 방금 '우직' 소리를 들은 것 같은데……."

배명이 대답했다.

"오, 괜찮습니다. 신경 써 주셔서 고맙군요. 그 소리는 제 뼈에서 난 게 아닙니다. 이거였죠."

그가 들어 올린 것은 바로 그 불운한 남자의 넓적다리뼈였다. 이미 뼈라고 할 수도 없는 모습이었지만. 그가 말을 이었다.

"이 친구가 도와준 덕분에 산괴의 몸 안에서 살길을 파냈습니다. 비록 사내의 뼈이기는 해도 절개 굳센 대장부의 몫은 한 게지요."

말이 끝나기 무섭게, 저 멀지 않은 곳에 다른 형체가 하늘에서 육중하게 내리꽂혔다. 일행은 그쪽으로 다가가 살펴보았다. 이번에는 배숙이었다. 게다가 사실은 두 사람이었다. 그는 반월을 팔 안에 감싸고 있었다. 반월은 각마와 용광을 담은 까만 단지 두 개를 끌어안은 채였다. 두 사람 다 흙투성이였지만 별 탈은 없는지 잽싸게 몸을 일으켰다. 배숙이 진흙을 몇 입 뱉으며 말했다.

"장, 군! 태자, 전, 하."

배명이 중얼거렸다.

"이 산괴는 우리가 맛이 없어서 먹었다 토한 모양입니다."

화성과 사련은 짧게 눈을 마주치곤 담담하게 말했다.

"글쎄요. 어쩌면 누군가가 토해 내라고 해서 그랬을지도요."

배명은 걸음을 내딛다가 심상치 않은 진동을 감지하고는 미간을 찌푸렸다.

"이 산은 왜 이럽니까? 뭐가 이리 심하게 떨려요?"

사련이 대답해 주었다.

"지금 우리를 태우고 동로 쪽으로 달리고 있거든요."

배명은 인옥이 뚫은 구멍 어귀로 다가가서 바깥을 내다보았다.

"빠르군요! 잘됐습니다. 다리 힘을 아끼는 데 도움이 되겠어요."

하지만 여전히 한 사람이 모자랐다. 사련이 물었다.

"영문은요?"

화성은 오른쪽 눈으로 확인해 보았는지 대신 대답했다.

"그자의 등에 앉은 은나비를 산괴가 삼켜 버렸어. 보이질 않아."

다시 말해, 영문과 금의선은 이제 자유의 몸이라는 뜻이었다. 이건 정말 큰일이었다. 사련이 외쳤다.

"어서 그를 찾아요!"

그리하여 일행은 다시 산괴의 몸속을 분주히 뛰어다니기 시작했다. 화성은 백 마리에 달하는 사령나비를 풀어 한바탕 수색을 벌인 끝에, 일행을 이끌고 다른 구멍 하나를 찾아냈다.

사람이 억지로 뚫은 구멍이라 가장자리가 울퉁불퉁했다. 구멍 밖으로는 쏜살같이 뒤로 물러나는 바깥 풍경이 펼쳐졌다.

광풍이 사람처럼 처량하게 울부짖는 소리를 내며 산 몸체 안으로 몰아쳤다. 영문은 산괴에게 토해진 뒤로 여기에 직접 구멍을 파고 도망친 모양이었다. 사련은 구멍 어귀에서 아래를 내려다보며 미간을 좁혔다.

"이를 어쩌면 좋지? 금의선은 파괴력이 너무 강해. 그냥 이대로 둘 순 없어."

화성이 말했다.

"걱정하지 않아도 돼. 어차피 그쪽도 최종 목적지는 동로일 테니까. 서로 다른 길로 갈 뿐이야."

일행은 다시 한자리에 모였다. 사련은 아까 들은 말을 사소한 부분은 생략하고 간추려 들려주었다. 이야기가 끝난 뒤에는 다들 바닥에 자리를 잡고 멍하니 시간을 보냈다. 어쨌든 지금은 무찌를 만한 요괴도 없고 직접 걸음을 재촉할 필요도 없으니, 어쩐지 조금 허무하고 지루한 기분이었다.

인옥은 권일진과 어떻게 대화해야 좋을지 모르겠다고, 그를 보면 머리가 아프고 무서워 못 견디겠다고 말했다. 때문에 사련은 지금 권일진을 풀어놓는 건 현명한 선택이 아니라 판단하고, 당분간 오뚝이 모습으로 두기로 했다. 따분해진 배명은 그 오뚝이를 튕기며 놀았다. 사련은 앞뒤 좌우로 마구 흔들리는 오뚝이가 얻어맞고 있는 꼬마처럼 보여서 어쩐지 조금 가엾어졌다. 그는 큼, 헛기침을 하고 말문을 뗐다.

"배 장군, 그만 가지고 노세요."

배명은 일단 예, 하고 대답했다. 그러나 졸음이 몰려온 사련이 벽에 기대어 잠시 눈을 붙이자 다시 오뚝이를 튕기기 시작했다. 그를 신경 쓰는 사람은 아무도 없었다. 내내 구멍 어귀를 지키며 거리를 셈해 보던 인옥이 멀찍이서 이쪽을 바라보았다. 그는 몇 번이고 입술을 달싹이다 결국 말을 아꼈다. 그런데 누가 알았으랴. 즐거움 끝에 슬픔이 온다더니, 배명이 오뚝이를 한창 튕기는 와중에 한쪽에 앉아 있던 배숙이 쿵, 소리를 내며 쓰러졌다. 명색이 자신의 가문 후손인지라, 배명은 노닥거릴 마음도 까맣게 잊고 배숙을 붙들며 말했다.

"소배? 왜 그러느냐?"

이때다 싶어진 인옥은 살금살금 다가와 그 오뚝이를 줍고는 사련의 옆에 내려놓았다. 화성이 말했다.

"웬 소란이야. 안 죽어. 전하께서 주무시는 거 안 보이나?"

아니나 다를까, 사련은 소란스러운 소리에 잠이 깼다. 잠결에 깨닫고 보니 자신은 어느새 누군가의 어깨에 기대어 있었다. 귓가에 화성의 목소리가 들려왔다.

"형, 깼어?"

사련은 눈을 비볐다. 옆에서 권일진 오뚝이가 흔들거리고 있었다. 그는 무심결에 오뚝이를 챙기며 말했다.

"내가 너한테 기대서 잤구나? 미안해……. 무슨 일 있어?"

화성은 태연한 얼굴로 말했다.

"아무 일 없어. 졸리면 더 자도 돼. 곧 도착할 거야."

사련의 맞은편에 있는 배명이 배숙의 옷깃을 붙잡고 미친 듯이 흔들어 대고 있었다. 이를 발견한 사련은 약간 놀라서 반쯤 잠이 깼다. 그는 무슨 사고라도 난 줄 알고 서둘러 두 사람에게 다가갔다. 배숙을 살펴본 뒤 그가 말했다.

"아. 배 장군, 걱정하지 않으셔도 돼요. 소배 장군은 배고픔에 피로가 겹쳐서 잠깐 체력이 떨어진 거예요."

아무래도 배숙은 인간의 몸이었다. 이 오랜 시간을 고생하면서 밥도 물도 먹지 못했고, 사련처럼 배고픔을 견디는 풍부한 경험도 없으니 결국 버티지 못하고 쓰러진 것이다. 배명은 별일 아니라는 듯한 사련의 이 가벼운 표현에 문제가 있다고 생각했다.

"배고픔에 피로가 겹쳐서 잠깐 체력이 떨어진 것뿐이라고요?"

별수 있겠는가. 허풍이 아니라, 사련은 한 끼를 먹으면 사흘을 버틸 수 있었고, 열 끼를 걸러도 아무 일 없는 사람처럼 벌떡 일어나 고물을 주우러 갈 수 있었다. 어느 신관이 이런 방면에서 사련만큼 경험이 풍부하겠는가? 사련이 입을 열었다.

"그건, 크흠. 여기 먹을 거 가지고 계신 분?"

돌아오는 대답은 없었다. 이때 반월이 혼자 무언가를 꺼냈다.

"미안해. 난 이거밖에 없어……."

배명은 그 '전란도봉'이 담긴 단지를 보더니 버럭 윽박질렀다.

"그걸 아직도 가지고 있어? 누굴 죽이려고? 빨리 버려라!"

두 사람 쪽이 떠들썩해지자, 화성은 사련에게 말했다.

"봐 봐, 아무 일 없다니까. 그냥 한숨 더 자."

산괴는 그들을 태우고 반나절을 달렸다. 어둑해진 바깥 하늘이 사련의 눈에 들어왔다.

"우리 얼마나 온 거예요? 이제 동로까지 얼마나 남았죠?"

인옥이 대답했다.

"벌써 8백 리 가까이 달렸습니다."

이건 그들이 걸어가는 것보다 훨씬 빨랐다. 사련도 자리에서 일어나 구멍 어귀로 다가섰다. 그저 가볍게만 둘러보려던 시선 끝에 문득 무언가가 스쳤다. 순간 등에 솜털이 쭈뼛 곤두섰다.

"저게 뭐지?"

어두운 밤, 산괴 위에서 내려다본 아래쪽 지면에 거대한 사람의 얼굴이 덩그러니 펼쳐졌다.

눈이 휘어지고 입꼬리가 치켜 올라간 모습이 흡사 그를 향해 기이한 미소를 꽃피우고 있는 것 같았다. 사련은 저도 모르게 뒤로 한 걸음 물러났다. 화성이 뒤에서 그의 등을 받쳐 주었다. 그는 마음을 조금 가라앉히고 거듭 자세히 살펴보았다. 다시 보니 이 '사람 얼굴'은 산천과 골짜기 따위가 한데 얽혀 만들어진 그림으로, 단순한 착시 현상에 불과했다. 그러나 이 착시는 살아 있는 듯 생생해서, 눈길이 닿는 것만으로도 사람을 질겁하게 했다.

사련이 입을 열었다.

"저기 눈과 입처럼 생긴 골짜기는 뭐지?"

화성이 뒤에서 대답했다.

"저건 오용인들이 '어머니 강'이라고 부르던 오용강이야. 높은 산의 눈과 얼음이 녹아 만들어진 강이지. 물론 지금은 완전히 말라 버렸지만. 여기까지 왔다는 건 동로에 아주 가까워졌다는 뜻이야."

"그럼 저 '코'는?"

"저건 오용강 기슭에 있는 번화한 도시. 내려가서 볼래?"

사련이 고개를 갸웃했다.

"아래에 볼만한 게 있어?"

"저 도시 안에는 오용 신전도 있거든. 형이라면 아마 가 보고 싶을 것 같은데."

신전이 있다면 벽화도 있을지 모른다. 사련은 즉시 답을 내놓았다.

"내려갈래."

그는 한시라도 빨리 오용 태자에 관해 더 많이 알고 싶었다. 배명도 말했다.

"내려가지요. 소배에게 먹을 것과 물을 좀 구해다 줘야겠습니다. 그런데 어떻게 내려갑니까? 검도 부러졌는데."

화성이 가볍게 손을 흔들었다. 사람들의 곁에 은나비 몇 마리가 나타나더니 은빛을 반짝이며 모두의 어깨 위, 등 뒤, 머리 위와 옷소매에 내려앉았다. 다들 이렇게 작은 은나비가 자신들을 데려갈 수 있을까, 내심 미심쩍어했다. 그러나 사련은 가타

부타 따지지 않고 약야를 풀어 모두를 나란히 엮었다. 이대로라면 공중에서 흩어지지 않을 터였다. 인옥은 구멍을 한층 크게 텄다. 대여섯 명이 동시에 드나들 만한 크기였다. 준비가 끝나자 일행은 구멍 어귀로 다가갔다. 사련이 운을 뗐다.

"여러분, 준비하시고—"

이때 배명이 말했다.

"잠깐."

사련은 뒤를 돌아보았다.

"배 장군, 무슨 일이시죠?"

"두 분의 손에 있는 이건?"

사련은 그의 시선을 따라 아래를 내려다보았다. 시야에 들어온 건 자신의 손이었다. 그는 그제야 자신과 화성 두 사람의 손가락 사이에 여전히 그 붉은 실이 이어져 있음을 깨달았다.

"……"

사련이 가볍게 헛기침을 하고 대답했다.

"이, 이건…… 연락용 법보 같은 거예요."

"오. 움직일 때 불편하지 않겠습니까? 어찌 됐든 실이니까 만약 걸리거나 어딘가에 얽히면 사고가 날지도 모릅니다."

퍽 일리 있는 충고였다. 사련이 어찌 모르겠는가. 무신이 출격할 때 최대 금기는 거치적대는 물건을 두는 것이다. 하지만 어떤 미묘한 이유 때문에 사련은 이 실을 그다지 자르고 싶지 않았다. 그의 표정이 고민하는 것처럼 약간 굳어지자, 화성이 그를 흘긋 보고는 웃으며 말했다.

"일리가 있는걸. 이러면 확실히 움직이기 불편하지."

말이 끝나자, 사련의 시야에서 두 사람의 손가락에 묶인 붉은 실이 사라졌다. 화성이 말을 이었다.

"이제 훨씬 편할 거야."

사련은 붉은 실이 사라진 허공을 응시하며 조금 넋을 놓았다. 그 붉은 실은 아주 잠깐 이어졌다가 사라져 버렸다. 무슨 큰일도 아닌데, 아니 당연히 사소하고 하찮은 일인데, 그런데도 어쩐지 허전했다. 다른 사람에게 들킬까 봐 사련은 얼른 웃으며 말했다.

"가요! 준비하시고— 뛰어요!"

여전히 앞을 향해 맹렬히 돌진하고 있는 산괴는 이 메뚜기만 한 인간 몇 명이 자기 몸에서 조용히 떨어졌다는 사실을 꿈에도 몰랐다. 일행은 사령나비 무리에 둘러싸인 채 털끝 하나 다치지 않고 사뿐히 착지했다. 발을 디딘 지점은 바로 그 미소 짓는 거대한 얼굴의 '코'였다.

몸을 일으킨 사련은 무척 의아해하며 주위를 한 바퀴 두리번거렸다.

"삼랑, 오용 신전이랑 도시가 여기 있는 거야?"

"있지."

사련이 머뭇거리며 말했다.

"그렇지만…… 여긴 아무것도 없는데?"

사실이었다. 그는 땅으로 내려오면 지난번 첫 번째 신전 때처럼 거리, 상점, 민가, 오래된 우물, 신전 등등 작은 도시의 풍경이 펼쳐질 줄 알았다. 하지만 눈앞에 보이는 것은 평탄한 공터였다. 애초에 도시라곤 존재하지 않았던 것처럼 휑하기만 했다. 배명은 배숙을 부축하며 한쪽 발로 커다란 바위를 밟았다.

"'번화한 성'은 어디 있소?"

화성이 대꾸했다.

"당신 발밑에."

"뭐라고?"

사람들이 우르르 몰려들었다. 배명의 발밑에 있는 건 바로 그 바위였다. 사련이 중얼거렸다.

"혹시 이게 무슨 장치인가?"

화성이 곡도의 칼자루에 손을 얹은 채 느긋하게 걸어오며 말했다.

"자, 다들 저쪽에 서 있어."

일행은 그의 말대로 자리를 옮겼다. 그는 곡도 액명을 뽑더니 칼끝을 아래로 향했다. 이내 전광석화 같은 속도로 바위 주변의 지면을 갈랐다. 칼끝에 찔린 지면은 파각, 소리를 내며 거미줄 모양으로 금이 갔다. 균열은 빠르게 퍼져 나가며 점점 더 크게, 더 깊이 쪼개졌다. 마침내 그 지면이 우르르 내려앉고 싸늘한 구멍이 드러났다.

화성이 먼저 뛰어내렸다. 그가 갑자기 뛰어내릴 줄 생각지도 못했던 사련은 구멍 가장자리로 달려갔다.

"삼랑?"

이윽고 아래에서 화성의 목소리가 들려왔다. 광활한 메아리가 섞여 있었다.

"아래는 괜찮아. 내려와도 돼."

알고 보니 상황을 파악하러 먼저 내려간 모양이었다. 사련은 안도의 한숨을 내쉬고 곧장 뒤따라 뛰어내렸다. 화성은 사련의 손을 잡고 그를 일으켜 주었다. 사련이 말했다.

"너무 어둡네."

말이 끝나기 무섭게 어둠 속에서 은나비 몇 마리가 빛을 발했다. 빛을 머금고 반짝이는 별이 너울너울 춤추며 날아갔다. 어스름한 도깨비불 몇 개도 덩달아 떠올라 땅굴 깊숙한 곳을 순식간에 환히 비추었다. 사람들 앞에 나타난 것은 긴 거리였다.

천 년 전의 이곳은 번화한 거리였을 터다. 상점이 오밀조밀 모여 있고 집들은 전부 거대했다. 방금 배명이 밟았던 커다란 바위는 어떤 집의 지붕이었다. 나머지 사람들도 차례로 뛰어내렸다. 사련은 위쪽을 올려다보았다.

"그랬구나. 이 도시는 묻힌 건가? 지진? 산사태? 아니면……."

"화산재."

사련이 획 고개를 돌렸다. 화성이 말을 이었다.

"두 장 두께의 화산재가 온 도시를 묻어 버렸어. 지금 보이는 건 동로산에 시험을 치르러 왔던 요괴들이 발굴해 낸 일부분이야. 아직 화산재 깊이 묻혀 있는 부분이 훨씬 많아."

사련은 두 번째 신전에서 본 벽화를 퍼뜩 떠올렸다. 눈부시게 화려한 붉은색이 다시 눈앞에 떠오르는 듯했다. 오용 태자가 꿈속에서 본, 세상이 멸망하는 장면은 정녕 현실이 되고 만 것이다.

배명은 배숙을 길가에 내려 두고 입을 열었다.

"일단 그런 건 됐고, 물은 없소? 물부터 먹여야겠소."

화성이 대답했다.

"표면의 강은 말랐다. 하지만 도시 깊숙한 곳에는 지하수가 있더군. 운이 얼마나 좋은지 어디 한번 볼까."

그리하여 배명과 반월, 인옥이 먼저 물을 찾으러 떠났다. 사련은 생각에 잠긴 듯 조용했다. 이때 화성이 다가왔다.

"형, 손을 봐."

사련은 무심결에 화성의 말대로 손을 들고 나서야 알았다. 두 사람 사이에 늘어진 붉은 실은 사라졌지만, 화성이 그의 세 번째 손가락에 손수 매어 주었던 짙붉은 매듭은 그대로였다. 변함없이 고운 매듭은 자그마한 붉은 나비처럼 그의 손 위에 깃들어 있었다.

화성은 분명 두 사람 사이의 붉은 실이 끊어지면 매듭이 사라질 거라 말했었다. 사련은 저도 모르게 말을 흐렸다.

"이건……."

의문에 빠진 그 모습에 화성이 웃으며 말했다.

"아까 그건 그냥 가벼운 속임수였어. 붉은 실은 감춰 뒀고. 거리에 제한도 없고 얽힐 염려도 없지만, 사실상 끊어지진 않은 거지."

그는 자신의 손을 들어 똑같이 생긴 매듭을 보여 주었다.

"매듭이 남아 있으면 붉은 선 너머의 사람은 무사하다는 뜻이 돼. 동로에 가까워지면 위험도 늘어날 거야. 앞에 뭐가 기다리고 있는지도 모르고. 그래서 생각해 봤는데, 역시 이 붉은 실은 못 풀겠어. 형 생각은 어때?"

붉은 실이 아직 남아 있다니. 사실을 알게 된 사련의 입꼬리가 저절로 휘어졌다. 그러다 자신의 모습을 깨닫고는 재빨리 웃음을 억누르고 표정을 바로잡았다.

"어, 맞아. 그러면 언제든 상대방이 안전한지 알 수 있겠네. 훌륭해, 아주 실용적인 법술이야."

화성도 싱긋 웃나 싶더니, 이내 웃음기를 거두며 운을 뗐다.

"하지만 전하, 꼭 말씀드려야 할 게 있으니 들어 주셨으면 합니다."

그의 표정이 갑자기 진지하게 변하자 사련도 진지해졌다.

"무슨 일인데? 말해 봐."

화성은 그의 눈을 똑바로 바라보며 말했다.

"전하는 죽지 않으시고 죽음을 두려워하지도 않으시다는 거, 저도 압니다. 하지만 전하께서 아무리 강해도 자신이 다치지 않을 거란 생각은 거두세요."

사련은 아연해졌다. 화성이 말을 이었다.

"죽지 않는다고 해서 다치지 않는 것은 아닙니다. 심지어 아프지 않은 것도 아니고요. 뭔가 이상하거나 위험한 걸 보시면 함부로 만지지 마시고 우선 저를 불러서 제가 처리하게 하세요."

사련은 문득 떠올랐다. 지난번 땅굴에서 그가 시독이 잔뜩 묻은 해골 두 개를 들었을 때 화성의 안색이 대번에 어두워지지 않았던가. 혹시 그때, 화성은 이것 때문에 화가 났던 걸까? 다른 이유가 아니라, 자신이 위험한 물건을 보고도 아무렇지 않게 건드려서?

만약 그렇다면, 그는 정말로 무슨 말을 해야 할지 알 수 없었다. 사련은 잠시 뒤에야 대답했다.

"알겠어……. 안 그럴게."

성실한 대답이 돌아오자 화성은 만족한 듯 고개를 살짝 끄덕이곤, 돌아서서 앞으로 걸음을 옮겼다. 사련이 불쑥 입을 열었다.

"삼랑, 잠깐만!"

화성이 걸음을 멈추고 빙글 뒤돌아보았다. 사련은 한참을 망설이다 겨우 작은 목소리를 짜냈다.

"……너, 너도야. 뭔가 위험한 걸 보면 안 만질 테니까, 너도 만지지 마. 우리 둘 다 건드리지 않기야. 알았지?"

이 말을 들은 화성의 한쪽 입가가 천천히 위로 휘어졌다. 말을 마친 사련은 조금 긴장했는지 무의식적으로 웃어 보였다. 화성이 한 걸음 다가와 입을 달싹이려는 찰나, 멀지 않은 곳에서 배명의 목소리가 울려 퍼졌다.

"이건 대체 뭐야?"

반월이 대답했다.

"사람 같아요."

"정말이군! 한데 사람이 어찌 이렇게 변했지?"

화성과 사련은 서로 눈을 마주치곤 그들의 목소리가 들려오
는 쪽으로 다가갔다. 사련이 물었다.

"어떻게 되었는데요?"

85장 형혹수심에 성인이 태어나다

배명과 일행들은 한 가정집의 뜰에 들어갔다. 우물이 있는지 살펴보려는 것 같았다. 뜰로 들어선 사련은 지나가는 말로 입을 열었다.

"이 거리의 집들은 하나같이 정말 으리으리하네."

화성이 말했다.

"동로는 오용국의 중심인 황성에 위치하고 있어. 여긴 동로에서 아주 가까운 곳이고. 즉 이천 년 전에는 황성과 아주 가깝고 풍요로운 도시였어. 그러니 건물이 크고 화려할 수밖에. 고관대작이나 여유 있는 가문들이 많이 살았거든."

확실히 우물이 하나 있긴 했지만, 우물가의 광경은 심히 무시무시했다. 사람 일고여덟 명이 우물가에 엎드려 있었다. 목마름에 죽어 가는 사람이 최후의 발악으로 여기까지 온 것 같앗지만, 결국 숨이 끊어지고 말았다. 좀 더 가까이 다가가 본 사련은 떨떠름하게 말했다.

"이건…… 사람이라기보단 석상 같지 않아요?"

물론 이 사람들은 산 사람이 아니다. 하지만 시체도 백골도 아니었다. 하나같이 몹시 투박한 회백색 '석상'이었다.

사련은 다가가서 손으로 만져 보려 했다. 그러자 옆에 있던 화성이 짧게 눈길을 던졌다. 사련은 위험하거나 이상한 것은 만지지 않기로 했던 약속을 퍼뜩 떠올리고 호기심을 억눌렀다. 그는 다시 머리를 굴렸다. 어느 누가 쓸데없이 이런 무시무시한 석상을 빚겠는가? 이 석상은 분명 사람이 맞을 것이다. 어쩌다 이런 모습이 되어 버렸는지는 모르겠지만.

이 집의 대문은 활짝 열려 있었다. 그는 한쪽의 방 안을 들여다보았다. 방 안의 바닥에도 두 사람이 뒤틀린 자세로 서로를 단단히 껴안고 누워 있었다. 이목구비가 흐릿하고 표정도 잘 보이지 않았으나, 그 모습만으로도 두려움에 질린 두 사람의 심정을 느낄 수 있었다. 두 사람은 몸 사이로 무언가를 단단히 끌어안고 있었다. 언뜻 보기엔 보따리 같았다. 거듭 자세히 살펴본 사련은 문득 깨달았다.

그건 아기였을 것이다.

상황이 눈앞에 선명히 그려졌다. 사련은 입을 열었다.

"바깥에 있는 건 이 집안의 하인들이고, 안에 있는 건 주인 일가족 세 식구 같아."

화성도 말을 보탰다.

"응. 화산이 폭발하고 나서 오용강에 흐르던 강물은 거세게 끓는 용암으로 변했어. 고지대에서 살던 백성들은 용암과 화염에 타 죽지는 않았지만, 공기를 잠식한 화산재를 피하지 못하고 질식해 죽었지."

천지를 뒤덮은 화산재는 삽시간에 그들의 온몸을 감싸며 표면에 딱딱한 껍데기를 만들었다. 그렇게 사람들이 죽음에 이르기 전의 순간을 보존한 채 석상으로 변했다. 이 부부는 목숨이 다하던 순간, 공포에 떨며 자신이 사랑하는 사람과 아이를 껴안고 한 덩어리가 된 것이다.

그 낡은 우물은 당연히 옛날 옛적에 말라 버렸다. 배명은 죽은 사람의 거푸집을 연구하는 데 흥미가 없었으므로, 나가서 배숙을 둘러메고 다시 물을 찾으러 떠났다. 한편, 문득 이상한 점을 발견한 사련은 돌아서서 방으로 들어갔다. 그러곤 그 세 가족의 석상 곁에 몸을 낮추어 앉았다. 화성도 방으로 들어오며 물었다.

"뭘 보려고?"

사련은 가볍게 미간을 찌푸렸다.

"그냥, 이 사람들의 자세가 조금 이상하게 느껴져서. 이 두 어른은 한쪽 손으로 서로를 꼭 껴안고 있지만, 다른 손은……"

다른 손은 가슴께에 얹은 채였다. 안에 무언가를 단단히 쥐고 있는 것 같았다.

"손에 쥐고 있는 게 뭔지 보고 싶어?"

사련이 고개를 끄덕이자, 화성은 한 덩어리가 된 석상을 툭 내리쳤다. 사련이 다급하게 말했다.

"잠깐만, 이러면 시신에 큰 결례가 되지……."

그러나 화성의 동작은 그보다 빨랐다. 일가족 세 식구는 눈 깜짝할 새에 회백색 파편 무더기로 부스러졌다. 화성이 담담하게 말했다.

"너무 세세한 것까지 걱정할 필요 없어. 사람은 죽은 지 오래고, 유해도 사라졌으니까."

그 파편 더미 속에는 아무것도 없었다. 이 '석상'들은, 놀랍게도 속이 비어 있었다.

하기야, 그럴 만도 했다. 표면의 화산재가 단단한 보호층을 형성해도 안에 들은 시체는 결국 썩고 분해된다. 부패가 끝나면 표면의 껍데기만 남게 되는 것이다.

한때 살아 숨 쉬던 것들은 결국 스러지고, 생명을 가져 본 적 없던 것들만이 영원히 남았다.

화산재 껍데기 덩어리와 파편 속에 다 썩지 않은 옷감과 주인이 지니고 있던 반지, 귀고리, 목걸이 따위의 장신구가 섞여 나왔다. 사련은 이 부부가 죽기 직전에 쥐었을 물건이 이런 금은 장신구는 아닐 거라는 생각이 들었다. 그 파편 사이를 주의 깊게 뒤적이고 있는데, 화성이 바닥에서 무언가를 집어 건네주었다. 사련이 물었다.

"이게 뭐야?"

"이게 저들이 쥐고 있던 물건이야."

그건 반짝이는 금 조각과 뼈처럼 생긴 장식물이 매달린 목걸이였다. 금 조각에는 무늬가 새겨져 있었다. 사련은 표면에 묻은 재를 가볍게 닦아 내고 잠시 자세히 살펴보았다.

"형혹수심(熒惑守心)?"

이 금 조각 위에 새겨진 것은 뜻밖에도 천상#2이었다. 밤하늘은 금으로, 별은 마노로 이루어진 이른바 '형혹수심'의 상이었다. 즉, 형혹성#3이 심수#4 안에 길게 머무르는 상이다.

형혹성은 예로부터 사람들에게 전쟁과 죽음의 별로 여겨져 왔다. 게다가 형혹수심의 상은 몹시 불길한 징조였다. 개중에서도 국주나 황제 같은 통치자에게 특히나 불길한 징조였다. 그런데 어째서 이런 천상을 장신구에 새겼을까?

아니, 이건 장신구가 아닐 터다. 사련은 다시 빈 껍데기의 파편을 헤집은 끝에 똑같은 모양의 목걸이 두 개를 찾아냈다. 다 합해서 세 개. 이 부부가 품에 안은 갓난아이의 몫까지 마련해 놓았다. 어째서 같은 장신구를 세 개나 지니고 있었을까? 사련이 입을 열었다.

"이게 설마 호신부는 아니겠지?"

죽음을 앞둔 순간 단단히 붙들고픈 충동을 일으키고, 공포

#2 **천상** 天象. 별들의 위치나 움직임을 의미
#3 **형혹성** 熒惑星. 화성
#4 **심수** 心宿. 전갈자리

속에서 마지막 희망을 품고 처절하게 기도하게 할 만한 물건.
그런 물건은 호신부뿐이다. 화성이 말했다.

"맞아. 이 도시는 나도 일부를 파헤쳐 봤는데, 제법 많은 석
상 안에서 이 호신부가 나왔어."

사련이 읊조리듯 말했다.

"오용인들은 그들의 태자를 신봉했어. 그렇다면 이건 분명
태자의 호신부겠지. 하지만 왜 이걸 그렸지? 태자와 형혹수심
이 무슨 상관이길래?"

"그가 태어난 날의 천상이 형혹수심이었거든. 그래서 오용국
백성들은 이 천상으로 그를 표현했고."

사련이 의아한 목소리로 물었다.

"삼랑은 그걸 어떻게 알았어?"

화성은 금 조각을 휙 뒤집고는 웃으며 대답했다.

"여기 적혀 있어."

과연, 뒷면에 문자가 한 줄 새겨져 있었다. 화성이 손끝으로
짚어 주며 말했다.

"이 문장은 '형혹수심에 성인이 태어나다'라는 뜻이야. 지금
우리가 보는 형혹수심은 불길한 징조지만, 이천 년 전까지만
해도 꼭 그렇지만은 않았어."

사련은 그 문장을 어루만졌다. 그러나 마음은 차츰 무겁게
가라앉았다.

그가 태어났던 날의 천상도, 같은 형혹수심이었다.

이건 아무래도 너무 공교롭지 않은가?

사련은 자리에서 일어나며 말했다.

"신전으로 가자."

두 사람은 긴 거리를 따라 나란히 걸어갔다. 이 근처에서 아무런 수확을 거두지 못한 배명과 사람들도 두 사람을 뒤따랐다. 거리에는 수레의 흔적이 무척 많았다. 길가에 잘 세워진 것이 있는가 하면, 어떤 것은 통째로 길바닥에 거꾸러져 있기도 했다. 저마다 다른 자세로 쓰러진 석상들도 드문드문 눈에 들어왔다. 다른 사람들은 대부분 집 안에 피신했으니, 이런 석상들은 갈 곳 없는 거지나 미처 집으로 돌아가지 못한 행인들이 분명했다. 죽기 직전의 비명과 몸부림이 고스란히 남은 모습이었다. 일행은 이 기괴한 인파 사이를 지나갔다. 화성은 사련에게 어느 것이 부잣집 저택이고 어느 곳이 향락가였는지를 손끝으로 가리켜 주었다. 사련은 결국 한마디 물었다.

"삼랑, 오용국은 벌써 이천 년 전에 멸망했고 후손들도 남아 있지 않은데 어떻게 그들의 문자를 배웠어?"

어쨌거나 밑바탕도 없는데 무모하게 배울 수는 없는 노릇이다. 못해도 요령 하나쯤은 필요할 터다. 화성이 입을 열었다.

"그렇게 어렵진 않아. 형도 보면 알겠지만, 몇몇 오용 문자는 지금의 문자와 아주 비슷하거든."

"그러네. '오용'이라는 두 글자는 지금 글자와 꽤 닮았어."

"맞아. 그래서 그 두 글자는 내가 가장 먼저 배운 오용 문자

중 하나였지. 이런 비슷한 글자들이 더 있는데, 문장에 섞여 있으면 앞뒤로 더 많은 글자를 추측할 수 있어. 형태는 같고 뜻이 다른 글자도 있긴 한데, 많지는 않아."

사련은 고개를 끄덕였다. 화성이 말을 이었다.

"그리고 비교적 자주 보이는 문자들이 있어. 예를 들면 저 두 개."

그는 길가의 건물 두 채를 가리켰다.

"저기 두 가게는 뭘 하는 곳인지 정체가 확실해. 간판의 글자를 보면 앞부분은 다른데 뒷부분이 같잖아. 그럼 뒤의 두 글자가 대략 무슨 뜻인지 확신할 수 있지. 주점 아니면 식당. 이것 말고도 방법은 많아. 형이 궁금하면 틈나는 대로 하나씩 말해 줄게."

그렇구나. 세상에는 정말로 누구의 도움도 받지 않고, 오로지 혼자만의 힘으로 무언가를 찾아내는 사람이 있는 모양이다. 사련은 내심 경탄을 금치 못했다.

지난번과 마찬가지로, 오용 신전은 도시 안에서 가장 화려하고 거대한 건물이었다. 신전 앞에 도착한 일행이 안으로 들어서기 전, 배명이 불쑥 말했다.

"무슨 소리지?"

찍찍찍, 찍찍찍. 이 소리는 멀리서 들려오나 싶더니 다시 멀리 흩어졌다. 사련이 중얼거렸다.

"쥐?"

화성이 대답했다.

"일반적인 쥐는 아니야. 하지만 쥐가 있다면 근처에 물이 있다는 뜻이지."

이번에 들어온 대전 벽에는 눌어붙은 자국이 남아 있지 않았다. 고개를 들자 큼직하고 색채가 선명한 벽화가 눈에 띄었다. 그러나 이 벽화는 한 폭에서 그치지 않았다. 왼쪽과 가운데, 오른쪽까지 총 세 폭이 있었다. 즉, 벽 세 면마다 벽화가 그려진 셈이었다.

일행은 첫 번째 벽화 앞으로 다가가 위를 올려다보았다. 구름 위에 앉아 있는 오용 태자가 보였다. 온몸 주변으로 금빛이 찬란했다. 하지만 그의 표정은 냉엄했다. 왼손 위에는 둥그런 빛무리가 떠올라 있었는데, 그 안에는 화염을 토하는 작은 산이 담겨 있었다. 오른손 다섯 손가락을 붙인 채 손바닥을 앞으로 향한 모습은 마치 손을 내젓는 듯했다.

아래쪽에 보이는 궁궐 안에는 열댓 명은 되는 사람이 서 있었다. 복장이나 장신구가 한없이 화려하고 저마다 자세가 달랐다. 팔을 벌린 사람에 갑옷을 입고 활시위를 당긴 사람, 흥분한 표정으로 먼 곳을 가리키는 이도 있었다.

벽화 속 묘사는 자세하고 복잡한 데다 내용도 상당히 많았다. 사련은 한참을 들여다본 뒤에야 고개를 돌리며 입을 열었다.

"제가 이해한 이 그림의 의미를 말해 볼까요?"

운을 뗀 뗀 그가 말을 이었다.

"오용 태자가 왼손으로 받친 빛무리 안에는 화산이 폭발하는 장면이 들어 있어요. 이건 그가 자신의 꿈을 아래에 있는 사람들에게 말했다는 뜻이에요. 그리고 오른손을 내민 저 손짓은 누가 봐도 부정적인 자세죠. 뭔가를 거절하고 있는 것 같아요."

배명이 물었다.

"대체 뭘 거절하는 겁니까?"

"그걸 알려면 아래쪽에 있는 사람들을 봐야겠네요. 이 궁전은 인간 세상에 세워졌고 화려하니 분명 황궁일 거예요. 이 사람들은 오용국의 황족이나 귀족이겠고요. 팔을 벌리고 있는 사람의 자세를 보면 '확장'을 표현하고 있어요. 뭘 확장하는 걸까요? 그건 그가 들고 있는 물건을 봐야 해요."

사람들은 가만히 시선을 집중했다. 그가 손에 들고 있는 것은 지도였다. 배명에게는 더없이 익숙한 장면이었다.

"영토를 확장하라!"

"맞아요. 그리고 장군 몇몇은 완전 군장을 했어요. 마치 이미 출전한 채비를 마친 것처럼요. 옆에서는 다른 누군가가 방향을 안내해 주고 있어요. 보세요, 저들의 몸짓이 뜻하는 바는 아주 뚜렷해요. 마치 이렇게 말하는 것 같죠. '저기로 가라, 저기를 쳐라.'"

사련이 계속 설명했다.

"그렇다면 이 벽화의 뜻은 이해하기 쉬워요. 결론을 내 볼까요. 오용 태자는 자신의 예지몽을 황궁 대신들에게 알렸어요.

일단 화산이 폭발하면 아주 심각한 결과가 뒤따르게 돼요. 오용국에게는 치명적인 재난이죠. 자국의 영토가 부족해질 테고요. 화산이 중심부를 꿰차고 있으니 중요한 도시들도 사라져 버릴 게 뻔하니까요. 그렇다면 어떻게 해결해야 할까요?"

화성이 대답했다.

"자신의 지반이 부족하면, 남의 지반을 차지한다."

사련이 고개를 끄덕였다.

"맞아. 그래서 대신들은 국토를 개척하고 이웃 나라를 공격하자고 제안했어요. 하지만 오용 태자는 그 제안에 동의하지 않았죠. 그래서 오른손으로 거절하는 자세를 취한 거예요."

이렇게 첫 번째 벽화의 해석이 끝났다. 일행은 다시 두 번째 벽화 앞에 다다랐다. 이 벽화의 색은 다른 두 벽화보다 훨씬 어두침침했다. 아마도 전장에서 살육하는 장면을 묘사했기 때문일 터다.

아래쪽 전장은 핏물이 강을 이루고 있었다. 양측 병사들은 한데 뒤엉켜 격전을 벌였다. 사련은 어느 쪽이 오용국 병사인지 알아볼 수 있었다. 그들의 갑옷이 벽화 속 장군들과 똑같기 때문이었다. 오용국 병사들은 몹시 흉포해 보였다. 발아래로 적의 머리를 짓밟고 시체를 창끝에 매달아 가며, 팔다리와 살점이 날아다닐 정도로 살육을 자행했다. 피비린내 가득한 살풍경이었다. 거기에다 섬뜩하게 웃으며 서로를 부둥켜안은 아이와 여인들에게 손을 뻗는 병사까지 그려져 있어, 전쟁의 공포를 생생하게 보여 주었다.

전장의 위쪽 하늘에는 먹구름이 짙게 드리웠다. 그 먹구름 속에서 한 줄기 빛이 비치고 있었다. 오용 태자는 구름 사이로 몸을 반쯤 내밀고 아래쪽 정경을 내려다보며 분노한 듯한 표정으로 손을 뻗었다. 손에서 쏘아진 금빛이 닿는 곳마다 오용 병사들이 빨려 올라가고 있었다.

이 그림의 의미는 첫 번째 그림보다 좀 더 해석하기 쉬웠다. 사련은 잠시 그림을 바라보다가 작은 목소리로 말했다.

"아무래도 장군들과 대신들은 태자 전하의 권고를 따르지 않고 군대를 보내 이웃 나라를 공격한 것 같아요. 병사들은 너무 심각한 살육을 벌였어요. 게다가 다른 나라의 노약자와 여인들을 모욕하기까지 했죠. 이를 목격하고 무척 화가 난 태자는 다시 인간계에 끼어들어 오용 병사의 폭행을 막았고요."

듣고 있던 배명이 시큰둥하게 말했다.

"감동적이군요. 하지만 솔직히 말해서, 도탄에 허덕이게 될 백성들이 자신의 나라를 지키기로 선택한 건 당연한 일입니다. 최전방에서 돌격한 장병들은, 전장에서 적에게 베여 죽지 않았다면 이 태자 전하 때문에 열받아 죽었을지도 모르겠군요. 소장은 이런 군주를 위해 출정하고 싶지 않습니다."

사련은 짧게 웃고는 어쩐지 기막힌 심정으로 대답했다.

"배 장군의 말씀은, 으음, 일리가 있네요."

화성도 가볍게 비웃음을 흘렸다. 배명이 다시 말했다.

"해서, 화산이 폭발한다는데 이 태자 전하께선 어쩔 생각이셨답니까? 자기 백성이 죽기만 기다릴 수는 없잖습니까."

사련이 말했다.

"세 번째 그림을 보죠. 의문이 풀릴 거예요."

일행은 마침내 마지막 벽화 앞에 다다랐다. 이 벽화는 이전 벽화의 색채와 강렬한 대비를 이루고 있었다. 다시 화려하고 선명해진 그림 속에 성스러운 빛이 부서져 내렸다. 그러나 사련은 이 벽화를 보자마자 충격에 휩싸여 두 눈을 크게 떴다.

배명도 흘긋 보더니 탄성을 뱉었다.

"맙소사, 이게 오용 태자가 생각해 낸 방법입니까? 하, 배짱도 참 두둑하군요. 감탄이 절로 나옵니다."

세 번째 벽화 아래쪽에는 오용국이 그려져 있었다. 대지를 휘감은 오용강이 굽이굽이 흘렀다. 태자와 네 호법 천신도 그림 속에 있었다. 그러나 이런 것들은 중요하지 않았다. 그림 전체에서 가장 눈에 띄는 것. 가장 중심에 자리한 것. 그건 바로 다리였다.

오용 태자와 그의 네 호법 천신이 힘을 합쳐 흰빛 찬란한 다리를 떠받치고 있었다. 땅 위의 사람들은 한껏 웃음을 머금고 다리 위로 몰려드는 중이었다.

이 오용 태자는, 놀랍게도 사람들을 천계로 인도하려고 하늘로 통하는 다리를 만들어 냈다!

사련은 저도 모르게 넋을 잃고 벽화를 바라보았다. 배명이 말했다.

"이래도 되는 겁니까?"

그러자 화성이 대꾸했다.

"안 될 건 뭐지?"

일행들은 그를 쳐다보았다. 화성이 말을 이었다.

"부장을 지명하는 것도 평범한 인간을 점찍어 하늘로 올려 보내는 것 아닌가? 잠시 황성 부근의 백성들을 지명해 하늘에 올려 두고, 화산이 폭발한 다음 사건이 일단락됐을 때 다시 내려보낸다면 문제될 것 없잖아?"

"혈우탐화, 그리 쉽게 말하지 마시오. 각하도 모르지 않을 텐데. 부장을 지명하는 데도 법력이 드는 법이오. 그런데 이건 몇 명이나 불러들이는 거요?"

부장을 지명하는 것은 사실상 자기가 고른 인간을 자기의 법력으로 '길러서' 자기를 위해 쓰는 것이다. 그런데 만약 제한이 없다면 신관들은 기를 써 가면서 사람을 지명해 데려오지 않겠는가? 황제였던 자는 온 조정 신하들을 지명해 옆을 채우면 그만, 장군이었던 자는 자신의 군대를 모조리 지명해 올리면 그만이다.

화성이 말을 이었다.

"남겨진 유적으로 짐작해 보면 오용국 전체 인구는 대략 10만 명 정도야. 황성 부근은 수만 명이었고."

사련은 나지막한 목소리로 말했다.

"힘들기는 하겠지만, 그래도…… 어떻게든 밀어붙이면 전혀 실행 불가능한 일은 아니야."

배명이 말했다.

"아무리 수만 명이라도, 어떤 신관이 감히 이렇게 많은 사람을 지명한답니까. 정말 이랬다면 대체 용기가 가상하다고 해야 할지, 아주 어리석다고 해야 할지 모르겠군요. 하여간 참 전무후무합니다."

사련은 벽화 속 다리를 물끄러미 응시했다. 다리를 떠받친 백의 태자와 네 호법 천신의 얼굴이 점차 괴상해지나 싶더니, 보면 볼수록 자신과 네 국사의 얼굴과 비슷하게 변했다. 뒤이어 형혹수심의 상이 머릿속에 떠올랐다. 윤회처럼 거듭되는 이 옛이야기는 뒷이야기를 알고 싶게끔 마음을 부추겼다. 하지만 한편으로는 어렴풋이 알 것 같기도 한 기분이 들었다.

그는 차마 그 벽화를 더 쳐다보지 못하고 고개를 돌렸다.

"물은 찾았나요?"

배숙을 질질 끌고 있던 반월이 대답했다.

"그 오빠가 찾으러 갔어."

반월이 말하는 건 인옥이었다. 사련은 눈을 감고 있는 배숙을 쳐다보았다. 잠시 망설인 끝에, 그가 결국 말을 꺼냈다.

"아무래도, 소배 장군은 여기 남겨 두고 동로로 출발하는 게 좋겠어요."

지금 배숙은 인간의 몸이라 불편한 부분이 많았다. 하물며 앞에 무엇이 그들을 기다리고 있을지 모르는 상황이었다. 배명은 무릎을 굽히고 앉아 배숙을 훑어보았다.

"좋습니다. 전 찬성입니다. 하지만 이 아이 앞에 계실 땐 이유를 말씀하지 말아 주십시오. 이 아이도 잘 알 테니까요. 이 일은 제가 얘기해 보겠습니다."

"걱정 마세요, 배 장군. 저도 그 정도는 압니다. 아니었다면 그가 쓰러진 틈에 이야기하지 않았겠지요."

누가 뭐래도 배숙은 한때 상천정의 전도유망한 젊은 무신이었다. 본인이 대열을 따라가지 못해 여기에 남겨져야 한다면 입이 쓸 것이다. 그러나 잘못을 저지르면 벌을 받아야 하는 법이다. 유배의 맛이란 게 본디 이러하니, 받아들여야지 별수 있겠는가.

일행은 신전에 남아 다시 한차례 의논을 거쳤다. 사련이 문득 의아해하며 물었다.

"인옥은? 시간이 꽤 지났는데 왜 아직 안 오시지? 물을 못 찾았나?"

화성은 자신의 손끝에 앉은 사령나비 몇 마리를 응시하고 있었다. 아까 큰 도움이 되어 준 그 은나비들은 다시 화성에게 돌아와 기력을 모으는 중이었다. 그가 살짝 고개를 들며 말했다.

"이 정도로 오래 걸릴 일은 아닌데."

사련의 마음에 경계심이 싹텄다. 그는 자리에서 일어나며 입을 열었다.

"내가 가서 살펴볼게. 배 장군은 여기를 지켜봐 주세요. 삼랑은 나랑 같이 갈까?"

그야 당연한 소리였다. 그렇게 사련은 약야를 남겨 호법 결계를 맺어 두었다. 두 사람은 신전을 떠나 지하 도시의 한층 깊은 곳으로 향했다.

가는 길에는 집이나 잡동사니가 제법 많았다. 사련은 제법 괜찮아 보이는 단지 하나를 주웠다. 화성은 재미있다는 듯 물었다.

"그건 주워서 뭐 하려고?"

"이따가 물을 찾으면 이걸로 소배 장군에게 떠다 주게."

고물 줍기에 잔뼈가 굵은 사련은 참지 못하고 손으로 단지를 두드리며 말했다.

"생각해 보면 이것도 천년짜리 골동품인데."

화성이 하핫, 웃음을 터뜨렸다.

"이런 걸 좋아한다면 나중에 내 쪽에 한번 들러. 나한테도 몇 가지 있으니까, 마음에 드는 물건이 있는지 구경해 보면 되겠네."

일 주향 뒤, 두 사람은 미약하게 물이 흐르는 소리를 들었다. 이윽고 사련이 소리쳤다.

"여기 있다!"

과연, 아래에 지하 하천이 있었다. 사련은 아까 주운 단지를 물에 담그고 힘껏 씻기 시작했다. 두툼한 껍데기로 굳어진 천년 묵은 화산재는 씻기지 않았지만, 겉의 먼지를 헹구면 아쉬운 대로 쓸 만했다. 단지에 물을 한가득 퍼 담고 고개를 숙여 한 모금을 마시려던 찰나, 주변을 유심히 살피던 화성이 그를 돌아보더니 말했다.

"마시지 마."

벌써 단지에 얼굴을 바짝 가져간 사련은 화성의 말에 어리둥 절해졌다.

"응?"

이때, 한 목소리가 불쑥 말했다.

"너무 뜨거워."

이 자리에는 사련과 화성 두 사람뿐인데 이 세 번째 목소리 는 어디에서 튀어나온 것일까? 사련은 무심결에 목소리가 들려 온 곳을 바라보았다. 그 목소리는 뜻밖에도 그가 들고 있던 단 지 안에서 흘러나온 것이었다!

사련은 잽싸게 고개를 숙였다. 단지 안에는 작디작은 선홍빛 점 한 쌍이 물속에 숨어 그를 빤히 쳐다보고 있었다.

그건 아무리 봐도 누군가의 눈동자였다. 설마 사람이 안에 숨어 있다는 말인가?

시선이 마주친 순간, 그 눈동자의 주인은 사련의 얼굴을 향 해 냅다 달려들었다. 촤악, 물보라가 먼저 튀어 올랐다. 사련은 재빨리 단지를 수 장 밖으로 내던졌다. 벽에 부딪친 천년의 골 동품은 요란한 소리와 함께 산산이 조각났다. 그 안에 숨어 있 던 무언가는 땅바닥에 떨어지더니 눈 깜짝할 사이에 어둠 속으로 꽁무니를 뺐다. 갑작스레 일어난 일이라 사련은 그 정체를 미처 확인하지 못했다. 얼핏 보기엔 커다랗고 새카만 덩어리 같았다.

"저게 뭐지?"

화성이 그의 앞을 가로막았다. 사련은 울적하게 말했다.

"아까는 단지 안에 저런 게 없지 않았어?"

게다가 어째서 '너무 뜨겁다'고 했을까? 물속이라면 차가워야 정상 아닌가?

화성이 대답했다.

"없었어. 저건 물속에 있다가 헤엄쳐 들어온 거야. 이 지하 하천에는 항상 무언가가 떼로 헤엄쳐 다녀. 그래서 형에게 그 물을 마시지 말라고 한 거야."

'그럼 소배 장군에게는 아무거나 줘도 된다는 건가…….'

속으로 그리 생각하고 있는데, 불현듯 사련의 등 뒤가 서늘해졌다.

"누구냐!"

방금 그 순간, 멀리서 누군가의 기침 소리가 들려왔다.

이는 절대 착각이 아니었다. 사련은 곧장 정신을 바로잡고 경계심을 곤두세웠다. 곧이어 소곤거리는 말소리가 밀물처럼 널리 퍼졌다. 한 쌍, 또 한 쌍, 사방팔방으로 붉은 점이 번득이기 시작하더니 두 사람을 겹겹이 포위했다. 화성이 입을 열었다.

"걱정할 필요 없어. 사람이 아니야."

사련은 다시 속으로 중얼거렸다.

'사람이 아니니까 걱정해야 하는 거잖아…….'

그는 주위의 속삭임에 귀를 기울이고 무슨 내용인지 들어 보았다.

"콜록, 콜록, 콜록……."

"뜨거워, 너무 뜨거워……."

"뜨거워 죽겠네……."

"흐으윽……."

"숨 막혀 죽겠어……. 거기 누구 없나……."

"안 움직여, 몸이 안 움직여!"

소리는 작아도 어찌나 또렷하고 절절한지. 그 속삭임들은 마치 조그마한 개미들처럼 힘껏 귓속을 뚫고 들어왔다. 사련이 방심에 손을 대려는 순간, 한 목소리가 처량하게 소리쳤다.

"태자 전하, 태자 전하, 어디 계십니까? 살려 주세요, 저 좀 살려 주세요!"

마지막 말을 들은 사련은 등줄기가 오싹해졌다. 순간 그 목소리가 자신을 부르는 듯한 착각이 일었다. 곧이어 화성이 손을 휘둘렀다. 무수한 사령나비 떼가 서릿발처럼 흩어지더니 붉게 빛나는 쌍쌍의 눈동자를 향해 돌진했다.

은나비의 은빛이 어둠 속에서 떼거리로 속닥거리던 그 무언가를 비추었다. 그것들은 화성의 말대로 인간이 아니라, 무려— 쥐였다!

화성이 사련을 잡고 이끌었다.

"말했잖아, 여긴 쥐가 많다니까. 가자!"

사련은 걸음을 떼며 경악했다.

"저게 쥐야? 난 오히려 고양이처럼 보이던데……."

정말이었다. 그 쥐들은 새끼 고양이보다 더 컸다. 온몸은 강철 바늘 같은 털로 새까맣게 뒤덮였고, 자그마한 붉은 눈은 어둠 속에서 흉악하게 번뜩였다. 게다가 대부분 벽에 달라붙은 채 이쪽을 노려보며 사람 말을 중얼거리니, 이토록 기괴할 수가 없었다. 쥐 떼를 덮친 은나비는 곧장 격전을 벌였다. 붉은빛과 은빛이 어지러이 뒤얽히며 번득였다. 상황은 잘 보이지 않았으나 얼마나 격렬하고 잔혹한지만큼은 알 수 있었다. 사련이 말했다.

"인옥이 그 쥐 떼에게 어딘가로 끌려가진 않았겠지?"

"그 정도로 폐물은 아냐. 아마 다른 것에게 끌려갔을 거야."

앞말을 듣고 슬쩍 안심한 사련은 이어진 뒷말에 다시 긴장의 끈을 붙잡았다. 그가 물었다.

"쥐가 큰 건 둘째 치고, 왜 저렇게 머릿수가 많아? 뭘 먹고 저렇게 크게 자란 걸까?"

"간단해. 당연히 죽은 사람이지. 저것들은 식시(食屍)쥐거든."

이 도시가 화산재에 뒤덮였을 때 사람과 소, 말, 양 등 몸집이 큰 가축은 피할 곳이 없었다. 그러나 쥐들은 깊은 땅속을 뚫고 들어가 땅굴 깊숙한 곳의 공기와 비축되어 있던 곡식에 의

지해 화를 면했다.

재앙이 막을 내리자, 쥐들은 다시 구멍을 뚫고 나와 지옥으로 전락해 버린 도시 곳곳을 분주히 돌아다니며 먹이를 구했다. 그러나 모든 것이 용암에 묻혔거나 화산재에 뒤덮여 폐허가 된 뒤였다. 쥐들은 이것저것 갉아 보았으나 오래도록 먹을 것을 찾지 못했다.

그러던 어느 날, 쥐들은 썩은 냄새를 맡았다.

썩은 냄새는 어느 사람 모양의 석상에서 풍겨 나온 것이었다. 화산재 껍데기에 싸여 있던 시체 중에 비교적 껍데기가 얇은 것이 부패가 시작되면서 끔찍한 냄새와 썩은 체액을 흘려보냈다.

굶주림에 눈이 벌게진 쥐들은 석상을 둘러싸고 빙빙 돌면서 표면에 작은 구멍을 냈다. 그러곤 이 구멍을 뚫고 들어가 안쪽의 시체를 갉아먹었다.

종종 가장 미천한 존재가 가장 쉽게 살아남는 법이다. 공포와 분노, 억울함 따위의 강렬한 감정도 망자의 시체와 함께 화산재 안에 싸여 있었다. 쥐들은 그들의 시체를 갉아먹는 동시에 이런 감정들도 집어삼키면서 입으로 사람 말을 뱉을 수 있게 되었다. 사람들이 죽기 직전에 말하고 싶어도 하지 못했던 말들을.

사련은 문득 깨달았다.

"그랬구나. 그래서 그런 말을 했던 거야. 난 왜 그런 말을 하나 싶었는데……."

그런데 이때, 화성이 돌연히 입을 열었다.

"지금 뭐라고 했어?"

사련은 얼떨떨해하며 되물었다.

"내가 뭐라고 했는데?"

화성이 그를 응시하며 거듭 물었다.

"저것들이 무슨 말을 했어? 형은 뭘 들은 거야?"

사련은 의아한 기색으로 대답했다.

"삼랑, 너 못 들었어? '너무 뜨거워', '숨 막혀 죽겠어', '몸이 안 움직여', '살려 주세요' 같은……."

그러나 사련은 화성이 말을 잇기도 전에 정신이 번쩍 들었다.

틀렸다!

저 식시쥐들이 되뇌는 말은 오용인들이 죽기 전에 남긴 넋두리다. 그러니 당연히 오용어일 수밖에 없다.

그렇다면, 그는 어떻게 오용어를 알아들었단 말인가?

86장 귀왕의 질투, 신뢰하는 자를 세 번 묻다

화성은 글자를 유추하는 학습 능력으로 오용 문자를 습득했다. 그는 문자의 뜻을 해석할 수 있지만, 살아남은 사람이 그 문자를 읽어 주지는 않았으므로 소리와 문자를 대응시킬 수 없었다. 때문에 그는 식시쥐들이 읊조리는 속삭임을 알아듣지 못했다.

그런데 동로산에 와 본 적도 없는 사련이 이 말을 알아들었다. 이게 과연 무슨 뜻이겠는가?

화성은 그가 무슨 생각을 하는지 단번에 알아채고 곧장 말했다.

"형, 우선 긴장 풀어. 내가 지금 그 말을 다시 해 볼 테니까 들어 봐."

"……알았어."

화성은 기억력이 몹시 좋았다. 그는 식시쥐 떼가 모여 있던 곳을 벗어나자마자 또렷하게 그 말을 반복했다. 사련은 그의 입술을 가만히 들여다보았다. 빠르지도 느리지도 않은, 다소 기이한 발음이 꼬리에 꼬리를 물고 들려왔다.

고풍스럽게 마음을 끌어당기는 기이한 어구와 가락이, 화성의 입에서 가볍지도 무겁지도 않게 흘러나왔다. 나직하고 깨끗한 음색이 무척 듣기 좋았다. 정신을 집중해 들은 사련이 이내 입을 열었다.

"못 알아듣겠어."

참 이상한 일이다. 사련은 식시쥐가 뱉은 사람 말을 알아들었다. 하지만 화성이 토씨 하나까지 똑같이 되풀이한 지금 이 말은 도통 알아들을 수가 없었다. 그렇다고 사련이 오용어를 알아들은 그 순간이 착각일 리도 없었다.

화성이 말을 이었다.

"아까 형은 그 목소리를 들었을 때 순간적으로 알아듣고 자연스럽게 이해했어. 맞아?"

"맞아. 그때 내 머릿속에선 번역하는 과정이 전혀 없었어."

그래서 또 다른 언어라는 사실을 알아채지 못한 것이다.

화성은 팔짱을 끼며 생각에 잠기더니 금세 운을 뗐다.

"알겠어."

"뭐를?"

"형이 알아들은 건 오용어가 아니라, 이 망자들의 감정이야."

사련은 알 듯 말 듯 아리송했다. 화성이 조금 더 자세히 설명했다.

"그러니까, 아주 오래전에 누군가가 이 망자들의 목소리를 들고, 이해하고, 기억했다가 형도 모르는 사이에 이 기억을 형에게 심어 두고 이 감정으로 형을 감화한 거야. 그 사람은 오용어를 알고 있었어. 그 사람이 이미 오용어 자체를 '이해'해 봤으니까, 형도 오용어를 이해할 필요가 없겠지. 망자들의 목소리는 지금까지 형의 머릿속 깊은 곳에 묻혀 있었어. 형은 그걸 다시 들은 순간 그 감정에 감화한 거고."

사련은 이 가설에 가능성이 있다고 생각했다.

"그런데 문제는, 누가 나에게 이런 기억과 감정을 전해 준 걸까? 또 언제 전해 준 거지?"

짧게 머뭇거린 그가 중얼거렸다.

"……국사?"

그러나 화성의 의견은 달랐다.

"확실치는 않아. 형, 이건 그 스승이 오용인이라고 가정했을 때 얘기잖아. 하지만 이걸 고려해 봐야지. 그 가정이 맞다면, 그 두 사람은 아까 산괴의 배 속에서도 오용어로 대화해야 했는데 왜 그러지 않았을까?"

이는 설명하기 어렵지 않다. 사련이 대답했다.

"오용국은 이천 년 전에 멸망했어. 즉, 그들이 정말로 이후의 이천 년 동안 세상을 살아왔다면 분명 후대의 언어를 더 자주 사용했겠지. 대화할 때도 자연스럽게 더 익숙한 언어를 사용할 테고."

화성은 그의 어깨를 감쌌다. 내뱉는 어조에 약간 힘이 실려 있었다.

"형, 자꾸 혼자 그런 생각으로 빠져들지 마."

사련은 비로소 현실로 되돌아왔다.

"좋아. 그러면 삼랑, 어떤 기억이나 감정을 다른 사람에게 심으려면 보통 어떤 조건이 필요해?"

화성이 대답했다.

"조건은 두 가지야. 첫째, 그 사람을 절대적으로 신뢰하고 조금도 경계하지 않을 것. 그리고 필요한 경우 기꺼이 그 사람을 따를 것."

사련은 짧은 고민 끝에 마음속에 후보를 세웠다. 화성이 이어서 말했다.

"둘째, 그 사람에게 반항할 힘이 전혀 없고, 완전히 압도당한 동시에 깊은 두려움을 품을 것. 형, 그동안 만난 사람 중에 이 두 조건에 부합하는 자가 있는지 잘 생각해 봐."

사련은 한참 생각에 잠겼다. 잠시 망설인 그가 천천히 말을 꺼냈다.

"대충 세 명이 있어."

"좋아. 어느 셋이야?"

"첫 번째는, 국사."

그는 부모님을 진심으로 사랑하고 조금도 경계하지 않았으나, 마음 깊은 곳에서는 아버지와 다른 길을 걸었다. 그렇기에 아버지를 기꺼이 따른다고 할 수는 없었다. 그러나 그를 입문시키고 모든 것을 가르친 국사는 이 항목의 조건에 부합한다. 이는 어느 정도 짐작했던 대답이었다. 화성이 거듭 물었다.

"그럼 두 번째는?"

"군오."

그는 군오를 남달리 존경했으니 긴말할 것도 없이 첫 번째 조건에 부합한다. 화성은 썩 탐탁지 않은 표정이었으나 달리 말을 보태지는 않았다.

"마지막은?"

"마지막 사람은, 첫 번째 조건이 아니라 두 번째 조건에 해당돼."

화성도 알고 있었다. 그의 목소리가 가라앉았다.

"……백무상?"

사련은 눈을 감고 고개를 끄덕이더니 한쪽 손으로 이마를 짚은 채 대답했다.

"……널 속이진 않을게. 남들 앞에선 이런 부분을 내색한 적 없었을지도 몰라. 당시 풍신과 모정 앞에서도 우는소리 한 적 없고. 하지만 난 사실……."

사실, 마음 깊은 곳에서는 이 존재를 사무치게 두려워하고 있었다.

한동안은 이 이름을 듣는 것만으로도 몸의 떨림이 멎지 않을 정도였다. 그러나 사련은 이런 모습을 남들에게 절대 들킬 수 없었다. 그는 백무상에게 대적할 유일한 희망이었으니까. 만약 그마저 두려워한다면 남들이 더욱 절망하지 않겠는가? 그렇게 되면 완전히 끝장이었다!

물론, 이제는 모든 것이 훨씬 나아졌다. 화성은 그의 어깨를 더욱 단단히 끌어안았다.

"괜찮아. 무언가를 두려워하는 건 결코 수치스러운 일이 아니야."

사련은 피식 웃으며 말했다.

"용기가 모자라서 그렇지 뭐."

그러나 화성이 말했다.

"두려움을 모르면 용감하지도 못해. 형은 자신에게 그리 가혹할 필요 없어."

이 말을 들은 사련은 조금 얼이 빠졌다. 화성은 다시 질문을 이어 갔다.

"그럼, 이 세 사람이 끝인가?"

사련은 고개를 끄덕였다. 다시 말하면, 화산이 폭발한 순간 오용인의 기억과 감정을 그에게 불어넣은 사람이 바로 이 세 명 중에 있다는 뜻이다. 화성은 생각에 잠긴 듯 미간을 슬며시 찌푸렸다. 옆에서 잠자코 침묵을 지키던 사련이 불쑥 말했다.

"아냐."

화성이 고개를 돌렸다.

"응?"

사련은 가볍게 숨을 들이마시며 말을 이었다.

"사실, 이 세 명이 끝이 아니라, 네 번째 사람도 있어. 이 사람은 첫 번째 조건에 부합해. 하지만 이 사람은 망자의 기억이나 감정과는 틀림없이 무관할 거야."

이 말이 나왔을 무렵, 화성은 완전히 돌아서서 그를 바라보았다.

"오? 왜 그렇게 생각하십니까? 전하와 이 사람도 오랜 시간 두터운 교분을 쌓은 사이인가요?"

오랜 시간이라고는 할 수는 없겠지, 사련은 속으로 중얼거렸다. 교분은…… 저 나름대로는 두터운 편이라고 생각했다. 하지만 이렇게 대답하기도 쑥스러웠기에 어물쩍 대답했다.

"아무튼…… 그는 내가 가장 신뢰하는 사람일지도 몰라. 내스승님과 군오를 신뢰하는 것보다도 더."

"어째서요?"

사련은 가볍게 헛기침을 하고는 쭈뼛쭈뼛 대답했다.

"말하려니 부끄럽네. 왜냐면…… 만약 내가 무슨 엄청난 잘못을 저지르거나 심각한 사고를 친다면, 제일 먼저 생각나는 게 분명 그 사람일 테니까……. 게다가, 내 스승님이나 제군과는 또 다른 신뢰라서……."

그는 이야기를 끝맺기도 전에 화성의 표정이 조금 이상하다는 걸 깨달았다. 곧장 말을 삼킨 사련은 머뭇거리며 그를 불렀다.

"삼랑?"

화성은 그제야 정신을 차리고 눈썹을 까딱 치켜올렸다.

"오, 아닙니다. 잠깐 다른 생각을 하느라. 전하께선 정말로 이렇게나 그 사람을 신뢰하십니까?"

평소 그는 기분이 좋거나 농담을 할 적에 눈썹을 치켜올리곤 하는데, 이번에는 그다지 자연스럽지 않았다.

사련은 고개를 끄덕였다.

"응······. 뭔가 문제라도?"

화성은 고개를 약간 숙인 채, 소맷부리를 감싼 은제 호완을 매만지며 무심한 듯 말했다.

"대단한 문제는 아냐. 대신, 개인적인 의견이지만, 형은 너무 쉽게 남을 믿지 않는 편이 좋겠어."

"······."

이 말을 들은 사련은 화성이 자신이 말한 사람이 누군지 알아들은 게 맞나, 싶어졌다. 하지만 더 솔직하게 털어놓을 엄두는 내지 못하고 '어······.' 하는 소리만 냈다.

잠시 머뭇거린 그는 결국 참지 못하고 물었다.

"삼랑은 이 사람이 누군지 묻지 않아?"

"응? 나? 형이 그 사람을 믿는다고 했잖아. 게다가 이 일과는 무관하다고 확신하는데 굳이 물어볼 필요 없지."

사련은 미간을 문질렀다. 곧이어 화성이 다시 말했다.

"물론, 형이 말하고 싶다면 삼랑은 기꺼이 귀담아들을게."

화성의 말은 별문제 없는 듯 들렸다. 하지만 이 분위기에 휩쓸려 입을 열기에는 사련도 조금 민망했다. 마치 내가 가장 신뢰하는 사람이 누구인지 물어봐 달라고 닦달한 것 같지 않은가. 화성이 예의상 저런 말을 한 것인지, 정말로 상관없는 것인지도 모를 노릇이었다. 그런데 때마침, 아까 피와 살점을 튀겨가며 식시쥐 떼와 서로 물어뜯던 사령나비들이 돌아왔다. 격렬한 전투를 치른 은나비들은 지친 것처럼 살짝 낮게 날고 있었다. 재빨리 마중을 나간 사련이 유난히 가냘픈 은나비 한 마리를 손안에 받아 주며 말했다.

"수고했어!"

그가 손을 뻗자, 나비 떼는 공중에서 잠깐 멈칫하나 싶더니 달큼한 과일 냄새라도 맡은 것처럼 그를 향해 마구잡이로 달려들었다. 사련이 받쳐 든 그 은나비는 어쩐지 놀란 기색이었다. 화성은 담담하게 기침 소리를 냈다. 다시 멈칫한 나비 떼는 얌전히 화성의 곁으로 날아갔다. 그러곤 팔의 은제 호완 위에 내려앉아 표면에 새겨진 나비 무늬와 하나가 되었다.

두 사람은 계속해서 인옥을 찾았다. 한참을 걷던 와중에 화성이 불쑥 물었다.

"풍신은 아니겠지."

이미 다른 생각을 하고 있던 사련은 순간 이 말을 듣고 얼떨떨해졌다.

"어? 뭐가?"

"형이 말한 그 사람."

사련은 얼른 손사래를 쳤다.

"당연히 아니지!"

화성의 미간이 슬쩍 구겨졌다.

"모정도 아니겠지."

사련은 이마에 식은땀을 한 방울 흘리며 더 빠르게 손사래를 쳤다.

"그건 더 말이 안 되고! 그런데 삼랑은 왜 지금 갑자기 다시 물어보는 거야?"

화성이 싱긋 웃으며 대답했다.

"생각해 봤더니 왠지 이 네 번째 사람이 가장 의심스러운 것 같아서. 그래서 말인데, 만약을 대비해서, 형이 수년간 교분을 쌓았다는 그 신뢰하는 사람이 누군지 물어봐도 될까?"

"……."

사련은 그의 얼굴에 걸린 미소를 보면서 이 웃음은 가짜라고 직감했다. 크게 심호흡하고 입을 열려던 찰나, 길을 조사하던 은나비들의 희미한 은빛이 갑자기 사라졌다.

사위가 어둠에 잠겨 들었다. 화성은 재빨리 사련의 손을 잡고 길가로 몸을 피했다. 사련은 심상치 않은 공기를 느끼고 목소리를 낮추어 말했다.

"삼랑, 뭔가 왔어?"

갑자기 어둠에 빠져 시야가 가로막혔지만, 그는 화성의 발걸음을 따라 정확히 어떤 집 안으로 들어가 숨었다. 귓가에 화성의 목소리가 들려왔다.

"왔어."

어둠 속에서, 홀연히 아주 기이한 소리가 울려 퍼졌다.

쿵, 쿵, 쿵.

꽤 멀리 떨어져 있기는 했으나 한 번씩 들려오는 울림이 전부 묵직했다. 소리가 날 때마다 거리가 좁혀졌다. 실로 놀랄 만한 속도였다. 사련은 어쩐지 이 소리가 낯익다는 생각이 들었다. 분명 어디선가 들어 본 소리다. 그 소리가 멀지 않은 곳까지 가까워졌을 무렵, 그는 밖을 내다보았다.

역시 예상대로였다! 지하 도시의 거리에 혼례복 차림의 여인이 나타났다.

혼례복 차림이라고는 해도 옷가지가 누덕누덕한 것이 처량하고 스산해 보였다. 얼굴은 갸름하고 고왔지만 생기를 찾아볼 수가 없었다. 머리 위에 달린 푸르스름한 도깨비불이 그녀의 창백한 얼굴을 한층 파랗게 물들였다. 그녀는 품에 어린아이를 안고 있었다. 마찬가지로 얼굴이 해쓱했지만 그녀보다는 훨씬 생기가 있었다. 분명 살아 있는 사람이었다.

화성이 한마디를 꺼냈다.

"또 옛 친구를 만났군."

다름 아닌 여귀 선희와 곡자였다!

87장 머리 위 도깨비불과 목숨을 속박하는 구령

그들도 동로산에 왔을 줄이야!

사련이 읊조렸다.

"곡자가 여기 있다면, 설마 척용도 여기에?"

"여자의 머리 위에 붙은 푸른빛을 보니 틀림없네."

"……."

곡자는 선희가 조금 무서운 듯 꼼짝없이 그녀의 품에 안겨 있었다. 하지만 선희의 차가운 몸이 도저히 불편했는지 슬그머니 두어 번 몸을 뒤척였다. 이내 선희가 윽박질렀다.

"버둥거리지 마!"

그녀가 입을 열자, 푸르스름한 빛을 받은 얼굴 근육이 한층 일그러져 보였다. 도깨비불도 나름대로 귀신의 상징 중 하나인데, 참 지독한 악취미가 따로 없었다. 취향이 정상적이고 자신의 인상을 소중히 가꾸는 여귀라면 절대 이런 관상용 청록색 도깨비불을 머리 위에 이고 다니진 않을 테니 말이다. 볼 것도 없다. 분명 척용이 그녀에게 도깨비불을 쓰라고 한 것이다. 푸른 불꽃과 붉은 치마가 어우러진 풍경은 시각에 대단한 충격을 선사했다. 이건 그야말로 장문 어르신이 문파 제자에게 괴상망측한 도복을 입으라고 강요하는 것보다 더 절망적인 일이었다.

곡자는 눈물을 그렁그렁 매달고 말했다.

"누나, 그 물을 마셨더니 속이 좀 이상해요."

물? 사련은 저도 모르게 손에 땀을 쥐었다. 그 지하수는 식시 쥐 떼가 헤집어 놓은 물이다. 비록 중독될 정도는 아니라 해도, 어린아이는 면역이 약한 편이니 마시면 배탈이 날지도 모른다. 척 봐도 아이들을 좋아하는 유형이 아닌 선희는 곡자를 향한 인내심 따위 없었다.

"참아 봐. 벌써 돌아가는 길이잖니."

그들의 뒷모습이 앞쪽 어둠에 녹아들었다. 사련과 화성은 가타부타 말없이 기척을 죽이고 뒤를 쫓았다. 머지않아 그들은 선희를 따라 길목 몇 개를 돈 끝에 다른 대로로 접어들었다. 대로 막바지에는 유난히 화려한 건물이 있었다. 안에서 사람 소리가 나는 걸 보니 틀림없이 저곳이 목적지일 터였다. 사련과 화성은 어둠 속에 숨은 채, 한발 먼저 그 집의 지붕으로 뛰어올라 갈라진 틈새로 아래를 내려다보았다. 아니나 다를까, 이 커다란 저택의 대청 가운데에 척용이 너스레를 떨며 앉아 있었다.

그는 화산재 석상 십여 개를 옮겨다 머리를 자신에게 향하도록 돌려놓았다. 전부 바닥에 엎드려 있는 석상이라, 꿇어앉아 온몸과 머리를 바닥에 대고 그에게 절을 하는 것처럼 보였기 때문이다. 그는 '참배'를 즐기면서 거만한 자세로 피가 흥건한 팔뚝을 거들먹거들먹 뜯어 먹었다. 구석에는 농부 대여섯 명이 앉아 있었다. 그중 존재감 없이 머리를 푹 숙인 사람은, 바로 인옥이었다!

그는 역시 척용에게 딱 걸린 것이었다. 사람들은 밧줄에 묶이지는 않았으나 머리 위마다 푸르스름한 도깨비불을 달고 있었다. 자세히 보니, 이 도깨비불은 선희의 머리에 달린 관상용과는 다르게 눈, 코, 입이 있었다. 도깨비불은 사악한 소인배처럼 음흉한 표정으로 아래를 노려보며 사람들을 바짝 감시하는 중이었다.

사련이 나직하게 입을 열었다.

"저 불이 수상해."

화성이 곧바로 대답했다.

"저건 척용의 귀화쇄[5]야. 저 불이 감시하는 아래서 도망치려 들면 놈들이 시끄럽게 비명을 질러. 이때 바로 주문을 외우면 인질을 순식간에 태워 죽여 버리지."

척용이 팔뚝을 맛깔나게 뜯어 먹고 있는데, 바깥에서 선희의 목소리가 날아들었다.

#5 귀화쇄 鬼火鎖, 도깨비불 자물쇠

"대인, 다녀왔어요."

그는 팔뚝을 냅다 집어 던지고 입에 범벅된 피를 닦았다. 사련은 어쩐지 희한해졌다. 저건 무슨 행동이지? 누가 볼까 봐? 척용이 자기가 먹는 모습을 남에게 보이기 부끄러워하는 날이 오다니?

선희는 들어오기 전에 곡자를 먼저 내려놓았다. 곡자는 척용 앞까지 후다닥 뛰어가더니 다짜고짜 그를 가리키며 큰소리치기 시작했다.

"아빠 또 몰래 나쁜 음식 먹었지!"

"안 먹었다!"

그러자 곡자가 대꾸했다.

"내가 냄새 맡았어! 먹으면 입 냄새가 나!"

척용은 손에 대고 입김을 몇 번 불어 보았다. 그야 당연히 입에 한가득 풍기는 피비린내가 맡아졌을 터다. 발뺌하기 어렵게 되자 그가 성질을 부렸다.

"젠장! 선희! 왜 갑자기 쟤를 데리고 돌아왔어? 내가 밥 먹을 때는 데리고 나가서 한참 돌아다니라고 했잖아!"

선희는 유유히 걸어 들어오며 말했다.

"물을 마시더니 배가 아프다고 소란 피우는 바람에 일단 데리고 온 겁니다. 대인, 더는 저에게 아이를 맡기지 마세요. 저도 애를 어떻게 다뤄야 할지 모르겠다고요!"

척용이 눈을 부라리며 핀잔을 주었다.

"뭐라고? 너 여귀잖아! 여귀가 어찌 아이랑 다니는 걸 싫어해? 넌 낙제점이다!"

"제 아이도 아니잖아요!"

곡자는 척용의 옷자락을 붙들고 말했다.

"아빠, 그런 거 그만 먹어. 안 좋아……."

심기가 불편해진 척용이 호통쳤다.

"나가, 저리 나가! 여기서 귀찮게 굴지 말고! 꼬마가 어른한테 훈수나 두고 말이야. 혼자 나가서 놀아!"

곡자는 하는 수 없이 나가서 흙장난을 하기로 했다. 걸음을 떼기 전에는 방구석에 붙잡힌 사람들을 흘긋 쳐다보았다. 곡자가 나간 뒤에야 선희가 입을 열었다.

"대인, 저는 정말 이해가 안 됩니다. 귀찮게 구는 꼬마를 왜 굳이 데리고 왔죠? 오는 내내 배고파해, 목말라해, 울고불고하다가 병도 났잖아요. 도중에 산괴를 만나서 얻어 타지 않았더라면 지금도 발목을 잡혔을 겁니다."

척용이 히죽히죽 웃었다.

"공짜 아들이 나를 아빠라고 부르겠다는데 그러라고 해야지. 풰, 이건 개소리고, 당연히 잡아먹으려고 데려온 거다! 이렇게 큰 꼬마는 고기가 야들야들해서 양념을 안 치고 날것으로 먹어도 맛이 좋아! 히히히히……."

"그럼 대인은 왜 아직도 안 잡아먹은 겁니까?"

척용이 푸른 안광을 번뜩이며 말했다.

"뭘 모르는구만! 살찌면 죽여야지! 제일 맛난 건 마지막까지 남겨 놓는 거야! 게다가 이 많은 식량을 비축했으니 당분간은 괜찮아!"

식량 이야기가 나오자, 선희가 인옥을 노려보며 말했다.

"전 새로 잡은 저 인간이 아주 수상해 보여요. 그것도 엄청나게. 대인은 저자의 내력이 어떤지 알아내셨나요?"

화성에게 원한을 품은 척용이라면, 인옥이 화성의 부하임을 알았을 때 가장 먼저 잡아먹지 않았겠는가? 그러나 척용이 대답했다.

"확실하게 알아냈지. 저놈도 우사를 도우러 따라온 거다."

존재감과 개성이 튀지 않는 것이 때로는 좋은 일이었다. 보통 사람은 인옥과 혈우탐화를 함께 묶어 생각할 리가 없다. 보아하니 인옥은 거짓말로 신분을 꾸며 내는 데 성공한 모양이었다. 사련은 안도의 한숨을 내쉬었다. 하지만 선희는 안색이 달라졌다.

"우사황이 벌써 여기까지 쫓아왔다고요?"

척용이 대답했다.

"아니야. 저놈은 우리처럼 얼떨결에 이 지하 도시를 발견한 거다. 우사는 당분간 우릴 찾아내지 못해. 제기랄!"

그가 별안간 욕을 하기 시작했다.

"이 우사는 뭐가 이리 끈질겨? 졸졸 쫓아다니면서 후려치는 통에 땅 밑을 뚫고 숨는 신세가 됐잖아! 그냥 촌구석에서 먹을 만한 농사꾼 몇 놈 잡아 온 건데 뭐? 이렇게 쪼잔해서야 쓰나? 그래 놓고 신관은 무슨, 상천정 신관 중에 좋은 놈이 하나도 없을 줄 알았어! 속이 좁아!"

그는 늘 이렇게 당당하다. 멀쩡하게 농사짓던 농사꾼을 자기가 먼저 납치한 주제에, 몇 놈 잡아먹게 두지도 않는다면서 남의 속이 좁다고 탓한다. 이야기를 듣던 사련은 손이 다 근질거렸다. 뒤이어 선희가 물었다.

"그럼 이 몇 명은 풀어 주면 되잖아요?"

척용은 그리하면 체면이 구겨진다고 생각했는지 눈을 부라리며 말했다.

"안 풀어 줘! 벌써 절반을 먹었는데 이제 와서 반을 놓아주면 무슨 소용이야. 원한은 이미 맺혔다고! 처음부터 잡아 오질 말든지, 먹으려면 다 먹든지 해야 돼! 자꾸 잔소리하면 이 몸이 저놈들을 모조리 불태워 버릴 줄 알아. 다들 좋은 꼴은 못 볼 줄 알라고!"

선희가 말을 이었다.

"저도 일이 이렇게 될 줄은 몰랐습니다. 예전의 우사황은 성정이 이렇지 않았거든요. 모두가 만만하게 봤다고 해도 과언이 아니었죠. 우사촌 사람을 뺏겨도 화를 꾹 참고 조용히 움직일 줄 알았는데, 이 정도로 끈질긴 골칫덩어리일 줄 누가 알았겠어요?"

선희는 뜻밖에도 우사를 알고 있었다. 하물며 우사를 썩 존중하는 것 같지도 않았다. 어쩌면 인간 시절에 엮인 사이일지도 모른다. 사련은 갖가지 전설을 떠올려 보고 작은 목소리로 말했다.

"설마 선희가 우사국의 장군이었나?"

"제대로 맞혔네. 형 추측이 맞아."

사련은 반신반의하며 말을 이었다.

"그런데 이상하지 않아? 우사 대인은 우사국 황족의 후예라 신분이 존귀하고, 선희는 장군에 불과한 일개 신하인데 어떻게 감히 황실 사람을 무시할 수 있어? 게다가 '모두가 만만하게 봤다'니⋯⋯."

이때, 척용이 말했다.

"우사고 나발이고 알 게 뭐야. 본 귀왕이 동로에서 수련을 거친 다음 '절'이 되어 천지를 뒤집고 세상에 나오면, 천상천하 모두가 이 몸의 발밑에 무릎 꿇고 절하며 발치에 있는 흙을 먹을 텐데! 그때가 되면 난 귀시장을 허물고 흑수도를 가라앉힐 거다. 제아무리 군오라도 이 몸을 깍듯하게 대접할 거라고! 하하하하하하⋯⋯."

"⋯⋯."

미래의 꿈같은 광경을 마음껏 상상하는 저 허풍을 듣고 있자니 사련은 그저 우습기만 했다. 화성은 아예 비웃어 줄 기분도 들지 않았다. 척용은 선희에게 또 말을 걸었다.

"그때가 되면 배명의 좆을 잘라서 네게 장난감으로 던져 주

마. 그놈이 네 노예가 될 수밖에 없도록."

그 이름을 들은 선희는 열 손가락을 단단히 부르쥐었다. 창백한 얼굴에도 생기가 돌았다.

"그럴 필요 없습니다! 제가 처리하도록 넘겨주시기만 한다면, 이 선희는 대인께 깊이 감사드릴 겁니다!"

배명과 동떨어진 선희는 그럭저럭 정상적인 여귀로 보였다. 그러나 배 장군의 이름이 나오자, 그날 여군산에서 보았던 사랑에 미친 여귀의 그림자가 다시 얼굴에 드리우는 듯했다. 정말로 이런 터무니없는 희망을 척용에게 걸다니. 사랑에 눈이 멀었다고밖에는 설명할 길이 없었다. 사련이 고개를 들고 말했다.

"삼랑, 인옥과 농부들이 척용에게 붙잡혔는데 어쩌면 좋지?"

물론 대놓고 들어가서 척용과 선희를 두들겨 팰 수도 있었다. 하지만 농부들과 인옥이 인질로 잡힌 상황이었다. 성정 고약한 척용이 한 대 얻어맞을 때마다 사람 하나를 불태워 죽인다면 오히려 그들이 불리해질 터였다. 척용을 몰아붙였다간 정말 본인 말대로 인질들을 모조리 태워 버릴 가능성도 있었다. 화성은 침착하게 말했다.

"척용의 귀화쇄에는 구령이 있어. 일단 자물쇠를 푸는 구령부터 알아내자."

"누가 유인하지? 무슨 수로 유인해? 우리는 분명 안 될 테고."

질문을 끝낸 순간, 두 사람의 시선은 약속이나 한 듯 아래로 향하더니 집 밖에서 흙장난을 하는 곡자에게 가닿았다.

잠시 망설인 사련이 말했다.

"안 되겠어, 너무 위험해. 척용은 가뜩이나 곡자를 먹겠다고 벼르는 중인데, 만약 무슨 실마리라도 발견하는 날엔……."

"저 머리로 눈치채냐 마냐는 문제가 못 돼. 놈이 꼬마를 건드리려 하면 우리가 선수 쳐서 구하면 그만이니까. 저 꼬마는 척용 옆에 너무 오래 붙어 있었으니까, 놈에게 물들어서 정신이 나가진 않았는지 걱정하는 편이 나을걸."

"아까 곡자의 반응을 보면 아직까진 괜찮은 것 같아. 그럼…… 한번 해 볼까?"

그리하여, 화성이 다섯 손가락을 펼쳤다. 손바닥에서 유독 작은 은나비 한 마리가 떠올라 아래쪽으로 유유히 날아갔다.

척용과 선희는 방에서 계속 이야기를 나누는 중이었고, 곡자는 바깥의 땅바닥에 앉아 흙 위에 그림을 그리고 있었다. 어른 하나와 아이 하나가 손을 잡고 다니는 그림이었다. 이때 온몸에서 희미한 은빛을 발하는 나비 한 마리가 날아들었다. 이를 본 곡자는 고개를 쳐들고 눈을 휘둥그레 떴다. '우와' 하는 탄성이 나오려는 순간, 그 은나비에서 가느다란 사람 목소리가 흘러나왔다.

"곡자야, 말하지 마. 말하면 난 없어질 거야. 나야, 아직 나 기억하니?"

곡자가 아랑곳하지 않고 큰 소리를 냈다면 화성이 은나비의 빛으로 그의 정신을 홀렸을 터다. 하지만 곡자는 역시나 고분

고분하게 입을 틀어막고는 자그마한 목소리로 말했다.

"기억해요. 고물 줍는 형의 목소리야."

"……."

짧게 침묵한 사련이 말했다.

"하하하, 기억력이 정말 좋구나. 그래, 맞아. 그 고물 줍는 형이야. 조용히 이쪽으로 와 봐. 척…… 네 아빠에게 들키지 말고."

곡자는 고개를 끄덕이며 일어나 은근슬쩍 옆으로 가려 했다. 이때 방 안의 척용이 단번에 기척을 눈치채고 요란하게 고함쳤다.

"야! 쓸데없이 돌아다니지 말라고 했지? 여기서 함부로 쏘다니면 큰 쥐가 너 잡아먹는다! 이리 와!"

그 은나비는 한쪽으로 훌쩍 날아 숨었다. 곡자는 눈을 크게 뜨고 대답했다.

"쉬…… 쉬하러 갈 거야!"

"꼬맹이는 참 똥도 많고 오줌도 많구만!"

쳇, 하고 혀를 찬 척용이 핀잔을 놓더니 본 체도 하지 않았다. 곡자는 더듬더듬 한쪽으로 가서 다시 작은 목소리로 말했다.

"고물 형, 고물 형!"

사련이 지붕 위에서 말했다.

"……그냥 도장님이라고 부르면 돼. 고물 형은 좀 그렇다, 하하하……. 곡자야, 네 아빠가 붙잡은 사람들 불쌍하지 않아? 게다가 저 사람들은 남의 집 부하라서 주인이 네 아빠를 쫓아와 때릴 거야. 저 사람들을 풀어 줄 수 있게 도와주겠니?"

곡자는 고개를 끄덕이며 대답했다.

"알아요! 커다랗고 까만 소를 탄 신선 가문 사람!"

머리를 긁적이며 곡자가 말을 이었다.

"나도 풀어 주고 싶은데…… 우리 아빠가 아파서요. 아빠가 그러는데 사람 고기를 먹어야 병이 낫는다고, 사람 고기를 먹는 건 아주 정상적인 거래요. 나는 아직 어려서 모르는 거라고요. 어른이 되면 먹는 법을 가르쳐 준대요. 그치만 조금 별로인 것 같던데……."

……이게 어딜 봐서 조금 별로인 수준이겠는가!

사련은 마음속으로 위험하다고 중얼거렸다. 척용의 옆을 너무 오래 따라다닌 곡자는 벌써 조금씩 엇나가기 시작했다. 이대로 엇나가게 두었다가는 인육을 먹어도 괜찮다는 사고방식을 가지게 될지도 몰랐다. 사련이 황급히 말했다.

"엄청나게 나쁘지! 사람 고기를 먹으면 아주 심한 병이 나. 잡아먹힌 사람의 혼백까지 너와 네 아빠한테 달라붙을 거고. 네 아빠는 아픈 게 아니야. 식탐 때문에 포기를 못 하는 거지. 네가 어떻게든 방법을 찾아서 더는 그런 걸 못 먹게 막아야 돼. 안 그러면 넌 아빠 없는 아이가 될 거야!"

"그, 그럼 어떡해요!"

화성이 사련에게 말했다.

"형, 내가 할게."

그는 은나비에 대고 몇 마디를 읊조렸다. 곡자는 저 너머에서 귀를 기울이고 열심히 그 말을 기억했다. 말을 마친 화성이 다시 고개를 들고 사련에게 말했다.

"선희를 먼저 떼어 놔야 해."

방 안에서는 선희가 척용에게 말하고 있었다.

"전 여전히 저자가 무척 수상해요. 우사의 부하라는데 온몸이 귀기로 뒤덮였어요. 아무래도 거짓말을 한 것 같아요. 제가 다시 물어보죠."

곡자가 한구석으로 슬쩍 사라지자, 척용은 기회를 틈타 뒤돌아 앉더니 팔뚝을 다시 뜯어 먹으며 어물어물 대꾸했다.

"알아서 해."

배명만 만나면 발광을 하는 선희지만, 역시 여인답게 다른 때에는 척용보다 꼼꼼하고 의심이 많았다. 게다가 곡자는 그녀를 무서워하니 그녀가 있으면 금방 들킬지도 모른다. 사련이 고개를 끄덕이며 물었다.

"어떻게 유인할까?"

두 사람은 서로 눈을 마주치고는 다시 한번 약속이나 한 것처럼 말했다.

"배 장군."

사련은 두 손 모아 합장하며 말했다.

"어쩔 수 없네. 배 장군, 잠시만 희생 좀 해 주세요. 구출되고 나면 다들 장군에게 감사할 거예요."

화성이 하핫, 웃으며 말을 얹었다.

"감사는 형에게 해야지."

말하는 사이, 그의 은제 호완에 새겨진 무늬가 다시 사령나비로 변해 사련의 귓가로 날아들었다. 한 남자의 목소리가 들렸다. 배명이었다. 화성이 신전을 떠나기 전에 은나비 몇 마리를 남겨 둔 덕분에 저편의 소리가 전해져 온 것이다. 사련은 잠시 정신을 집중해서 듣고는 작은 목소리로 말했다.

"이 정도면 되겠어. 몇 마디 골라서 조금씩 자르면……."

한편, 선희는 창가를 등진 채 인옥을 단단히 노려보며 추궁했다. 인옥은 고분고분한 얼굴로 대답했다.

"저는 우사촌에서 갈 곳 없는 아귀(餓鬼)를 돕는 일을 맡고 있습니다. 아귀들이 문 앞에서 어슬렁거리면 쌀을 한 줌 건네고 그들이 무사히 떠날 수 있도록 배웅합니다. 그래서 몸에 귀기가 묻어 있는 겁니다……."

나머지 포로들이야말로 진짜 우사촌의 농민이다. 우사촌에 이렇게 천도를 하는 사람이 있는 건 사실이지만, 당연히 인옥은 절대 아니었다. 그러나 다들 이 사람이 허튼소리를 하는 것을 뻔히 알면서도 가만히 있었다. 척용이 목청 높여 말했다.

"하하! 나도 굶어 죽은 아귀인데 나는 왜 안 도와주나? 고작 몇 놈 먹었다고 쪼잔하게 죽자 사자 쫓아다닌 구두쇠가 어디서 인심 쓰는 척이야?"

하지만 선희의 생각은 달랐다.

"천하에 그 많은 아귀를 전부 천도할 수 있겠습니까? 겉치레

일 뿐이겠지요."

이때, 빛을 감춘 은나비가 조용히 그녀의 뒤로 날아와 반짝 숨어들었다. 모든 포로가 이 장면을 보았지만 여전히 꿈쩍하지 않고 아무것도 못 본 척 대동단결했다. 선희가 다시 캐물으려는 순간이었다. 문득 한 남자의 목소리가 희미하게 들려왔다.

— ……이왕이면, 여기…… 부터…… 아직…… 있느냐? 이리…….

이 대목의 원래 문장은 이렇다. '이왕이면, 여기 이 쥐부터 구워라. 아직 뱀 더 갖고 있느냐? 이리 몇 마리 다오.'

사련은 배명의 말을 듣고 내심 충격과 동정심을 느꼈다. 배명은 그쪽으로 기어간 식시쥐를 때려죽인 게 틀림없었다. 게다가 그걸 보통 쥐로 취급해 배숙에게 먹일 채비를 하고 있었다. 이 쥐를 먹어도 괜찮을까? 빨리 돌아가서 말려야 할 것만 같았다. 다만 화성이 단어 몇 개를 흐릿하게 지운 덕분인지, 알 듯 말 듯 의미심장하게 들리는 그 말은 무척 신비로운 효과를 냈다. 선희는 온몸을 흠칫 떨더니 재빨리 고개를 돌렸다. 하지만 약삭빠르고 민첩한 은나비는 처음부터 빛을 숨기고 있다가 그녀가 뒤를 돌아보자 한쪽으로 홀쩍 숨어 버렸다.

의구심이 든 선희는 포로들을 바라보며 캐물었다.

"방금 무슨 소리 못 들었느냐? 뭔가 보지 못했어?"

인옥이 먼저 고개를 가로젓자 포로들도 따라서 설레설레 고개를 저었다. 모두 착실하고 얌전한 모습이었다. 척용은 입가에 피를 잔뜩 묻히고 뒤돌아보며 물었다.

"뭘 들었는데?"

선희는 조금 망연하게 대답했다.

"뭔가…… 배명의 목소리를 들은 것 같아서요."

"뭐? 환청이겠지! 난 못 들었다."

은나비는 선희와 가까이 있었으니 다른 사람들에게는 그 안에서 흘러나오는 목소리가 들리지 않았다. 선희는 의심스러워하며 말했다.

"그런가요? 전 아무래도…… 그가 근처에 있을지도 모른다는 느낌이 듭니다."

그녀는 잠시 넋을 놓고 있다가 한숨을 섞어 말했다.

"어쩌면 이게 바로 정신 감응이라는 걸지도 모르겠군요……. 대인, 아니면 제가 다시 나가 볼까요?"

이렇게 순조로울 줄이야. 사련은 슬그머니 주먹을 쥐고 화성을 올려다보며 웃었다. 화성도 싱긋 웃어 보였다. 그러나 척용이 찬물을 끼얹었다.

"허! 방금까지 돌아다니다 왔잖아? 정신 감응은 무슨, 보니까 환청이구만. 하루가 멀다 하고 그놈을 8백 번은 생각하니 환청 듣기 딱 좋지."

선희는 그의 말에 약간 설득당했는지 반신반의하며 나갈 생각을 내려놓았다. 비록 실패했지만 사련은 전혀 실망하지 않았다. 아직 풀어놓지 않고 남겨 둔 몇 마디가 더 있었기 때문이다. 선희가 계속해서 인옥을 심문하려는데, 또다시 배명의 목소리가 들려왔다.

— ……바보 꼬맹이! 이리 와라, 내가 가르쳐 주마.

곧바로 한 소녀의 목소리가 뒤를 이었다.

— ……됐어요, 배 장군. 한번 해 봐서 경험이 있어요. 제가 할게요…….

이는 물론 배명이 배숙에게 먹일 식시쥐를 어떻게 구울지 반월에게 가르치는 소리다. 그러나 선희의 귀에 들어가자 이야기가 달라졌다. 짜증과 기막힌 감정이 상냥함과 안타까움으로 변했고, 언짢은 거절의 말이 수줍음과 망설임으로 변했다. 선희는 날카롭게 비명을 질렀다. 순간 두 눈에 핏발이 곤두섰다. 정수리에 이고 있던 도깨비불은 마음속 질투의 불길처럼 맹렬하게 치솟았다. 그녀는 자신의 머리카락을 쥐어뜯으며 외쳤다.

"그야! 맞아, 그가 틀림없어. 그가 여기 있어. 내가 느꼈어. 내 마음이 그를 감지했어! 배명! 또 이러다니, 이번엔 어떤 여인이냐? 널 죽여 버리겠다!"

그녀는 비명을 지르면서 부러진 두 다리를 이끌고 쿵쿵 요란하게 '뛰어' 나갔다. 척용이 욕을 퍼부었다.

"야! 선희! 제기랄! 다리가 부러졌는데 뭐가 저리 빨라? 그종마 자식 때문에 이럴 것까진 없잖아!"

사련은 비틀비틀 사라지는 선희의 뒷모습을 바라보며 어쩐지 안타까운 마음이 들었다. 화성은 그가 신전 쪽 일행의 안위를 걱정한다고 생각했는지 입을 열었다.

"걱정할 것 없어. 사령나비는 선희를 반대 방향으로 유인할 거야. 만약 정말로 배명을 찾아내더라도 약야가 지키고 있으니 결계 안에 들어가진 못할 테고. 우리는 우리대로 속전속결로 처리하자."

선희가 퇴장했으니, 이제 곡자가 등장할 차례였다. 곡자는 일어나서 진흙투성이가 된 두 손을 엉덩이에 문질러 닦았다. 사련은 영 마음이 놓이지 않았다.

"정말 괜찮을까?"

화성이 담담하게 말했다.

"형, 날 믿어. 이 수가 안 먹히면 다른 수를 찾으면 돼. 이것 말고도 대안은 많거든. 까짓것 척용이 다시는 영원히 입을 못 열게 만든 다음, 느긋하게 저 도깨비불을 비벼 끌 방법을 생각한다든지."

"……."

곡자가 방 안으로 들어왔다. 척용은 손에 묻은 피까지 깨끗하게 핥아먹은 뒤였다. 그는 곡자를 보자마자 말했다.

"아들아, 이리 와서 이 아버지 다리 좀 두드려라!"

곡자는 앞으로 다가가 그의 다리를 두드렸다. 한동안 얌전히 안마를 하던 곡자가 물었다.

"아빠, 구석에 있는 저 사람들은 왜 끈에 묶여 있지도 않은데 못 움직이는 거야?"

이 물음에 척용은 신이 났다.

"헤헤, 당연히 이 아비가 너무 무서운 나머지 다리가 풀려서 못 움직이는 게지!"

"……."

곡자는 눈과 입을 동그랗게 벌렸다.

"그렇게 대단해?"

척용의 허영심이 한껏 만족스럽게 채워졌다.

"그렇고말고! 잘 들어라. 오늘 너한테 이 아비가 얼마나 대단한지 알려 주마! 저 불덩어리 보이지? 내 명령 한마디면 확, 죄다 불타 죽을 테니까 나를 무서워할 수밖에! 그리고 두 잡귀 놈들이 있는데, 잘 기억해 둬라."

곡자는 병아리가 쌀을 쪼듯이 고개를 주억거렸다. 척용이 계속 말했다.

"하나는 화성이라는 놈이고, 하나는 별명이 흑수인 놈이야. 별 능력도 없는 것들인데, 주제에 운은 좋아서 권력을 쥐고 설쳐 대. 하지만 실제로는 완전 유명무실이야. 유명무실이 무슨 뜻인지 아냐? 가르쳐 주마. 이건 사자성어다. 놈들이 겉으로는 아주 대단해 보이지만 사실상 실력은 나와 전혀 비교할 수 없을 정도로 형편없다는 뜻이지!"

"…………."

곡자는 아리송한 기분으로 말끝을 늘였다.

"오……."

척용이 말을 이었다.

"그래 봐야 운이 좋았던 거잖아? 나한테 그런 운이 있었다면 놈들보다 열 배는 더 성공했을 거다! 기다려라! 이 아비가 기필코 이번 관문을 돌파해서 그놈들의 면상을 퉁퉁 붓게 패 줄 테니까! 아무도 다시는 날 깔보지 못해. 오직 나만이 다른 놈들을 깔본다!"

그는 패기만만하게 팔을 쳐들며 목청을 높였다. 곡자는 그가 말한 게 누구이며 무슨 뜻인지도 전혀 이해하지 못했지만 그래도 그의 체면을 세워주었다.

"아빠는 꼭 할 수 있을 거야!"

"………………."

사련은 지붕 위에서 한 손으로 얼굴을 감싸 쥐었다.

척용의 이 고견은 참으로 말문이 막혔다. 누가 뭐래도 척용이 자신의 사촌 동생이라 생각하니 창피해서 고개를 들 수가 없었다. 그는 화성에게 말했다.

"삼랑…… 이건…… 그는…… 나는……."

화성은 가식적으로 웃으며 대답했다.

"신경 쓰지 마. 놈은 주옥같은 명언을 참 많이 남겼지. 이건 빙산의 일각에 불과해."

솔직히, 예로부터 천하에는 허풍을 떨지 않는 사내란 존재하지 않았다. 유명 기생집 낭자의 손수건이 바람에 날려 손에 들어왔을 뿐인데, 나중에 가서는 절세미인 명기가 자기에게 홀딱 반해 치근거린다고 떠들어 댄다든지, 황제의 첩의 외숙의 손자의 사촌 동생의 첩의 신발 시중을 들고 걸상을 닦는 주제에 밖에 나가서는 황실 친척 댁에서 중임을 맡은 집사로 탈바꿈한다든지. 이렇듯 허풍쟁이가 아닌 사내야말로 참 보기 드문 것이다.

그리고 허풍쟁이 사내는 첫째로 여인에게 떠벌리기를 좋아하고, 둘째로 자식에게 떠벌리기를 좋아한다. 사련이 기억하는 제 어린 시절도 그랬다. 그의 아버지도 늘 은근한 방식으로 본인의 화려한 정치적 공적을 말해 주곤 했었다. 때문에 그는 어릴 적부터 아버지가 후대에 명성을 길이 남길 영명한 군주일 거라 믿어 의심치 않았다. 이후 그게 아님을 알고서야 '당신도 고작 이 정도였구나' 같은 생각이 들었다. 그 엄청난 괴리감이 훗날 반항심으로 이어지기도 했다. 여기까지 생각한 사련은 고개를 가로저었다. 어쩐지 웃음이 비어져 나왔다.

'내가 왜 척용을 우리 아버지와 비교했을까?'

참 알다가도 모를 노릇이었다. 어쩌면 아들 앞에서 자신을 한껏 치켜세우는 모습 때문일지도. 그러나 그의 아버지든 다른 누구든 적어도 정상적인 범위 안에서 허세를 부리는데, 척용은 이미 후안무치하고 당당한 수준에 접어들었다. 어쩐지 늘 조용하던 하현도 난색을 보이면서 척용과 마주칠 때면 구실을 찾아 두들겨 패더라니. 하지만 사련은 어딘가 이상했다. 왜 다른 사람 욕만 들리고 자신의 욕은 들리지 않는 걸까? 설마 성격을 고쳐먹었나?

다만 사련은 척용이 지금껏 곡자를 잡아먹지 않은 이유를 조금은 알 것 같았다. 정상적인 사람이나 다소 관록 있는 상대라면 이런 허풍을 받아 주지 않을지도 모른다. 어쩌다 겉으로 맞장구를 쳐 준대도 아마 너무 성의가 없어 보이거나, 반대로 너무 느끼하게 추어올릴 터다. 자세한 예시는 과거 척용의 부하였던 소귀들의 반응을 참고하자. 하지만 곡자의 칭찬은 그와 달리 한 마디 한 마디가 진심에서 우러나온 것이었다. 이 아이는 정말로 이 '아빠'가 세상에서 제일 대단하다고 생각했다!

척용은 오랜만에 속 시원하게 허풍을 떨었는지, 무척 흡족한 마음으로 으름장을 놓았다.

"그러니까 말 잘 들어라, 어? 말 안 들으면 너한테도 도깨비불을 달아 버릴 줄 알아!"

곡자는 역시나 겁에 질려선 얼른 제 머리 위를 감쌌다.

"싫어, 난 안 달래……. 맞다, 아빠."

곡자는 화성과 사련이 가르쳐 준 말을 떠올리며 조심조심 물었다.

"이, 이 초록색 불을 달아 놓으면, 아빠도 못 떼지?"

만약 '달았으니까, 뗄 수도 있지?'라고 물었다면? 척용은 사실을 털어놓지 않을지도 모른다. 하지만 곡자의 질문은 '못 떼지?'다. 이 말에는 의심이 담겨 있다. 물론 화성과 사련이 가르친 것이다. 척용은 그 자리에서 발길질을 날려 속이 텅 빈 석상 머리를 걷어찼다.

"허튼소리! 이 몸이 잠그고 싶으면 잠그고, 풀고 싶으면 푼다! 잘 봐라! 아빠가 하나 풀어 보마!"

말을 끝내자, 그는 한 농부를 가리키며 소리쳤다.

"개새끼 사련!"

화성과 사련은 침묵에 빠졌다.

"……."

"……."

머리 위의 도깨비불이 꺼진 농부가 벌떡 몸을 일으켰다. 하지만 몇 걸음 도망치기도 전에 척용이 퉤, 소리를 내며 입에서 푸르스름한 도깨비불을 토해 다시 그 농부의 머리 위에 씌워 버렸다. 척용은 호탕하게 웃으며 곡자의 머리를 도닥거렸다.

"어떠냐, 네 아빠 대단하지?"

지붕 위의 사련은 땀을 닦았다. 화성은 겉보기엔 무덤덤한 기색이었지만 내뱉는 목소리가 서늘했다.

"저 폐물은 더 철저히 폐기되고 싶은 것 같군."

그의 손가락 마디에서 우두둑, 소리가 나는 것도 같았다. 사련이 재빨리 말했다.

"괜찮아, 괜찮아. 예상보다 쉽게 걸려들었어!"

두 사람은 곡자에게 척용을 떠볼 만한 말을 더 가르쳐 두었지만, 전부 쓸 필요는 없어 보였다. 어쩐지 척용이 내내 사련을 욕하지 않더라니. 지금 보니 성격을 고쳐먹은 게 아니라 가장 자주 쓰는 욕을 자물쇠 해제 구령으로 설정한 것이었다. 참 돈독한 우의가 따로 없다. 이로써 두 사람은 더 이상 숨을 필요 없이 곧장 지붕을 부수고 뛰어내렸다!

굉음에 기겁한 척용이 의자에서 미끄러졌다.

"뭐야? 누구냐!"

그는 뛰어내린 사람을 빤히 들여다보더니 말을 더듬었다.

"개, 개……."

원래는 욕을 하고 싶었던 모양이지만, 이게 중요한 구령이라는 걸 떠올리고는 황급히 제 입을 틀어막았다. 구석의 농부들이 웅성거렸다.

"저자가 아까 구령을 외친 것 같던데, 그럼 서로 풀리는지 한번 시도해 볼까?"

"그래, 욕 한마디면 되잖아. 사련이라는 사람한테는 좀 미안하지만 여기 있는 것도 아니니까 괜찮겠지!"

화성은 한쪽 눈썹을 까딱 들어 올리고 그쪽을 바라보았다. 인옥은 이마에 식은땀을 한 방울 흘리며 말했다.

"그게…… 본인이 여기 있든 없든 여러분이 그 말은 하지 않으시는 게…… 안 그러면 지금보다 더 심각한 결과가 뒤따를 겁니다……."

한편, 척용은 곡자를 낚아채 자기 몸 앞에 방패막이로 쓰며 말을 바꿨다.

"개, 개어른 사련! 뻔뻔하다! 엿듣다니! 비열해!"

사련은 기가 막혔다.

"개어른은 또 뭐야?"

그러자 척용이 다시 우쭐거렸다.

"근데, 헤헤, 어차피 네놈들이 구령을 알았다 한들 소용없어! 설마 자기 자신을 욕할 수 있으려고? 화성, 너도 욕 못 하겠지?"

이 말에 화성의 안색이 흐려졌다. 손가락 마디에서 다시 우두둑, 소리가 연달아 났다. 하지만 사련은 이를 눈치채지 못하고 영문을 모르겠다는 듯이 말했다.

"할 건데. 그게 뭐 어때서?"

그러고는 말을 끝내자마자 서슴없이 그 구령을 대여섯 번 반복했다. 포로 한 사람당 한 번이었다. 사련이 바로 구령 속 그 사람이라는 것을 알게 된 포로들은 마음속으로 엄지손가락을 치켜세울 수밖에 없었다.

'당당하게 자기를 욕하다니, 진짜 사내다!'

그러나 그들의 머리 위에 달린 귀화쇄는 풀리지 않았다. 사련의 안색이 조금 변했다. 척용은 실성한 것처럼 폭소했다.

"하하하하하! 속았지! 알려 주마, 나 본인이 풀지 않으면 소용없어! 너 괜히 욕한 거라고! 하하하하하…….."

은나비 한 마리가 곡자의 눈앞을 스쳤다. 곡자는 무거워진 눈꺼풀을 두어 번 끔뻑이더니 금세 잠이 들었다. 척용은 여전히 폭소하고 있다가, 별안간 날아든 소매에 맞아 열여덟 바퀴를 돌고 벽에 처박혔다. 그가 엉겁결에 고함쳤다.

"개새끼 사련!"

욕이 끝나자 인옥의 머리 위에 매달린 도깨비불이 사라졌다.

인옥은 벌떡 일어나 몸을 날려 거리를 멀리 벌리며 후퇴했다. 척용은 실수로 말이 헛나온 것을 깨닫고 재깍 입을 틀어막았다. 그러자 사련이 상냥한 얼굴로 말했다.

"자자자, 괜찮아. 자신을 억누르지 말고, 네 천성을 펼치렴. 계속 욕해."

그는 이렇게 온화하게 말하면서 소매를 걷어붙이고 척용을 움켜쥐었다. 대체 무슨 짓을 할지 감도 잡히지 않는 태도였다. 척용은 목이 터져라 소리쳤다.

"쳐 봐! 맞아 죽는 한이 있어도 두 번 다시 그 욕은 안 해!"

한쪽에서 화성의 스산한 목소리가 들려왔다.

"그건 마음에 드는군."

척용이 뒤를 돌아보았다. 화성은 이보다 더 가식적일 수는 없는 거짓 웃음을 지어 보이곤, 눈 깜짝할 사이에 사라졌다.

다음 순간, 척용의 머리는 땅속 세 치 깊숙이 처박혔다.

"……."

화성이 그의 머리를 땅에서 뽑아냈다. 척용은 마구잡이로 아우성을 쳤다.

"어떻게 감히 나에게 이런 짓을! 이판사판이다, 나도 저놈들을 모조리 태워 버리겠어! 다 같이 죽는 거야! 개같은 화성! 타올라라!"

아무래도 이 '개같은 화성'이라는 말은 인질을 태워 죽이는 또 다른 구령인 모양이었다. 그러나 구령을 외쳤는데도 사람들의 처참한 비명 따위는 들려오지 않았다. 의아해진 척용이 눈을 떠 보니, 그 농부들은 맞은편에 멀쩡히 서서 그를 구경하고 있었다. 척용은 경악했다.

"뭐가 어떻게 된 거야? 왜 안 죽었어? 빨리 죽어, 뒈져 버리라고! 누가 네놈들의 자물쇠를 풀어 줬어?"

"네가 풀었잖아."

사련은 그리 대답하며 옆의 은나비 한 마리를 가리켰다. 그 은나비는 척용과 똑같은 목소리로 고함치고 있었다.

― 너 괜히 욕한 거라고! 하하하하…….

이 사령나비는 척용의 목소리를 완전히 기록하고 복제해 둔 모양이었다. 물론 그 구령도 포함이라 욕 한마디로 끝없이 자물쇠를 풀 수 있었다. 화성이 싸늘하게 말했다.

"너는 혼자 저승길에 올라라. 함께해 줄 사람은 없어."

또 한 번, 치명타가 들이꽂혔다. 척용은 그의 일격에 맞아 땅속 한가운데까지 뚫고 들어갔다.

연기가 서서히 흩어졌다. 이쪽으로 몰려든 농부들이 잠시 안을 들여다보고 중얼거렸다.

"이…… 이거 건져 올릴 수 있을까?"

인옥이 화성이 뚫어 낸 그 깊은 구덩이로 뛰어내리더니 얼마 안 있어 다시 뛰어올랐다. 손에는 청록색 오뚝이 하나를 들고 있었다.

"성주, 태자 전하. 청귀척용을 수거했습니다."

그 푸르스름한 오뚝이는 험상궂은 표정에 눈을 희번덕거리며 혀를 내밀고 있었다. 누군가를 비웃는 모습 같은가 하면, 한편으론 사람들에게 환심을 사려고 애쓰는 것 같기도 했다. 하여간 격조가 영 뒤떨어지는 장난감이라 아이들은 보기만 해도 몸서리를 치며 한쪽으로 내던져 버릴지도 몰랐다. 본인의 특징 때문에 이런 모습이 되어 버린 건지, 아니면 화성이 일부러 이런 모양으로 만든 건지 모를 노릇이었다. 화성이 말했다.

"이런 건 우리에게 주지 마라. 네가 멀찍이 들고 있으면 돼."

인옥이 대답했다.

"알겠습니다."

솔직히 말하면 사련도 이 오뚝이를 별로 들고 싶지 않았다. 그는 바닥에서 잠든 곡자를 안아 들었다. 사령나비 몇 마리가 다른 쪽에서 날아와 화성의 손등 위에 내려앉았다. 그는 고개를 숙여 내려다보고는 입을 열었다.

"빨리 신전으로 돌아가야겠는데."

사련이 홱 고개를 돌리며 물었다.

"신전 쪽에 일이 생겼어?"

88장 여귀의 한과 질투심은 마음을 불태우고

화성이 손을 살짝 들더니 그 은나비를 받쳐 들고 사련의 귓가에 대 주었다. 은나비가 깜빡거리는 사이, 배명의 목소리가 저 너머에서 들려왔다.

– 바보 꼬맹이, 무슨 이상한 소리 못 들었느냐?

배명이 오랫동안 여인 밭에서 뒹굴어 온 탓일까. 분명 그가 반월에게 그런 뜻이 없다는 걸 알고 있는데도 어쩐지 미묘한 느낌을 받았다. 반월이 울적하게 말했다.

– 저 바보 아닌데……. 들었어요. 소리가 이상하네요. 화 장군네가 돌아온 건 아닌 것 같아요.

당연히 아니다! 그건 분명 선희가 부러진 다리로 바닥을 쿵, 쿵, 뛰어오르는 소리일 테니까!

쿵쿵대는 소리가 몇 번 이어지나 싶더니, 저 너머의 두 사람이 침묵에 빠졌다. 대신 들려온 소리는, 한 여인의 실성한 웃음소리였다.

― 히히, 흐흣, 하하하하……!

이 웃음소리는 황량한 지하 도시 안에 메아리치고 다시 은나비를 통해 전해져 오느라 잡음이 조금 섞여 있었다. 때문에 귓전 가까이서 듣는 것보다 더 오싹했다. 마침내 배명을 만난 희열과 통한이 교차하는 선희의 웃음소리가 분명했다.

사련이 물었다.

"은나비가 선희를 반대쪽으로 유인하지 않았어?"

"생각보다 영리한 여자야."

원래 선희는 사령나비를 쫓아 정신없이 내달렸다. 무서운 속도로 거리 끝까지 달려갔지만, 그녀는 아무것도 만나지 못했다. 그녀도 명색이 전장에 섰던 장군이었기에 곧장 자신이 누군가에게 유인당했음을 깨달았다. 이치대로라면 그 길로 척용에게 돌아가야 했겠으나, 배명을 찾느라 혈안이 된 그녀는 자신의 상관인 척용을 뒷전으로 내던지고 반대쪽을 향해 달렸다.

사련은 묘하게 우스우면서도 기가 막혔다. 그는 구사일생으로 탈출한 포로들을 데리고 서둘러 성 중심부에 있는 오용 신전으로 향했다. 한편 여귀 선희는 배명을 너무도 오래 기다린 참이었다. 웃음소리만 들어도 지금 그녀가 얼굴을 어떤 식으로 무섭게 일그러뜨리고 있을지 머릿속에 그려졌다. 배명도 그 모습에 놀랐는지 한참을 기겁하다 겨우 입을 열었다.

– 당신은…….

선희는 스산하게 냉소했다. 그러나 곧이어 배명이 이렇게 말할 줄 누가 알았으랴.

– 누구요?

– …….

선희는 한스러운 마음에 목소리가 가느다랗게 떨렸다.

– 지…… 지금 일부러 날 화나게 하는 거야? 내가 누구냐고 묻다니?

사련은 이마의 식은땀 한 방울을 닦아 내며 말했다.

"이건 아니잖아요, 배 장군……. 일부러 그런 걸까, 아니면 정말 못 알아본 걸까?"

"아마 후자일걸."

어쨌든 전설이 사실이라면, 배명이 수백 년간 사귀었던 미녀는 자그마치 천 명이나 되는데 어떻게 하나하나를 다 기억하겠는가? 하물며 몇백 년 전에 만났던 구면. 심지어 지난번 여군산에서 귀신 신부 사건이 일어났을 때도, 그는 소배에게 처리를 맡기고 자신은 얼굴을 비치지 않았으며 선희를 한번 만나 준 적도 없었다.

선희는 혼잣말로 중얼거렸다.

– 맞아, 너는 날 화나게 하려는 거야. 속지 않겠어. 하! 날 속이려고 모른 척하는 거야, 날 속이려고. 하하.

입속말을 중얼거린 그녀는 다시 날카로운 목소리로 캐물었다.

– 배명, 이 천한 꼬맹이는 뭐지? 넌 한결같이 눈이 아주 높지 않았나? 왜, 이번에는 입맛을 좀 바꿔 보시겠다?

반월은 어리둥절했다.

– ?

배명도 영문을 알 수 없었다.

– ??

두 사람 모두 어리둥절한 소리를 냈다. 하지만 이 원념에 사무친 말투가 배명의 기억을 되살린 것 같았다. 그가 미간을 찌푸리며 물었다.

– 선희? 어찌 그런 모습이 됐지?

사련은 그제야 떠올랐다. 지금 선희는 머리를 마구 풀어 헤친 모습일 게 뻔했다. 악귀가 되어 두 눈을 붉힌 채, 밑단이 더러운 진홍색 혼례복을 입고 악어처럼 느릿느릿 사악하게 바닥을 기어가고 있을 터다. 그리고 두 사람은 이제 막 마주쳤다. 확실히 배명은 이런 그녀를 보고 생전의 늠름했던 장군의 모습을 떠올릴 수 없었을 것이다. 선희는 그의 물음에 화가 치밀었다.

– 내가 왜 이런 모습이 됐냐고? 내게 왜 이런 모습이 되었냐고 묻다니! 다 네 잘못이잖아! 너 때문에 이렇게 됐잖아!

화성은 계속 주의 깊게 상황을 들었다. 어떤 작은 동정도 그의 귀를 속여 넘길 수는 없었다.

"호법 결계에 달려들었어."

하지만 사련은 걱정하지 않았다.

"약야라면 버틸 거야."

아니나 다를까, 은나비에서 놀란 외침이 전해져 왔다. 결계에 달려간 선희가 약야에 튕겨 몇 장 밖으로 날아간 것이다. 배명의 목소리가 이어졌다.

– 태자 전하의 이 법보는 정말로 훌륭하군. 다음에 나도 하나 제련해야겠어.

사련은 속으로 생각했다.

'어떻게 제련했는지 알면 그런 말씀 못 하실걸요…….'

그러나 상념을 거두기도 전에 배명이 소리쳤다.

– 뭐 하는 거냐? 그만둬!

선희도 고함을 내질렀다.

– 안에 숨어 있을 생각은 꿈도 꾸지 마라!

콰르릉!

사련은 걸음을 재촉하는 한편, 아연실색하며 입을 열었다.

"저게 무슨 소리지? 뭐가 무너졌나? 선희가 뭘 한 거지?"

화성은 내내 그의 옆을 나란히 걸으며 말했다.

"신전을 무너뜨렸어. 석조 천장이 내려앉았네."

약야의 호법 결계에 튕겨 나와 원 안에 들어가지 못하자, 마구잡이로 성질을 부리며 신전 전체를 무너뜨린 것이었다. 사련이 말했다.

"배 장군 쪽은 괜찮을까? 소배와 반월도 같이 있잖아!"

더욱이 배숙은 지금 평범한 인간의 몸이니 짓눌리게 두어선 안 됐다. 화성이 대답했다.

"괜찮아. 배명이 감쌌어."

석조 천장이 와르르 무너진 그 순간, 배명이 자기 신체를 방패로 삼아 배숙과 반월을 몸 아래로 감쌌다. 사련이 가슴을 쓸어내리며 말했다.

"그럼 됐어. 호법 결계는 깨지지 않을 테니까."

한편, 배명은 자신을 짓누르는 석판을 주먹으로 깨부수며 역정을 냈다.

– 무슨 미친 짓이야? 당신은 하늘을 무너뜨려도 못 들어와!

그러나 선희는 깔깔거리며 크게 웃기 시작했다. 반월이 흠칫 외쳤다.

– 배 장군, 조심해요!

배명이 입을 달싹였다.

– 무슨…….

거의 한순간에 연달아 터져 나온 반응이었다. 사련은 이 혼란 속에서 날카로운 검이 가슴을 꿰뚫는 소리를 들었다. 의심할 여지 없이, 배명이 검에 찔린 것이다.

"어떻게 된 거지? 누가 배 장군을 찔렀어? 호법 결계가 깨졌나? 그건 말이 안 돼…… 잠깐, 검이라고?"

찰나, 그는 마침내 선희의 목적을 깨달았다.

그런 거였구나!

실컷 웃은 선희는 이내 싸늘하게 말했다.

– 내가 들어가야 한다고 누가 그러든?

불쑥 튀어나온 또 다른 목소리도 목청 높여 웃었다.

– 어이, 배명. 이게 누구야? 네놈의 옛 연인 선희가 왔구나! 용광!

애당초 선희는 화가 나서 미쳐 날뛰느라 신전을 무너뜨린 게 아니었다. 호법 결계에 들어가 보겠다고 그런 것도 아니었다. 그녀는 무너진 석조 천장으로 반월이 결계 안에 두었던 단지를 깨뜨려 봉인된 두 귀신을 풀어 준 뒤, 결계 안쪽에서 포위를 뚫게 할 심산이었다!

그리고 단지에서 벗어난 용광은 기다렸다는 듯이 약야가 만든 호법 결계를 부수고 단칼에 배명을 찔렀다. 배명은 그를 뽑아내려 한 모양이나, 용광은 한사코 그의 몸을 꿰뚫은 채 버티며 외쳤다.

– 단념해라! 죽어!

– 반월 국사! 다른 단지는 괜찮나?

선희와 용광이 안팎으로 협공하는 지금, 각마까지 합세하면 완전히 끝장이었다. 반월이 외쳤다.

– 괜찮아요! 각마는 아직 안에 있어요!

분위기가 위급해졌다. 조바심이 난 사련이 걸음을 재촉하려는데, 화성이 불현듯 제자리에 멈추어 섰다. 사련은 어리둥절해하며 고개를 돌렸다.

"삼랑?"

화성의 손등 위에 또 다른 사령나비 한 마리가 내려앉았다. 그에게 새로운 동태를 조용히 이야기하고 있는 것 같았다. 은나비의 보고가 끝나자 화성이 고개를 들며 말했다.

"형, 서두르지 마. 급하게 가지 않아도 될 것 같아."

한편, 용광이 달라붙은 명광검이 배명의 가슴을 꿰뚫자, 선희는 붉은 도마뱀처럼 그의 신발을 움켜잡고는 허벅지를 따라 기어올랐다. 옷차림과 화장, 머리 위 도깨비불까지 영락없는 실성한 여귀 꼴이었다. 배명이 말끝을 흐렸다.

"당신……!"

선희가 하염없이 중얼거렸다.

"배랑…… 배랑……!"

그녀는 부러진 두 다리와 온몸을 송두리째 비틀어 배명의 몸을 휘감았다. 그를 잔혹하게 목 졸라 죽이려는 것인지, 힘껏 껴안으려는 것인지 모를 지경이었다. 이때 문득, 배명이 뒤쪽으로 감싼 배숙이 그녀의 시야 한구석에 비쳤다. 지난번 배명의 이 냉담하고 무심한 후손이 자신을 높은 산 아래에 진압했던 일이 떠올랐다. 그녀는 곧장 이를 갈았다.

"이 잡종 새끼!"

그녀의 손톱이 허공을 가르려는 찰나, 중간에 다른 손이 불쑥 끼어들어 그녀를 저지했다. 이 두 손목은 똑같이 창백했다. 자세히 보니 반월이었다. 선희는 배명의 옆에 다른 여인이 있는 걸 보자 질투심에 속이 불탔다.

"내 아직 천한 너를 죽이려 하지도 않았건만, 알아서 목숨을 바치는구나!"

욕을 퍼부은 그녀는 다른 손으로 반월의 이마를 노렸다. 그러나 반월은 고분고분하게 그녀의 손톱에 긁혀 죽기만을 기다리는 어린 신부들이 아니었다. 반월은 선희의 다른 쪽 손목도 한 치의 오차 없이 낚아챘다. 생전에 장군이었던 선희는 숱한 사내들을 자괴감에 빠트릴 만큼 엄청난 힘의 소유자였다. 평범한 여인이나 여귀가 그녀를 만나면 붙잡혀 얻어맞을 뿐이었다. 그런데 바람만 불어도 넘어질 듯 비실비실해 보이는 이 소녀가 무서우리만치 손아귀 힘이 억셀 줄은 상상조차 못 했다. 하다못해 자신보다 사나운 것 같았다. 자신의 두 팔목이 꼼짝없이 붙잡힌 것도 놀랄 일이었으나, 두 시선이 마주쳤을 때 선희는 한층 움찔했다. 이 소녀의 눈빛은 뜻밖에도 살의와 독기로 가득했다. 모래바람 속을 가르는 칼날 같은 눈빛이 전장을 연상시켰다. 문득 오한이 끼친 선희는 재빨리 손을 뿌리쳤다. 반월은 배숙을 붙잡더니 반동을 이용해 몇 장 바깥으로 도약한 다음 가뿐히 착지했다. 그러곤 선희를 향해 외쳤다.

"배 장군을 놔!"

명광검에 씐 용광이 끼어들었다.

"배명, 너는 여전히 여자 복이 많구나. 보이냐? 두 여귀가 네 마음을 얻겠다고 싸운다! 하하하……."

선희는 선홍빛 구렁이라도 되는 듯이 온몸으로 배명의 몸을 휘감고는, 열 손가락으로 그의 목을 움켜쥔 채 서늘한 목소리로 말했다.

"너의 이 꼬마 정인, 제법 재주가 있구나."

배명은 기침과 함께 피를 토했다.

"아니다! 그 애는 내 정인이 아니야."

선희가 소리를 질렀다.

"계속 발뺌할 셈이냐! 정인도 아닌데 왜 너를 놓아주라고 하겠어!"

배명이 받아쳤다.

"만약 내 노모가 여기 계셔서 그분도 날 놓아 달라고 외친다면, 당신은 내 노모도 정인이라고 말할 셈인가?"

탓하려면 그의 경박한 인간성을 탓해야 할 것이다. 시도 때도 없이 '바보 꼬맹이' 같은 말을 남발했는데 선희가 어디 그를 믿으려 하겠는가. 그녀는 질투심으로 미칠 지경이었다.

"왜? 차마 인정 못 하겠어? 저 애를 아주 다정하게 불렀잖아? 예전에는 새 정인이 생기면 시원하게 인정하더니? 내 마음은 안중에도 없이 솔직하게 말해서 내가 얼마나 괴로웠는지 알아? 한데 어찌 지금은 인정을 못 해? 우리 배 장군께서 죽는 게 무서워지셨나? 아니면 정말 저 꼬마가 너무 좋아서, 내가 저 몸에 손끝 하나 대는 것도 고까운 것이냐?"

사련은 신전 멀리 떨어진 곳에서 이 장면을 멀찍이 지켜보고
있었다. 이대로 가만히 서서 구경만 해서는 안 되겠다는 생각
이 들었다. 그는 고개를 돌리며 말했다.

"삼랑, 일단 가서 사람들부터 구할까?"

그러나 화성은 웃으며 대답했다.

"형, 서두를 필요 없어. 누군가 우리 대신 나설 거야. 어차피
우리가 지금 간대도 선희는 배명의 목을 놓아주지 않을 테고."

맞는 말이다. 인질이 잡혀 있으니 아무래도 불리했다. 인옥
과 농부들도 손에 땀을 쥐고 구경하며 분분히 떠들었다.

"그러게. 저 여귀는 사랑이 원한으로 변한 모양이야. 저러다
가 뒤집어 놓겠군."

"아닐 것 같은데. 분명 못 할걸. 호박씨 먹을래요?"

"한 줌만 더 줘. 고마워."

사련이 말을 얹었다.

"여러분, 지금 호박씨를 먹을 기분이 드세요?"

사람들이 대꾸했다.

"저기요, 전하. 전하도 많이 드셨잖습니까?"

"어?"

사련은 그제야 아까 몰입해서 상황을 지켜보다가 옆 사람이
건넨 호박씨 한 줌을 무심코 받아 다 까먹었다는 걸 알아차렸
다. 그는 이마를 짚으며 중얼거렸다.

"이, 이거 참 실례했네요……."

한편, 신전에 있는 배명은 인내심이 바닥났다.

"선희, 당신은 뭐든 그런 쪽으로만 생각하지 않을 수 없나? 벌써 이렇게나 시간이 흘렀는데, 좋게 헤어지면 안 되겠어? 굳이 이럴 필요는 뭔데?"

선희는 그의 목을 움켜쥔 두 손에 힘을 주더니, 살구처럼 둥근 눈을 부릅뜨며 말했다.

"안 돼! 먼저 날 건드린 건 넌데, 좋게 헤어지고 싶다고? 어림도 없어!"

배명이 한숨을 쉬었다.

"당신은 정말…… 조금도 변한 게 없군. 당신의 이런 면 때문에 우리가 좋은 결실을 이루지 못한 거다."

선희는 그의 눈앞으로 얼굴을 홱 들이밀며 악을 썼다.

"내 이런 면? 내가 어떤데? 얼굴이 뒤떨어져? 넌 내가 아름답다고 했잖아! 내가 언제 우사국의 병력 배치도와 기밀을 네게 안 주겠다고 했어? 네가 스스로 거절한 거지! 그렇다고 널 향한 사랑이 모자라길 했어? 승부욕 강한 모습이 싫다기에 이 두 다리까지 포기했는데! 나만큼 널 사랑한 사람이 어디 있다고! 그런데 너는? 수백 년 동안 나한테 눈길 한번 주질 않았어! 네가 언제 나를 만나러 온 적이나 있어?"

배명은 그녀가 들이민 얼굴을 밀쳐내며 말했다.

"만나면 당신이 난리 칠 줄 알았으니 가지 않았지!"

선희는 그의 가슴에 박힌 명광검을 움켜쥐고 안으로 몇 치를 더 찔러 넣은 뒤 다시 뽑았다. 배명은 거듭 피를 왈칵 토했다. 선희가 두 눈을 번득이며 소리쳤다.

"말해! 빨리 네 신관의 이름을 걸고, 이제부터 영원히 나뿐일 거라고 맹세해. 평생 두 번 다시는 다른 여인을 쳐다보지 않을 거라고, 눈길만 스쳐도 네 눈알을 뭉그러뜨리겠다고 맹세해!"

용광도 얄밉게 한마디 거들었다.

"빨리 말해라, 배명. 말하면 네놈의 하찮은 목숨은 건질 테지!"

배명이 욕을 뱉었다.

"닥쳐! 제기랄. 전장에서도 죽지 않고 당세의 명검에도 죽지 않은 내가 실성한 여귀 손에 죽을 줄은 몰랐다!"

자신이 원하는 답을 듣지 못한 선희는 머리끝까지 격노해 배명의 머리를 낚아챘다. 이제 사련의 인내심도 한계였다. 그는 등에 멘 방심의 칼자루에 손을 얹으며 말했다.

"삼랑, 아무래도 상황이 위급하지 싶은데. 네가 말한 사람이 제시간에 올 수 있을까? 늦을 것 같으면 내가 먼저 가 볼게!"

"안 늦어. 형, 봐 봐. 저기 왔잖아?"

그가 말을 끝맺은 순간, 길길이 날뛰던 선희의 온몸이 얼어붙었다.

그녀는 마치 정신술[#6]에 걸린 사람처럼 표정부터 움직임까지 모조리 굳어 버렸다. 배명은 그녀가 움켜쥔 검에 가슴을 대여

#6 정신술 定身術. 몸을 굳히는 술법

섯 번 쑤셔진 터라 온 바닥에 피를 토한 뒤였다. 어둠 속 저편에서 홀연히 낭랑한 소의 발굽 소리가 들려왔다.

다그닥, 다그닥. 급히 서두르지도, 여유를 부리지도 않는 걸음이었다. 머지않아 검은 소를 탄 사람이 사람들 앞에 나타났다.

그 검은 소를 탄 사람은 새카만 평복을 입은 여인이었다. 맑은 눈빛에 표정이 차분했다. 천천히 다가온 그녀는 마치 먼 곳을 응시하듯 고개를 살짝 들었다. 배명은 피로 물든 입술을 멍하니 달싹였다.

"……우사 국주?"

그 여인은 고개를 얕게 숙이고 그를 바라보았다. 그러곤 변함없는 눈빛과 표정으로 설핏 웃으며 묵례로 화답했다.

덩달아 놀란 사련도 멍하니 중얼거렸다.

"……우사 국주?"

화성이 답했다.

"맞아. 지금 상천정에서 우사를 지내는 우사황은, 우사국의 열여섯 번째 공주이자 마지막 국주였어."

89장 궐문 앞에서 자진한 마지막 공주

사련이 말했다.

"한 번도 우사 대인을 만나 뵐 기회가 없어서, 공주이신 줄은 몰랐어……."

저쪽에서, 선희가 이를 콱 악다물었다.

"당신…… 무슨 수작을 부린 거야……. 어째서…… 몸이…… 안 움직이는데!"

우사는 배명을 바라보던 시선을 거두고 대답했다.

"우룡검을 가져왔다."

"우룡검?"

사련의 목소리에 화성이 대답했다.

"우사국의 진국(鎭國) 보검은 대대로 국주의 소유였어. 우사가 법보로 제련한 우룡검에는 우사국 사람을 누르는 자연적인

힘이 있지. 게다가 선희는 역적이라 두려움에 죄책감을 품고
있으니 당연히 무릎 꿇고 시키는 대로 할 수밖에."

움직이지 말라는 우사의 말에 선희는 정말로 꼼짝하지 못했
다. 용광이 소리쳤다.

"네가 못 움직인다면 내가 하겠다!"

그는 외침과 동시에 배명을 다시 찌르려 했다. 그러나 손톱
만큼 찌르기도 전에 붉은 연기가 터져 나왔다. 댕그랑, 소리가
울려 퍼졌다. 배명의 가슴을 관통했던 장검은 사라지고 집게손
가락만 한 작은 검이 바닥에 떨어졌다. 용광이 노발대발했다.

"뭐가 어떻게 된 거야? 도저히 못 움직이겠잖아?"

사련과 일행은 마침내 지켜보던 것을 그만두고 걸어 나왔다.
화성은 그야말로 장난감 같은 그 명광검을 흘긋 쳐다보고는 웃
으며 말했다.

"이러니까 훨씬 봐 줄 만하네."

우사가 온화한 목소리로 입을 열었다.

"놓거라, 선희."

선희의 손은 제멋대로 배명의 목에서 떨어지기 시작했다. 그
러나 그녀는 단념하지 못하고 두 손을 벌벌 떨었다.

"안 놔! 이미 내 손에 넣었으니, 안 놔!"

"필히 무언가를 손에 넣어야만 성이 찬다면, 자신이 바닥에
버린 물건부터 다시 줍지 그러느냐."

진국 보검의 위력이 너무도 강했던 나머지 선희는 땅바닥으

로 무참히 끌려 내려갔다. 그녀는 꼴사납게 머리를 헝클어트린 채 말했다.

"네가 무슨 자격으로 나를 꾸짖지? 자기가 진짜 국주인 줄 알아? 본인이 어떻게 국주가 되었는지 잊은 모양이구나! 난 인정 못 해. 난 널 인정 못 해!"

우사는 눈을 감더니 가만히 고개를 내저었다. 한쪽에 있던 반월은 이 기회를 놓칠세라 단지 하나를 내던져 선희를 집어넣고 재빨리 봉인했다.

이로써 난장판의 주범이 드디어 붙잡혔다. 사련은 배명의 옆으로 다가가 그를 부축했다.

"배 장군, 괜찮으세요?"

"안 죽습니다……. 그런데 태자 전하."

운을 뗀 그가 의심스럽게 물었다.

"그, 진작부터 와 계셨던 건 아니겠지요?"

"……하하하, 그럴 리가 있겠어요?"

그리 대답한 사련은 땅에서 손가락 크기만큼 줄어든 명광검을 주웠다. 배명은 사련이 든 명광검을 쳐다보며 물었다.

"혈우탐화, 이 봉인은 견고한 것 맞소? 또 어디에 깔렸다고 박살 나는 건 아니겠지."

화성이 대꾸했다.

"쓸데없는 소리. 당신이 칼자루를 쥐고 법력을 주입하면서 동시에 놈을 풀어 주기로 작심하지만 않는다면, 무심결에든 계략에 걸리든 절대 풀리지 않아."

배명은 그제야 긴 한숨을 토했다. 척용에게서 벗어난 농부들은 흡사 부모님을 만난 것처럼 한꺼번에 우사에게 달려들었다.

"우사 대인!"

이쪽에 있던 몇 사람도 빙글 돌아섰다. 사련은 가볍게 고개를 숙이며 말했다.

"우사 국주."

검은 소에서 내린 우사는 한 손에 고삐를 쥔 채 묵례로 인사를 돌려주었다.

"태자 전하."

인사를 주고받는 도중, 사련은 무심코 그녀의 목을 슬쩍 보고는 조금 멍해졌다. 하지만 곧바로 입을 열었다.

"당시 선락에 심한 가뭄이 들었을 때, 대인께서 우사립을 빌려주신 은혜 덕에 큰 구제를 받았습니다. 직접 뵙고 감사드릴 기회가 없었는데 오늘에서야 그 숙원을 이룹니다."

사련은 다시 한번 깊이 허리를 숙였다. 가만히 서 있던 우사는 그가 예를 마치고서야 느릿하게 말문을 열었다.

"아마 이런 인사는 되었다고 말씀드렸더라도 전하께선 끝까지 찾아오셨을 테지요. 다 지나간 일이니, 이제부터는 잊으십시오."

차분한 음색에 말하는 속도는 느긋했다. 미소를 한 점 머금은 모습이 유달리 여유로워 보였다. 이때 한 목소리가 불쑥 말했다.

"어이, 배명. 체면 구겨졌지? 여인이 구해 주러 왔구만. 그것도 우사황이! 으하하하하……."

우사는 표정 변화 하나 없이 여유로웠지만, 배명은 그다지 여유롭지 못했다. 그 검은 소도 갑자기 배명을 향해 거친 숨을 내뿜으며 머리를 털고 꼬리를 휘둘렀다. 물론 화성을 노리고 한 행동은 아니었지만, 사련은 소가 붉은색을 보면 화가 난다는 걸 알고 있었다. 그는 여러 번 쇠뿔에 받히며 쫓겨 다닌 뼈 아픈 경험을 떠올리곤, 소가 화성의 붉은 옷을 보고 더 흥분하면 어쩌나 싶어져 얼른 화성의 앞을 가로막았다. 동시에 재빠른 손길로 작은 명광검에 부적을 붙여 용광의 입을 막았다. 배명도 더 이상 침묵을 지킬 상황이 아니게 되자, 코를 긁적이며 정중하게 말했다.

"우사 국주, 소배를 구해 주신 은혜에 감사드립니다."

우사도 무척 정중하게 공수를 하며 말했다.

"작은 수고였으니 은혜라 하실 것 없소."

반월이 다가와 우사의 소맷자락을 잡아당겼다.

"우사 대인, 배숙 오빠가 배고파서 쓰러졌습니다……."

화성은 고개를 들고 위를 바라다보았다.

"일단 지상으로 돌아가지."

먹는 문제는 우사촌 사람을 만나 해결하는 게 상책이다. 우사가 농사를 주관하니 우사촌 사람들도 늘 먹을 것을 몸에서 떼어 놓지 않았다. 지상으로 돌아오자 벌써 하룻밤이 지나고 동이 터 있었다. 우사는 검은 소에 두른 전대에서 씨앗을 꺼내고 땅을 골라 그 자리에 뿌렸다. 머지않아 작은 작물들이 자라났다.

오래 굶주렸던 사람들은 한껏 환호했다. 사련은 곡자도 요 며칠간 제대로 먹지 못했으리라 생각하고 곡자를 불러 깨웠다. 하지만 곡자는 잠에서 깨기 무섭게 제 아빠부터 찾더니, 아버지가 또다시 자신을 내버린 줄 알고 한참을 서럽게 울었다. 인옥은 하는 수 없이 그 대단히 못생긴 초록색 오뚝이를 건네주었다. 곡자는 이게 아빠라는 말을 듣자, 보물을 얻은 것처럼 울음을 그치고 오뚝이를 끌어안은 채 고구마를 먹었다. 사련과 화성, 우사와 배명은 다른 한쪽에 앉아 본론으로 들어갔다.

벌써 저 앞쪽으로 동로가 보였다. 가까이서 보니 산 몸체 아래는 온통 피에 젖은 것처럼 붉었다. 그 위쪽 봉우리에는 아득하게 눈이 쌓여 있었다. 사련이 입을 열었다.

"필요하다면 아마 설산을 올라야 할 겁니다. 소배 장군도 그렇지만 반월과 곡자, 이 농민들도 더는 가기 힘들 테니 여기·남겨 둬야겠어요."

배명은 약병을 들고 상처를 막으며 고개를 내젓더니 한숨을 섞어 말했다.

"첫걸음을 잘못 내디뎠더니 줄줄이 낭패로군요."

그의 여정을 정확하게 묘사한 한마디였다. 어찌나 운수가 사나왔던지, 이렇게 울적할 수가 없었다. 사련의 옆에 단정하게 앉아 있던 우사가 짧은 숙고 끝에 말문을 뗐다.

"전하, 이번 출행은 절이 될지도 모르는 요마와 귀신을 일망타진하기 위함이지요. 그렇다면 주의하셔야 할 자가 하나 있습니다."

사련은 정신이 들었다.

"우사 대인, 도중에 무언가를 만나셨나요?"

우사가 고개를 살짝 끄덕이며 대답했다.

"오는 길에 백의 소년 하나를 만났습니다."

사련은 가볍게 아, 소리를 냈다.

"대인께서 말씀하신 자라면 저희도 오는 길에 들었습니다. 여러 요괴들이 그자를 무척 두려워하더군요. 저희도 하마터면 마주칠 뻔했고요. 대인께서는 그자를 직접 보셨나요? 어떻게 빠져나오셨습니까?"

"말씀드리기 부끄럽습니다만, 호법용 영물의 뛰어난 다리 힘 덕분에 빠져나왔습니다. 그 소년도 끈질기게 뒤쫓는 취미는 없더군요. 그게 아니라 실제로 겨루었다면, 결과가 어땠을지는 저도 단언하기 어렵습니다."

사련이 거듭 물었다.

"생김새는 어땠나요?"

"제대로 보이지 않았습니다. 온 얼굴에 붕대를 감고 있었거든요."

온 얼굴에 붕대를 감았다고?

사련은 아연실색하며 말했다.

"낭형인가?"

배명이 미간을 찌푸리며 물었다.

"전하께서 아는 사람입니까?"

"저도 확실치 않아요."

짧게 대답한 사련은 곧장 화성에게 물었다.

"삼랑, 낭형은 분명 귀시장에 있는 게 맞지?"

화성도 표정이 어두웠다. 잠시 침묵한 그가 대답했다.

"그전까지는 있었는데 지금은 어떤지 모르겠네. 형, 차라리 더 자세하게 물어보자."

사련은 질문을 이어 갔다.

"우사 대인. 대인께서 말씀하신 그 붕대를 감은 백의 소년은 십 대 초반, 아니면 한두 살 많게 잡아도 괜찮으니, 아무튼 무척 여윈 소년이었나요?"

그런데 뜻밖의 대답이 돌아왔다.

"아닙니다. 그 소년은 대략 열여섯에서 열일곱 살 정도로 전하와 비슷한 체격이었습니다."

"네?"

사련의 예상을 벗어나는 대답이었다.

"열여섯에서 열일곱? 낭형은 그렇게 크지 않아."

과연 그 아이일까? 지금 이 정보만으로는 짐작할 수가 없었다. 배명은 다 쓴 약병을 툭 내던지며 말했다.

"어차피 마지막엔 동로에 들어올 테니 기다리면 됩니다."

그는 명색이 무신인지라 회복 능력이 몹시 빨랐다. 영약 한 병을 쏟아부으니 심각했던 상처가 절반은 넘게 아물었다. 이때, 우사가 살짝 고개를 갸웃거리며 물었다.

"배 장군은 어찌 검을 차고 있지 않소?"

배명은 우사가 먼저 자신에게 질문을 던질 줄은 몰랐는지, 한순간 적당한 대답을 내놓지 못했다. 드디어 정신을 차린 배숙이 옆에서 구운 고구마를 먹으며 대신 말했다.

"배, 장군의, 검은 부, 러졌습니다."

"넌 고구마나 먹어라."

배명의 핀잔에 배숙은 입을 다물었다. 이를 듣고 우사가 잠시 생각에 잠기더니, 이윽고 자신의 패검을 풀어 두 손으로 배명에게 건넸다.

수상한 기색은 전혀 느껴지지 않았다. 말투나 행동도 몹시 점잖았다. 하지만 배명은 그녀가 건넨 물건이 독사라도 되는 듯 안색을 설핏 바꾸더니, 잠시 주저한 끝에 말했다.

"감사합니다. 하나 이것은 우사국의 진국 보검이니, 소장의 손에 맡겨지는 것은 적절치 않은 듯합니다."

우사가 온화하게 말했다.

"우사국이라면 벌써 오래전에 멸망한 것을. 배 장군은 무신이자 검의 고수가 아니오. 귀왕의 탄생을 막기 위해 여기 온 이상, 이 검은 내 손에 있기보단 그대의 손에 있을 때 제힘을 발휘할 거요."

배명은 또 한참을 망설이다가 끝내 정중하게 거절했다.

"호의 감사합니다, 우사 국주. 하지만 괜찮습니다."

상황이 이렇게 되자 우사도 더 무리하게 권하지 않았다. 일행은 다시 가벼운 한담을 나누었다. 우사는 이들에게 풍사의 소식이 있는지 물었다. 사련은 이제야 풍사와 우사의 사이가 좋았음을 알았다. 사청현은 종종 우사촌에 들러 먹고 마시고 놀았는데, 흑수 사건 이후로는 오랫동안 다시 들르지 않았다. 우사도 사람을 보내 찾아보았으나 성과가 없었다. 사련은 저도 모르게 탄식을 흘렸다.

일행은 한 시진 동안 재정비를 마치고 다시 여정에 오르기로 했다. 사련은 기대어 쉴 만한 나무를 찾으며 적당히 떨어진 곳까지 걸어갔다. 그러자 화성이 어디선가 밧줄과 천을 찾아와서는 나무 두 그루 사이에 간이 침상 두 개를 만들어 걸었다. 둘은 위로 올라가 편안하게 두 다리를 뻗고 누웠다. 그렇게 잠시 누워 있던 사련은 자신의 양손을 베개 삼아 벤 채 호기심을 담아 물었다.

"삼랑, 배 장군이 왜 우사 대인의 패검을 받지 않았다고 생각해?"

무신이 무기를 잃었는데도 서둘러 다른 무기를 찾지 않고 적에게 당하기만을 기다리다니?

화성도 양손을 베고 느긋하게 말했다.

"배명 같은 사람은 여인을 좋아하긴 해도 존중하는 정도는 아니야. 자신이 남에게, 그것도 여인에게, 그것도 과거에 알던 여인에게 구출되었단 사실에 분통이 터졌을 게 뻔해. 아마 체면을 구겼다고 생각할걸. 심지어 우사는 그의 후손을 혼냈던 전적도 있으니까, 이번에는 일부러 자기를 놀리는 게 아닐까 싶었겠지. 그러니 검을 받겠어?"

두 사람의 그네 침상이 함께 삐걱삐걱 흔들렸다. 사련이 말했다.

"참, 정말 알다가도 모를 자존심이네. 맞다, 삼랑. 봤는지 모르겠는데, 우사 대인의 목에 오래된 상처가 있었어."

"안 봐도 알 수 있어. '스스로 목을 벤 공주'잖아."

사련은 살짝 몸을 일으켰다.

"역시 그랬구나."

"형, 우사가 말을 약간 천천히 한다는 거 눈치챘어? 그것도 목에 생겼던 해묵은 상처 때문에 그래."

"아, 나는 원래 성격인 줄 알았어. 그나저나 공주셨는데 왜 스스로 목을 베신 거야? 본인이 어떻게 국주가 되었는지 잊었느냐던 선희의 말도 신경 쓰여. 어떻게 국주가 됐길래?"

화성도 몸을 일으켰다.

"말하자면 길어. 요점만 말해 줄게."

원래 우사황은 우사국의 황족 출신이었다. 그러나 첫째로는 딸이었으며, 둘째로는 궁녀의 여식이라 지위가 높지 않았다. 거기에다 성격이 내성적이고 말주변이 없었다. 그 때문에 위로 열다섯 명이나 되는 오빠와 언니, 그리고 나머지 아래쪽 동생들은 하나같이 그녀보다 총애를 받았다.

우사국의 황실 도장은 '우룡관'이다. 역대 국주들은 관례에 따라 황실 자제 하나를 골라 우룡관으로 수행을 보내고 풍년과, 나라의 태평 및 백성의 평안을 기원하며 성심을 보였다. 자못 대단한 일처럼 들리지만 실제로는 고역이다. 우룡관은 수행법이 지독한 곳이었다. 시종도 귀중품도 허락되지 않는 데다가 몸을 써서 일해야 했다. 예전에는 다들 서로 떠넘기기 일쑤였다. 정말 재수가 없어 자기 차례가 돌아오면 거금으로 대역을 사서 대신 보내고는 했다. 그런데 이 세대에서는 고를 필요도 없이, 우사황이 낙점됐다.

여기까지 들은 사련은 고개를 내저었다. 같은 황족이고 똑같이 황실 도장에 들어가 수행했으나 우사의 이 경험은 자신과 크게 달랐을 터였다. 그가 말했다.

"그래서 선희는 우사를 썩 존중하지 않는 말투였구나."

"당연한 일이야. 선희는 공주는 아니었지만 신분이 번듯했고 추종자도 많았어. 황족과 귀족 사이에서 우사황보다 훨씬 대우받았겠지."

그러나 지금 선희는 이런 꼴로 추락해 버렸으니, 여전히 평온하게 농사를 짓는 우사를 보면 배알이 꼴릴 만도 했다. 손을 놓으라는 우사의 충고도 그저 오만하게 비아냥대는 말로 느껴졌을 터다.

좌우간 그날을 기점으로 우사는 황실 도장에서 수행하는 나날을 보냈다. 그러던 어느 날, 우룡관에 귀한 손님이 찾아왔다.

수려국과 우사국이 하루아침에 등을 돌린 것은 아니었다. 이전에는 조금이나마 공손한 척, 가벼운 인사치레를 건네곤 했다. 수려국은 거짓된 평화를 유지하기 위해 황족, 장군과 문신 몇몇을 우사국의 국빈 연회에 파견했다. 거기에다 내친김에 우사국의 황실 도장도 참관하게 했다. 이날 우사황은 도관 지붕의 기왓장을 청소하러 갔었다. 그런데 내려가려고 보니 누군가가 사다리를 치워 버렸다.

아래쪽에 있던 사람들은 지붕에서 내려오지 못하고 있는 사람이 보이자 내심 우스워졌다. 우사국의 공주와 황자들마저도 손으로 입을 가리고 웃었다. 여기서 수려국의 한 장군만이 가볍게 웃음을 흘리더니, 위로 훌쩍 뛰어올라 그녀를 데리고 내려왔다.

이 장군은 당연하게도 배명이다. 역시 배 장군은 참 한결같았구나, 사련이 속으로 생각하고 있는데 한 목소리가 불쑥 끼어들었다.

"배명 그놈은 어딜 가나 꼴값을 떨어요! 개가 어딜 가든 오줌 갈기는 것처럼 말이야!"

사련은 그 악의 가득하고 저속한 비유에 정신이 번쩍 들었다. 고개를 돌린 그는 곱절에 곱절로 쪼그라든 명광검을 집어 들었다.

"용 장군, 언제 봉인 부적을 깨뜨렸나요? 정말 말하고 싶은 가 보네요."

용광이 받아쳤다.

"봉인하지 마라! 이 몸도 말 좀 하자! 배명이 무슨 더러운 짓을 했는지는 내가 줄줄이 꿰고 있지. 사흘 밤낮을 말해도 모자라! 이 자식은 수려국이 곧 우사국을 칠 거란 사실을 알면서도 우사국의 총애받는 공주 일고여덟을 꼬셔서, 체면이고 뭐고 없이 질투에 환장하게 만들었다! 이게 양심이 있는 인간이냐?"

확실히 양심이 바닥이다. 어제까지 나와 함께 이야기꽃을 피우던 이가 오늘은 살벌한 기병대를 이끌고 내 터전을 짓밟은 꼴이 아닌가. 사련은 약간 연민을 느꼈다.

"그럼, 우사 국주께선 예전에 배 장군과 사이가 괜찮았나요?"

그러자 용광이 대꾸했다.

"사이는 무슨. 배명 이 자식은 우사황을 두 번 만났어. 그런데 우사국에 미녀가 너무 많아서 다음 날 잊어버렸지."

이 세상에, 낯을 싹 바꾸고 돌아서는 게 비단 여인뿐만은 아니다. 사실 사내가 더 빨리 등을 돌린다. 결과가 다를 뿐이다. 여인이 돌아서면 따귀를 때리고 몇 번 할퀴는 정도로 끝날 터다. 그러나 사내가 한번 돌아서면, 당신은 원망의 말조차 뱉을 기회도 없이 뼈도 못 추리고 죽게 될지도 모른다. 이대로 거짓

된 평화를 유지하고 싶지 않았던 수려국은 출병할 명분을 지어
냈다. 배명은 직접 군을 이끌고 황궁 앞까지 돌격했다. 당시 우
사 국주는 황궁 깊숙한 곳까지 숨어 필사적으로 최후의 방어선
을 지켜야 했다. 그러나 배명이 조금만 힘을 쓰면, 달팽이 등껍
질을 으스러뜨리듯 황궁의 얇은 보호막을 부숴 버릴 수 있었다.

그런데 그는 이렇게 쉽게 부수지 않았다. 보다 많은 계획이 준
비된 참이었다. 그는 용광의 조언에 따라 한 가지 일을 벌였다.

수려국 병사들은 사형수 수백 명을 붙잡아 평범한 백성으로
위장시킨 다음, 황궁 궐문 앞으로 끌고 갔다. 그러곤 이렇게 요
구했다. 우사 국주가 직접 나와 머리를 바닥에 세 번 조아리고,
백성들을 유린한 죄를 참회하고, 죽음으로써 사죄하라. 그리하
면 이 백성들을 풀어 줄 것이며 다른 황실 사람들에게는 손을
대지 않을 것이다. 하지만 거부한다면 이 사람들의 목은 날아
가게 된다.

배명은 숨어 있는 황족들에게 사흘의 말미를 주었다. 하루가
지날 때마다 포로 한 무리를 죽인다. 사흘이 지나면, 황궁에 돌
입해 황족부터 모조리 죽이고, 다음으로 나머지 백성들을 죽일
것이다.

사련이 입을 열었다.

"용 장군, 당신의 그 작전은 정말 악랄하고도 훌륭하네요."

용광은 화를 내기는커녕 우쭐대며 말했다.

"칭찬으로 알아듣도록 하지."

수려국이 우사국을 치는 이유를 한마디로 요약하면, '가혹한 정치로 백성을 박해한 우사 국주를 천지신명의 뜻으로 용납할 수 없기에 우리 수려국이 공덕심으로 용맹하게 결의하여 도탄에서 헤매는 우사국 백성들을 구하겠노라'는 것이었다. 이 얼마나 번듯하고 정의롭고 늠름한가.

　끝까지 나오지 않는다면, 우사 국주는 이기적이고 우매하며 제 백성을 전혀 돌보지 않는 사람이 된다. 난처하게도 이 우사 국주는 평소 '백성을 친자식처럼 여긴다'는 말을 자청해 왔다. 이 무정한 언행불일치는 배신감을 느낀 우사국 백성들의 마음에 원망을 일으킬 게 자명했다. '백성을 친자식처럼 보살핀다며? 그런데 왜 백성들 모두가 너희 황족을 위해 희생되어야 하지?' 이렇게 되면 우사국 황족을 향한 백성들의 믿음도 산산이 흩어져 버릴 터였다.

　그리고 이 '평민'들을 몰살한 다음, 우사국 백성들은 수려국이 다음 행보로 성을 학살하지는 않을까 두려움에 떨 것이다. 바로 이때 사실을 선포할 계획이었다. 이 사람들은 본디 죽어야 할 사형수들이 위장한 것이며, 이는 전부 우사국 황족의 이기적인 진면목과 거짓말을 폭로하기 위함일 뿐이었다고. 이 엄청난 반전은 겁먹은 우사국 백성들을 단숨에 안심시켜 온순하게 바꾸어 놓을 터다. 우사국을 수려국의 지도에 끼워 넣는 과정 역시 한결 순조로워질 것이다. 민심은 진작에 식어 버렸을 테니.

만약 우사 국주가 정말로 나와서 자결하더라도 아무런 문제가 없었다. 그들이 직접 죽이지 않아도 되니 일을 더는 셈이었다. 더군다나 배명과 용광은 우사 국주가 절대 죽음으로 사죄하지 않을 것이라 생각했다. 이런 수모를 당하고도 기꺼이 목숨을 버리겠다는 황족이 어디 있으랴. 평민과 적군에게 무릎을 꿇고, 본인의 죄를 인정하고, 그대로 죽어라? 꿈같은 소리!

그런데 누가 짐작이나 했을까. 고작 하루가 지난 이튿날, 배명이 첫 '평민' 무리를 죽이라는 명령을 내리려는 찰나에 우사 국주가 정말로 모습을 드러냈다.

궐문이 열리고, 진국 보검을 찬 국주가 걸어 나왔다. 국주는 백성을 향해 무릎을 꿇은 채 머리를 세 번 바닥에 내리찧고, 검을 뽑아 스스로 목을 그었다. 궐문에 피가 흩뿌려졌다.

사련은 무슨 상황인지 짐작이 갔다.

"궁을 나온 건 우사 대인이었겠지."

"맞아."

이후, 당시 함께 황궁에 숨어 있던 궁인들과 다른 황족 후예들을 자세히 심문해 본 뒤에야 알게 되었다. 사실은 이렇게 된 일이었다.

이날, 배명과 용광을 비롯한 수려국 장병들은 황궁 밖에서 항복하라고 선포하며 돌아다녔다. 호탕한 웃음소리가 끊임없이 더해지니 이토록 오만방자할 수가 없었다. 하지만 난장판이 된 황궁은 곳곳이 곡소리로 미어터졌다. 우사 국주는 당연히 나가서 자결할 리가 없었다. 그는 새까맣게 질린 얼굴로 옥좌에 앉아 있었다. 평소 총애를 얻겠다고 피 터지게 다투던 형제자매들은 눈물 콧물을 흘리며 울어도 아버지가 꼼짝하지 않자, 저마다 조심스럽게 그를 설득하기 시작했다.

'이것도 나라와 백성을 위한 일이다'부터 시작해 '죽더라도 영원히 명성이 빛날 것이다', '이대로라면 백성들이 봉변을 당한다'까지, 온갖 명분이 쏟아져 나왔다. 그러나 아무리 설득해도 국주는 요지부동이었다. 곧 있으면 하루가 다 지나갈 참이었다. 조급해진 아들 몇몇이 흥분한 나머지 부친에게 고함쳤다.

아직 죽지 않은 국주는 노발대발하며 대답 대신 지팡이를 휘둘렀다. 평소의 아들과 손자들이라면 그가 때려도 되받아치지 않고 욕을 해도 말대답을 하지 않았을 것이다. 하지만 지금 이 중대한 고비 앞에서 누가 그따위 것을 신경 쓰랴. 그리하여 어떤 황자가 참지 못하고 반격에 나섰다. 그런데 예상보다 손이 너무 세게 나가고 말았다. 벌써 환갑이 넘은 국주는 무참하게 바닥에 나동그라져 일어나지 못했다.

황자와 공주들은 겁을 집어먹고 넋이 나갔지만, 아직 그에게 숨이 붙어 있다는 것을 확인하고는 겨우 가슴을 쓸어내렸다. 그러곤 꼼짝없이 쓰러진 국주를 어떻게 끌고 나갈지, 어떻게 머리를 조아려 절하고 사죄하는 고난도 임무를 완수시킬 수 있을지 의논하기 시작했다. 심지어는 꼭두각시를 조종하는 것처럼 그에게 끈을 매달자는 황당한 방법까지 동원해 열변을 토했다. 반백이 넘은 늙은 국주는 하마터면 그 자리에서 화가 나 중풍이 도질 뻔했다. 뒤이어 이들은 늙은 국주를 부축해 사죄를 완수시킬 두 사람을 고르기로 했다. 그러나 여기에서 또 다른 문제에 봉착했다. 어떤 두 사람을 고를 것인가? 이건 너무 위험천만했다. 그 배명의 심사가 수틀리면 대뜸 화살에 맞아 죽을지도 몰랐다. 이 역할은 너 나 우리 할 것 없이 모두 사절이었다.

쉴 새 없는 말다툼이 오갔다. 바로 이때, 내내 주목받지 못하고 침묵만 지키던 열여섯 번째 공주가 바닥에 쓰러진 늙은 국주에게 불쑥 한마디를 건넸다.

우사황이 말했다.

"제게 국주 자리를 물려주십시오."

우사 국주는 생전 몇 번 만나 보지도 않은 이 딸을 바라보았다. 마침내 그의 눈가에 혼탁한 눈물이 한 방울 흘러내렸다.

그래 봐야 고작 한 방울이었지만.

평소 다들 피가 터지도록 쟁탈전을 벌이던 국주의 자리는 이제 아무도 가지려 하지 않았다. 누가 오르든 죽는 자리였으니까. 그렇게 반 시진도 지나지 않아 우사국 역사상 가장 초라하고 다급한 즉위식과 함께 가장 국주가 될 가능성이 희박했던 국주가 탄생했다.

새로 즉위한 우사 국주는 자신의 목을 그었다. 피가 샘솟듯 쏟아졌고, 목숨을 돌이킬 여지는 없어 보였다.

배명도 일이 이렇게 뒤집힐 줄은 몰랐다. 그는 술을 마시던 중간에 짬을 내어 나가 보았다가 완전히 얼이 빠졌다. 어떻게 이럴 수가? 용광도 재수 옴 붙었다며, 어찌 이런 일이 다 있냐며 욕을 퍼부었다. 국주는 확실히 사죄했다. 그러나 원래 지목했던 그 국주가 아니었다! 대단치도 않은 인물이 죽었으니, 민심을 동요시키기는커녕 그 영감탱이를 죽일 수조차 없게 되었다. 용광은 지금까지도 불가사의한 모양이었다.

"임시로 자리를 넘긴다는 개수작이 있을 줄은 꿈에도 상상 못 했지. 희생양을 내밀다니, 이게 정말 말이 되냐고!"

수려국의 병사들마저 이 황당무계한 사건을 방관하지 못하고 다들 저 여인을 구하자고 말했다. 하지만 상처가 너무 심각했다. 데려온 의관들도 가망이 없다고 입을 모았다. 배명은 어쩔 수 없이 이전의 약속대로 황궁 밖 백성들을 해치지 않고 황족들도 당분간 살려 두기로 했다. 그는 이 '국주'의 목을 붕대로 감싸고 성의껏 우룡관으로 보냈다. 그녀가 그곳에서 숨을 거두면 다시 좋은 곳을 골라 우룡관 황릉에 묻어 줄 생각이었다.

이날 밤. 우사황이 숨이 끊어지려는 마지막 순간, 그녀의 머리맡에 있던 우사 신상이 가볍게 탄식했다.

천둥 번개가 내리치는 가운데, 새로운 우사가 선경에 올랐다.

사련은 생각을 곱씹으며 입을 열었다.

"그래서 배 장군이 그 검을 봤을 때 표정이 그랬구나."

90장 검은 소를 타고 동로로 달려가다

우사황이 스스로 목을 벨 때 썼던 진국 보검이었으니까! 그건 틀림없는 신기(神器)였으나 동시에 흉기이기도 했다. 용광이 말했다.

"우사황도 도량이 참 넓어. 그게 아니면 일부러 넌지시 겁을 준 거겠지. 배명한테 우룡검을 주다니, 받을 엄두나 나겠어? 하하하하⋯⋯."

"꼭 그렇게 음침하게 생각해야겠어요?"

마지못해 대꾸한 사련은 다시 부적을 하나 꺼내 그의 입을 봉했다. 마침 이때 저편 멀찍이서 배명이 말했다.

"태자 전하, 혈우탐화, 두 분 잘 쉬셨습니까? 침상은 이만 치우고 출발하시죠."

가뜩이나 짧았던 쉬는 시간이 이야기를 나누다 보니 없어져 버렸다.

　사련, 화성, 배명은 나머지 사람들을 이곳에 남기고 출발했다. 우사는 호법용 영물을 끌고 오더니 그들을 동로 아래까지 데려다주겠다고 제안했다. 사련은 기꺼이 감사를 표했다. 그 검은 소는 순식간에 여섯 명은 너끈히 태울 수 있을 만큼 두세 곱절 크게 변신했다. 그러곤 앞발굽을 땅에 딛고 내려앉으며 몸을 낮추었다. 우사는 맨 앞자리에 올라탔다. 배명은 그녀의 뒤쪽으로 멀찍이 떨어져 앉았다. 맨 뒷자리는 사련과 화성의 몫이었다.

　사련이 올라타자 검은 소는 높직하게 몸을 일으켰다. 그는 반질반질한 검은 털을 쓰다듬으며 놀라워했다.

　"우사 대인의 이 영물은 정말 신기하단 말이야. 삼랑이 말한 적 있는 것 같은데, 어떻게 소로 화하게 됐댔지?"

　검은 소가 네 다리를 뻗으며 달리기 시작하자 양쪽 풍경이 뒤로 빠르게 물러났다. 몹시 빠르면서도 안정적이었다. 사련의 뒤에 앉은 화성은 그가 떨어질까 봐 걱정됐는지, 그의 허리를 살며시 감싸 안고 대답했다.

　"우사국 황실 도장인 우룡관의 쪽문 문고리가 화한 거야."

　알고 보니 우룡관에는 작은 풍습이 있었다. 문고리의 금수 장식을 발견했을 때 다가가서 만지면 사람의 기운이 모여 좋은 인연이 쌓인다는 것이다. 다만 신도들은 대부분 용, 호랑이, 두루미 같은 선수(仙獸)의 머리를 만지려고 몰려들었다. 반면에 소머리를 만지려는 사람은 없으니 쪽문은 퍽 한산했다. 그래서 우사황은 우룡관에서 수행할 적에 물을 긷고 그 쪽문을 지날 때마다 소머리 문고리를 만져 주었다. 문고리 위에 달린 소머리는 그녀의 기운에 물들었고, 우사가 선경에 오르자 소가 그녀와 함께 날아올랐다. 우사는 다른 사람은 아무도 점찍어 올리지 않았다.

검은 소가 쏜살같이 앞으로 나아가자, 사련의 몸은 마치 화성의 품에 기대는 것처럼 약간 뒤로 쏠렸다. 그는 이 이야기를 들으며 웃었다.

"삼랑은 역시 척하면 척이네. 모르는 옛이야기가 없는 것 같아."

화성도 웃으며 말했다.

"더 궁금한 게 있어? 아는 대로 다 말해 줄게."

앞에 앉은 배명은 우사가 말이 없자 덩달아 침묵했다. 그는 뒤쪽의 동태를 귀 기울여 듣더니 말을 툭 던졌다.

"귀왕 각하, 말 한번 잘했소. 태자 전하, 차라리 혈우탐화의 생전이 어땠는지 물어보고 정말 대답해 줄지 한번 보면 어떻겠습니까?"

사련의 웃음이 희미하게 굳어졌다. 귀왕의 생전을 묻는 건 실로 무례한 일이었다. 이 사적인 비밀을 묻겠다는 것은, 사련이 생각하기엔 다른 사내의 그 크기를 묻는 것이나 마찬가지처럼 느껴졌다. 그는 화성이 언짢을까 싶어 곧장 얼렁뚱땅 화제를 돌렸다.

"배 장군."

배명이 물었다.

"뭡니까?"

"앞이 흔들리니 조심하세요."

"예?"

말끝이 떨어진 순간이었다. 네 사람이 탄 검은 소가 커다란 종소리처럼 음매, 하고 길게 울부짖더니 배명을 뿌리쳐 내팽개쳤다. 그는 얼이 빠졌다.

"이게 말이 돼?"

정말 전대미문에 금시초문이다! 나가떨어진 건 아무래도 좋다. 사람도 실수할 때가 있고, 말도 넘어질 때가 있는 법이니까. 하지만 어떻게 앞에 앉은 사람과 뒤에 앉은 사람은 멀쩡한데 하필 가운데 앉은 사람이 나가떨어질 수 있단 말인가? 보통 상황에서 이런 일이 일어나나?

소는 발굽을 구르는 것을 멈추지 않았다. 사련은 저 앞쪽에서 뒤를 돌아보았다. 그의 외침이 멀리멀리 꼬리를 남겼다.

"앞이 흔들리니까 조심하시라고 말씀드렸잖아요……."

오는 도중에 배명을 일고여덟 번 정도 내팽개친 뒤, 네 사람은 드디어 우사의 호법용 영물을 타고 동로 아래에 도착했다.

본디 동로는 왕도의 중심에 자리한 울창한 산으로, 아름다운 풍경이 태창산과도 비슷했다. 이 아래는 웅장한 왕도이자 가장 번영한 황성이었다.

원래 땅속 깊이 파묻혀 있었던 황성은 수차례 지진을 겪으면서 모습을 드러냈고, 다시 햇빛을 보게 되었다. 사련은 검은 소의 등에 앉아 잠시 주변을 둘러보다가 아래로 내려가려 했다. 눈앞을 보니 화성이 아래에 서서 한쪽 손을 내밀고 있었다. 순간 마음이 일렁인 그는 화성에게 손을 건네며 뛰어내렸다.

"황성 안에도 신전이 있겠지?"

"분명히 있어."

오는 내내 일고여덟 번을 나동그라진 배명은 명색이 무신답게 억척스러워서 걸을 때 절룩거리지도 않았다. 거기에다 소의 목을 토닥이기까지 했다. 그는 소가 그를 향해 위협적으로 이를 드러내는 장면은 보지도 못하고 입을 열었다.

"성안에서 제일 높은 건물은 황궁 아니면 신묘겠지요."

그 말에 화성이 대꾸했다.

"아니. 황성의 오용전은 산 위에 있다."

그가 손을 뻗어 가리켰다. 과연, 심홍빛 산 중턱에 비죽 튀어나온 추녀마루 귀퉁이가 보였다. 나머지 부분은 흐릿하고 붉은 그림자 안에 깊이 몸을 감추고 있었다. 사련이 입을 열었다.

"저 산은 왜 색깔이 붉은……."

말을 끝맺기도 전에, 원래 크기로 돌아간 검은 소가 별안간 크게 울부짖었다. 앞으로 걸어가고 있던 일행은 화들짝 놀라 뒤를 돌아보았다. 소는 머리를 마구 털며 바닥을 구르고 있었다. 우사는 끌고 있던 쇠고삐를 단단히 붙들고 물었다.

"왜 그러느냐!"

검은 소는 불현듯 사람의 목소리로 비명을 질렀다.

"아아아아아아악—!"

이 비명을 들은 우사는 곧장 우룡검을 뽑아 검은 소를 단칼에 베었다!

검광이 스쳐 지나갔다. 동시에 새까만 무언가가 튕겨 날아오르더니, 길가 담장에 퍽 하고 부딪치며 사방으로 검붉은 피를 튀겼다.

식시쥐였다!

방금 울부짖은 것은 검은 소가 아니라, 일행이 모르는 사이에 소의 몸에 뛰어올라 사납게 물어뜯은 이 식시쥐였다. 담장에 부딪친 식시쥐는 죽어 가면서도 날카롭게 목청을 찢었다.

"태자 전하! 전하, 전하, 전하! 살려 주세요, 살려 주세요, 살려 주세요!"

퍽!

사련은 그 비명에 오금이 저리고 머릿골이 욱신거렸다. 화성은 그를 빠르게 자신의 몸 뒤로 감싸고 손을 살짝 들어 올렸다. 그 식시쥐는 곧장 피 안개를 뿌리며 터졌다. 자그마한 눈알 한 쌍은 여전히 벽에 붙어 선홍빛으로 흉흉하게 빛나고 있었다. 화성이 입을 열었다.

"우사 각하, 당신의 영물을 확인해 보는 게 좋겠군."

우사도 이미 검은 소의 털을 들추어 본 참이었다.

"작은 상처요."

그러나 사방팔방에서 점점 더 많은 목소리가 몰려들더니 끝을 모르고 터져 나왔다.

"콜록, 콜록…… 나도 데려가, 누가 나 좀 데려가!"

"일찍 도망쳤어야 했는데……."

"너무 억울해……. 그 개소리를 믿는 게 아니었어. 너무 억울하게 죽었잖아!"

"형, 형? 전하!"

이 유달리 또렷한 목소리는 화성의 것이었다. 사련은 비로소 정신을 차리고 퍼뜩 대답했다.

"미안해!"

화성의 표정이 굳어졌다.

"또 저것들이 무슨 말을 하는지 들으셨습니까?"

사련은 고개를 끄덕였다. 화성은 손을 뻗어 그의 두 귀를 덮으며 말했다.

"듣지 마세요. 전하에게 하는 말이 아닙니다."

사련은 아직도 오금이 저렸으나 간신히 목소리를 쥐어짰다.

"응, 알아."

수천수만의 식시쥐가 새까만 밀물처럼 소 한 마리와 사람 넷을 중심으로 밀려들었다. 이곳은 왕도다. 앞선 지하 도시보다 인구가 더 밀집된 곳이라 사망자가 더 많았기에 쥐들의 식량도 한층 풍족했다. 덕분에 이 식시쥐 떼는 머릿수도 몸집도 어마

어마했다. 포위망은 갈수록 겹겹이 조여들었다. 배명은 엄숙한 표정을 짓더니 옅은 보호 영광을 몸에 두르며 말했다.

"다들 먼저 가십시오. 제가 유인을……."

말을 끝맺기도 전에 식시쥐 떼가 아우성치며 그를 향해 덤벼들었다. 그런데 무슨 영문인지, 쥐들은 그를 지나쳐 뒤쪽으로 내달렸다. 뒤를 돌아보니, 쥐들은 우사를 쫓아가고 있었다!

우사는 어느새 검은 소에 다시 올라타 반대 방향으로 달리고 있었다. 소는 벌써 수 장 밖으로 멀어진 참이었다. 식시쥐 떼가 따라오지 못할 만큼 빠르지는 않았고, 그렇다고 식시쥐 떼에 둘러싸여 뼈를 갉아 먹힐 정도로 느리지도 않았다. 딱 식시쥐 떼를 유인할 만큼, 그것들이 뒤를 쫓아올 수 있을 만큼만 속도를 유지했다. 우사가 멀찍이 외쳤다.

"여러분은 먼저 가십시오! 제가 이것들을 유인하면 됩니다!"

우사는 소를 타고 가면서 눈처럼 하얀 쌀을 펑펑 뿌렸다. 천성이 쌀을 좋아하는 쥐들은 이렇게 희고 먹음직스러운 곡식을 몇 년 만에 보나 싶어져서 벌 떼처럼 돌진했다. 원래 배명이 하려던 일이었지만, 우사에게 선수를 뺏긴 탓에 일거리를 잃고 말았다. 그의 표정이 퍽 미묘했다. 화성은 사련의 귀를 막았던 손을 떼며 말했다.

"형, 가자."

식시쥐 떼의 목소리만 들으면 머리가 지끈거렸던 사련은 소리가 사라지자 안심하고 고개를 끄덕였다. 하지만 배명은 고개를 돌리며 말했다.

"잠깐만요. 정말 이대로 가 버리는 겁니까?"

화성이 눈썹을 치켜올렸다.

"아니면?"

배명이 미간을 찌푸렸다.

"우사 쪽은 어찌합니까? 아마 역부족일 텐데요. 이렇게 도망치는 건 너무 막무가내 아닙니까?"

사련은 의문스럽게 말했다.

"배 장군은 왜 우사 대인이 역부족일 거라고 생각하세요? 아까 그 상황만 해도 충분히 거뜬해 보였는데요."

그러나 배명은 영 속이 시원찮았는지 결국 이렇게 말했다.

"글쎄요? 여기에 무신이 없는 것도 아닌데 여신관에게 떠넘기는 도리가 어디 있습니까. 태자 전하는 먼저 가십시오. 전 나중에 따라잡을 테니 신전에서 합류합시다."

말을 마친 그는 곧장 우사를 뒤쫓았다. 사련이 뒤에서 그를 몇 번 부르자 화성이 끼어들었다.

"가자, 형. 내버려 둬. 여인에게 보호받고는 못 살겠다잖아. 어떻게든 체면을 되찾고 싶을 테지."

두 사람은 황성과 수많은 빈 껍데기 석상을 뚫고 거대한 산을 향해 걸음을 서둘렀다. 반 시진 뒤, 마침내 동로가 발밑에 밟혔다.

이 산이 멀리서 피로 물든 듯 보였던 까닭은 산을 뒤덮은 숲

이 온통 붉은색이기 때문이었다. 분명 단풍이 아닌데도 단풍처럼 붉은 것이, 흡사 핏빛 같았다. 사련은 희미한 피비린내를 맡았다. 이 나무들이 양분을 빨아들이는 땅속에는 사람의 피와 원기가 적지 않을 터였다.

이 네 번째 오용 신전이 세워진 곳은 동로산 중턱에 살짝 튀어나온 암석 위였다. 이곳에 자리 잡은 덕에 용암에 삼켜지는 액운을 피한 모양이었다. 이 신전은 지금까지 본 네 신전 중 가장 규모가 컸으며, 상대적으로 가장 온전하게 보존되어 있었다. 대전 안에는 자세가 각양각색인 석상이 상당히 많았다. 아마 신전에서 일하던 시종들 같았다. 두 사람은 곧장 대전으로 갔다. 안에 들어서니 역시 벽면으로 벽화가 보였다. 그러나 자리를 훑어본 화성이 입을 열었다.

"누가 먼저 다녀간 모양인데."

대전 안에는 벽화가 한 폭뿐이었다. 다른 두 벽은 벽체는 멀쩡했으나 겉면이 산산조각으로 깨져 나갔다.

이런 상황은 처음이라 사련은 약간 아연해졌다.

"누가 손을 쓴 거지?"

벽화를 누가 그렸는가 하는 수수께끼도 풀지 못한 마당에 벽화를 누가 부수었는가 하는 수수께끼까지 하나 더 늘었다. 하지만 벽은 이미 부서졌으니 멀쩡한 벽화부터 살펴보는 게 나았다. 사련은 가볍게 시선을 옮겼다. 그러나 자세히 뜯어보기도 전에 등에 난 솜털이 몽땅 곤두섰다.

이건 대체 뭐지?

이 벽화는 앞선 세 신전의 것과 확연하게 달랐다. 그림 속에는 한 사람뿐이었다. 사용된 색은 어두웠고, 그려진 선도 사람의 얼굴도 한껏 일그러져 있어서 이 사람의 생김새를 알아볼 수가 없었다. 알 만한 사실이라곤 옷차림이 남루한 평민이라는 정도였다.

이것쯤은 아무것도 아니다. 사련의 모골을 송연하게 만든 것은, 이 사람이 고통이 극에 달한 표정으로 날뛰는 와중에 자신의 옷을 찢고 맨몸을 드러냈다는 점이었다.

그의 몸에는 세 개의 얼굴이 자라나 있었다. 하나같이 그 자신의 얼굴처럼 일그러진 얼굴이었다.

인면역!

거대한 충격과 함께 사련의 온 시야가 그 벽화의 검은빛에 점령당했다. 그가 가만히 중얼거렸다.

"너무…… 똑같아……."

오용국의 백성들도 인면역을 겪었다.

어째서 이천 년도 전에 존재했던 오용 태자라는 사람의 경험이 그와 이리도 무서우리만큼 닮아 있을까?

분위기가 음울하게 가라앉자, 화성이 그를 진정시켰다.

"전하, 일단 보지 마십시오."

그러나 그 일그러진 장면이 준 충격은 너무나 컸다. 인면역이 사련의 마음속에 남긴 그림자도 마찬가지로 짙었다. 그는 귀신에 홀린 듯 시선을 벽화에 붙박았다. 그러자 화성이 아예 사련을 자신의 품 안 깊숙이 끌어당겼다. 단호하면서도 온화함을 남긴 말투가 이어졌다.

"그만! 전하, 제 말 들으세요. 제 말부터 들어요."

짧은 침묵 끝에, 그가 가라앉은 목소리로 말했다.

"보세요. 지난 벽화들은 모두 시간순으로 이어졌고, 원인과 결과가 있었습니다. 지난번은 오용 태자가 다리를 세운 벽화였으니 다음 벽화에는 그 뒷이야기가 나와야 합니다. 하지만 이 벽화는 지난 내용과 전혀 이어지지 않아요. 그렇죠?"

사련은 빠르게 정신을 차렸다.

"……맞아, 분명 중간이 빠졌어. 누군가 먼저 와서 다른 벽화 두 폭을 망가뜨린 거야."

"기왕 두 벽화를 망가뜨렸는데, 왜 이 한 폭은 건드리지 않았을까요? 왜 이걸 남겼겠습니까?"

"가능성은 두 가지야. 첫째, 그자는 이 벽화를 남겨 둬도 괜찮다고 생각했어. 남아 있든 말든 내가 봐도 별 상관없었으니까."

"두 번째는?"

사련이 느릿하게 말을 이었다.

"둘째, 그 사람은 벽화 세 폭을 모두 망가뜨렸어. 남겨 놓은 이 벽화는 사실 거짓이고, 그가 나중에 덧그린 거야."

"맞아요. 좀 더 대담하게 생각해 본다면, 그동안 본 벽화 전부가 거짓말일 수도 있겠고요. 우린 이미 수수께끼의 답에 가까워졌으니까, 그 전에는 너무 복잡하게 생각하지 말아요. 아시겠죠?"

사련은 한참을 화성의 품에 파묻힌 끝에 그 끔찍한 화면을 머릿속에서 들어냈다. 뒤늦게야 두 사람의 자세를 깨달은 그는 얼른 화성의 품에서 몸을 빼내려 했다.

"……미안해, 삼랑. 방금 내가…….."

그러나 화성은 그를 놓아주지 않고 한결 단단히 끌어안았다. 그가 살짝 웃으며 말했다.

"미안해하실 것 없습니다. 하지만……."

그는 고개를 숙인 채 한마디 덧붙였다.

"사실 세 번째 가능성도 있습니다."

사련의 얼굴 아래쪽이 화성의 어깨에 파묻혔다. 화성의 목소리는 귓가 바로 옆에서 울리고 있었다. 더없이 나직하게 억누른 목소리는, 사련을 제외하면 누구도 또렷하게 들을 수 없었다.

사련은 살짝 숨을 죽인 채 화성의 나직한 목소리를 들었다.

"세 번째 가능성은, 그자가 벽화를 다 부술 생각이었지만 시간이 모자랐다는 겁니다. 그가 다른 두 벽화를 부쉈을 때 우리가 도착한 거죠. 그리고 지금, 이 대전 안에 숨어 있고."

91장 만신굴의 만신, 얼굴을 감추다

화성의 숨결은 따스했지만, 내뱉은 문장은 마음을 오싹하게 했다.

대전에 숨어 있다고?

한 줄기 생각이 전광석화처럼 스쳐 갔다. 사련은 즉시 손을 뻗어 화성을 마주 안았다.

당연히 무서워서 끌어안은 것은 아니었다. 정말로 누군가 여기에 숨어 있으면서도 그들에게 발각되지 않았다면 심상치 않은 인물일 게 분명했다. 그러니 두 사람이 이미 꼬리를 잡았다는 사실을 상대에게 들킨다면 상황이 불리해질지도 몰랐다. 화성만 그를 껴안고 이렇게 가까이 다가붙어 있으면 의심을 사기 쉬웠다. 두 사람이 서로를 껴안고 있는 편이 비교적 평범하게 보일 터였다.

사련은 표 나지 않게 주위를 훑어보며 작은 목소리로 말했다.

"어디에 있다고 생각해?"

온 대전을 통틀어 대문이라고는 그들이 들어왔던 곳 하나가 유일했다. 한눈에 들여다보이는 황량한 대전 내부에는 사람이 숨을 만한 탁자나 궤짝 같은 것도 없었다. 그들을 제외한 나머지는 석상으로 변한 신전의 시종들뿐이었다.

두 사람은 동시에 나직한 목소리로 중얼거렸다.

"껍데기."

이 석상들은 속이 비어 있다. 달리 말하면, 그 안에 무언가를 숨길 수 있다는 것이다.

사람이 숨을 수는 없다. 그러나 귀신은 숨을 수 있다!

두 사람은 서로의 가정을 확신했다. 사련은 말을 꺼내려고 입을 달싹이며 무심결에 시선을 들었다. 화성의 등 뒤로 두어 장 떨어진 곳에 있는 석상 하나가 눈에 들어왔다. 사련의 눈동자가 삽시간에 조여들었다.

그건 지위가 제법 높은 젊은 남자 같았다. 오용인의 죽음을 고스란히 기록한 석상은 대부분 머리를 끌어안고 통곡하거나 둥글게 웅크린 자세였다. 그러나 이 석상은 극히 드물게 서 있는 인물상이었다. 다만 사련의 눈에 띈 것은 그의 자세가 아니라, 얼굴이었다.

이목구비는 모호했으나 이것만큼은 알아볼 수 있었다. 이 석상의 얼굴 왼쪽 절반은 살짝 입가를 올린 채 웃고 있었지만, 오른쪽 절반은 울고 있었다!

"이거야!"

경황없이 말을 내뱉은 사련은 손을 쳐들고 단숨에 검을 휘둘렀다. 화성의 목소리가 이어졌다.

"형?"

사련의 검에 맞은 석상은 온 바닥에 빈 껍데기만 남기고 산산이 조각났다. 하지만 안에는 아무것도 없었다. 사련은 포기하지 않고 바닥에 흩어진 파편들을 뒤졌다. 화성이 그의 손을 붙잡았다.

"형! 방금 뭘 봤어?"

사련은 파편 몇 조각을 들어 보였다.

"이 석상의 얼굴…… 백무상의 가면이었어."

화성의 안색이 언뜻 변했다. 그가 입을 열었다.

"잠깐만."

그는 석상 파편을 모아 온전한 얼굴을 맞추었다. 두 사람은 나란히 침묵에 빠졌다.

방금 사련이 본 것은 분명 반은 울고 반은 웃는 얼굴이었건만, 지금 화성이 합쳐 놓은 이 얼굴은 다른 석상들과 다를 바 없이 흐릿한 얼굴이었다.

환각인가? 아니면 환술에 걸렸나?

제자리에 가만히 주저앉아 있는다고 대답이 나올 리 없었다. 두 사람은 대전을 돌아다니며 석상을 모조리 부수고 살펴보았지만 더 이상의 실마리는 발견하지 못했다. 짧은 고민 끝에, 지금도 누군가가 먼저 산을 오르고 있을지도 모른다는 결론이 나왔다. 두 사람은 배명을 기다리지 않고 곧장 산 정상을 향해 가기로 했다.

이 동로의 몸체에는 기이한 흡인력이 있는 것 같았다. 이것저것 시도해 보았지만 여기서는 은나비가 사람을 데리고 날아오를 수 없었다. 어검도 불가능해 보였다. 두 사람은 하는 수 없이 걸어서 산을 올라야 했다. 높이 올라갈수록 산길이 가팔라지고 추워졌다. 처음에 밟았던 얄팍한 눈도 갈수록 두터워지더니 목이 긴 신발의 절반까지 올라왔다. 두 시진이 지나자 쌓인 눈은 무릎까지 차올라 위로 걸음을 떼기가 힘들어졌다.

사련은 오래 걸은 탓인지 춥다는 생각은 들지 않았다. 오히려 열이 올라 옅은 땀이 배어났다. 새하얀 얼굴에 홍조가 조금 비치고 있었다. 그가 손등으로 땀을 닦으면서 화성에게 말을 건네려고 돌아본 순간, 갑자기 발밑이 휑하니 비더니 온몸이 2척이나 내려앉았다.

다행히도 내내 그의 뒤를 따라붙은 화성이 미리 대비하고 있었던 것처럼 자연스레 그를 끌어 올려 주었다.

"형, 조심해."

사련은 그의 옆에 서서 자신이 빠졌던 자리를 돌아보았다. 움푹 꺼진 바닥에는 어디로 통하는지 모를 캄캄한 구덩이가 깊숙이 드러나 있었다. 사련이 구덩이 가장자리를 제때 붙잡지 못했거나 화성의 움직임이 조금만 느렸더라도 틀림없이 저 안으로 떨어졌을 터였다. 화성이 다시 말했다.

"이 산은 사방이 구덩이거든. 날 따라서 천천히 가면 괜찮아. 형은 아까 너무 빨리 갔어."

사실 눈에 뒤덮인 산은 몸체가 물러서 곳곳에 크고 작은 구덩이가 뚫려 있었다. 그 수가 얼마나 되는지, 깊이는 또 얼마나 깊은지 알 수 없었다. 그러나 화성은 이런 구덩이가 널린 위치까지 기억했다. 사련은 숨을 푹 내쉬며 말했다.

"좋아, 그럼 더 가까이 있자. 설산에서는 큰 소리를 낼 수 없으니까, 실수로 무슨 일이 생겨도 소리를 내서 도움을 청하기는 어려울……."

그러나 누가 알았으랴. 말끝이 떨어지기도 전에, 위쪽에서 분노에 찬 고함이 울려 퍼졌다.

"적당히 하랬지—!"

"……."

어떤 친구분이 감히 이런 가파르고 험준한 설산에서 고함을 치시나?

사련은 어이없다는 얼굴로 위를 올려다보았다. 온 산야를 새하얗게 뒤덮은 눈 속에서 검은 점 두 개가 요란하게 싸우고 있었다. 장궁을 든 한 사람은 연달아 화살을 쏘아 댔고, 다른 한 사람은 참마도를 시원하게 휘둘러 그 화살을 모조리 막았다. 칼날과 화살에 영광이 휘몰아쳤다. 두 사람은 서로를 향해 욕을 퍼붓고 있었다. 칼을 쥔 사람이 소리쳤다.

"그놈은 다른 사람이 죽인 거라고 했잖아! 나도 그들을 찾고 있다고!"

다름 아닌 남풍과 부요였다!

사련은 저들이 왜 여기에 있는지 고민해 볼 여유도 없이 '조용히 해!' 하고 소리치려 했다. 하지만 이내 정신을 차리고 재빨리 외침을 삼켰다. 만약 저들처럼 거리낌 없이 큰 소리를 내고 세 사람이 서로 고함을 친다면, 이 설산이 가만히 버티고 배기겠는가?

화성은 팔짱을 끼고 한쪽 눈썹을 치켜올리며 말했다.

"설산에서 저렇게 짖어 대면 눈사태를 일으킬 수 있다는 걸 모르나?"

"음…… 그 정도로 미련하진 않겠지. 알고는 있을 텐데, 쟤네가 원래 저래. 화가 나면 눈에 뵈는 게 없거든."

남풍과 부요는 화가 머리끝까지 나서 서로 욕을 지껄이며 치고받았다. 거리가 너무 멀어 소리가 끊기는 탓에 대체 뭐라고 떠드는지는 잘 들리지 않았다. 그들도 아래쪽에 다른 사람이 왔다는 걸 전혀 알아차리지 못했다. 사련은 뛰어 올라가서 두 사람을 떼 놓고 싶었다. 하지만 눈이 산을 뒤덮었고, 눈 아래로 깊은 구덩이가 널렸으니 바로 달려갈 수가 없었다. 다시 두 걸음을 내딛자 또 발밑이 텅 비어 하마터면 아래로 떨어질 뻔했다. 그는 하는 수 없이 걸음을 멈추고 말했다.

"계속 저렇게 싸우게 둘 수는 없어. 말려야 돼!"

말이 끝나기 무섭게 은나비 한 마리가 등 뒤에서 튀어나와 쏜살같이 위쪽으로 날아올랐다. 얼이 빠진 사련은 금세 마음을 내려놓고는, 속으로 정말 좋은 방법이라고 외쳤다. 그들이 당장 올라갈 수 없다면 사령나비를 날려 보내 말을 전하면 되지 않겠는가?

역시나 속도가 엄청난 은나비는 거의 날갯짓 세 번 만에 위쪽에 도착했다. 하지만 사련이 말을 전하기도 전에 화성의 안색이 서늘해졌다. 사련은 심상치 않은 분위기를 감지하고 화성에게 물었다.

"왜 그래?"

화성의 입가에 머물던 웃음기가 깨끗하게 사라졌다. 표정은 흡사 이 설산의 공기처럼 차가웠다. 사련이 다시 물었다.

"삼랑, 무슨 일인데?"

화성이 입술을 달싹였다. 아직 대답을 듣지도 않았건만, 사련은 문득 이유 없이 심장이 조여들었다. 고개를 휙 들어 위를 바라본 그는 두 눈을 휘둥그레 떴다.

아득한 설산 절벽 위, 거대하고 흰 산이 부들거리며 아래로 무너져 내리고 있었다.

한창 살벌하게 싸우고 있던 남풍과 부요도 이 고요한 압박감을 알아차리고는 나란히 머리를 들었다. 그러곤 그제야 무슨 일이 일어났는지 깨달았다.

그리고 다음 순간, 그 산은 거대한 제방이 와르르 무너지듯 내려앉더니, 하늘을 뒤엎을 듯한 눈의 파도와 스산한 바람 소리를 몰고 넘실넘실 굽이치며 밀려들었다.

정말로 눈사태가 일어났다!

사련은 화성의 손을 잡고 뒤돌아 도망쳤다. 몇 걸음 내디디고 나니 위쪽의 두 사람이 눈사태가 일어난 봉우리와 더 가깝다는 것이 떠올랐다. 그는 황급히 걸음을 멈추고 고개를 돌렸다. 아니나 다를까, 두 사람은 싸움도 마무리하고 함께 도망치고 있었다. 부요는 두 걸음도 못 가서 구덩이를 밟았다. 몸의 절반 이상이 내려앉으면서 가슴께까지 눈이 차올랐다. 앞서 달리고 있던 남풍은 뒤를 돌아보고는 부요를 구하러 가고 싶었는지 잠시 멈칫했다. 그러나 잠깐 머뭇거리는 사이, 거대한 눈의 파도가 눈앞까지 돌진해 왔다.

두 사람이 삼켜지기 일보 직전, 사련이 약야를 날렸다. 기다랗게 튀쳐나간 흰 비단은 한 치의 오차도 없이 부요와 남풍을 휘감아 눈의 바다에서 아득바득 끌어냈다. 그들을 바라보는 화성의 시선 속에서 분노가 묻어났다.

"형! 내버려 둬, 신경 쓰지 마!"

하지만 사련은 약야를 단단히 그러쥐고 두 사람을 끌고 달리며 말했다.

"안 돼! 자칫하면 백 년은 묻혀 있게 될 거야!"

화성이 가라앉은 목소리로 말했다.

"이미 늦었어!"

사련은 가슴이 내려앉았다.

"뭐?"

그는 고개를 돌렸다. 새하얀 그림자가 온 천지를 뒤엎을 듯 머리 위로 무너져 내렸다.

사련은 아직 남풍과 부요에게 발목이 잡혀 있었다. 멈출 줄 모르고 밀려드는 차갑고 묵직한 눈이 화성과 그를 갈라놓았다.

사련은 하얀 파도에 휩쓸려 이리저리 떠내려갔다. 몇 번을 굴렀으나 그는 포기하지 않고 끈질기게 발악했다. 그러나 쏟아진 눈이 너무 많고 몸에 부딪는 충격도 너무 강했다. 자꾸만 얼굴이 눈 속에 파묻히자 갑작스레 숨이 막히곤 했다. 사련은 마지막으로 소리쳤다.

"삼랑!"

그러나 끝까지 버티지 못하고, 차디차게 몰아치는 눈의 파도에 삼켜졌다.

얼마나 지났을까. 설산은 마침내 다시 고요를 되찾았다.

한참이 지나고, 평평한 눈밭의 한 곳이 두어 번 들썩이더니 손 하나가 불쑥 튀어나왔다.

이 손은 눈밭을 짚고 마구잡이로 더듬었다. 이내 팔 하나가 눈을 뚫고 나왔다. 곧이어 어깨가 솟더니, 다음으로는 눈가루를 뒤집어쓴 머리가 튀어나왔다. 그 얼굴은 나오자마자 숨을 깊이 들이마시고 연거푸 기침을 토했다.

이윽고 이 사람은 천신만고 끝에 기어 나와 머리를 푸르르 털고, 옆쪽 눈밭에 털썩 주저앉았다.

바로 사련이었다. 두툼한 눈 속에서 빠져나오는 느낌은 무덤 속에서 스스로 기어 나오는 것과 비슷했다. 사련의 얼굴과 손이 새빨갛게 얼었다. 감각이 거의 마비되어 있었다. 그는 입김을 불어 몇 번 대충 문지르고는 고개를 들어 망연하게 사방을 둘러보았다.

까마득히 펼쳐진 눈 속에서는 눈부신 붉은색을 찾아볼 수 없었다.

하지만 보이지 않는다고 해서 어디 있느냐며 함부로 소리를 지를 수는 없는 노릇이었다. 만일 다시 한번 눈사태가 일어난다면 그길로 끝장이었다.

그는 하는 수 없이 자리에서 일어났다. 그러곤 눈으로 단단하게 덮인 땅을 홀로 걸으며 작은 목소리로 외쳤다.

"삼랑? 삼랑? 남풍? 부요?"

이상한 일이었다. 분명 아까와 같은 산인데도 이렇게 혼자 걷고 있자니 아까 화성과 함께 걸었을 때보다 훨씬 추운 것 같았다. 약야도 어느새인가 손을 떠나 버렸다. 사련은 의문에 빠졌다. 약야가 그의 손에서 떨어질 리가 없었다. 설령 떼어 놓아도 알아서 달라붙어 올 텐데, 어떻게 이럴 수가 있는가?

사련은 어딘가 이상하다는 생각이 들었지만 문제점을 떠올리지 못하고 계속 몽롱하게 걸었다. 얼마나 오랫동안 걸었을까, 문득 앞쪽 맞은편의 눈보라 속에서 한 사람이 걸어왔다. 흰옷과 검은 머리가 매서운 바람을 따라 나부꼈다. 그 사람은 고개를 숙인 채 서서히 다가왔다.

행인을 만난 사련은 내심 반가운 마음에 앞으로 마중을 나갔다.

"저기요! 당신……."

몇 글자를 말하기 무섭게, 그 사람이 고개를 들었다. 얼굴 위를 덮은 것은 희고 섬찟한 가면이었다. 절반은 웃고, 절반은 우는 가면.

사련은 맞은편 사람에게 칼을 맞기라도 한 것처럼 크게 비명을 내질렀다.

외마디 비명을 내지른 사련은 눈을 뜨고 벌떡 몸을 일으켰다. 그는 한참 숨을 몰아쉬고 나서야 깨달았다. 지금 자신은 혼자서 설산을 걷고 있는 게 아니라, 어떤 캄캄한 공간에 누워 있었다.

꿈이었구나.

어쩐지 자꾸만 이상한 느낌이 들더라니. 사련은 긴 한숨을 내쉬며 이마의 식은땀을 닦았다.

주변을 잠시 더듬어 보니 몸 아래로 짚이 깔린 바위가 느껴졌다. 방심은 허리춤에 걸려 있고, 약야도 손목에 제대로 감겨 있었다. 사련은 마음을 반쯤 가라앉히고 손바닥에 불꽃을 피워 공간을 비추었다. 그는 가장 먼저 화성을 찾았다.

"삼랑? 여기 있어?"

누가 알았으랴. 불꽃이 피어오르자, 옆쪽 어둠 속에 기척도 없이 서 있는 누군가가 모습을 드러냈다.

정말 기절초풍할 노릇이었다. 사련은 순간 식은땀을 흘리며 방심을 꽉 붙들었다. 이렇게나 가까이에 사람이 서 있었는데 전혀 알아채지 못했다니.

하지만 거듭 살펴보고 나서는 식은땀이 다시 말랐다. 이건 산 사람이 아니라 석상이었다.

게다가 화산 폭발에 희생된 사람들의 유해로 만들어진 석상이 아니었다. 분명히 사람의 손끝에서 나온 조각상이었다.

손바닥에 피운 불꽃으로 한 바퀴 비추어 본 사련은 점점 더 확신이 섰다.

그가 누워 있던 이곳은 수행용으로 쓰는 석굴이었다. 그도 한때는 이런 곳에서 속세를 피하고 마음을 가라앉히며 수행했던 터라 전혀 낯설지 않았다. 그렇다면 석굴에 모셔져 있는 것은 평범한 조각상이 아니라 신상일 것이다.

그 신상은 위쪽이 반월 모양으로 둥그스름한 동굴에 서 있었다. 늘씬한 몸태에 분위기는 고상했으며 몸짓이 우아했다. 오른손은 허리춤에 찬 장검의 칼자루를 누르고 있었는데, 옷의 주름이 흘러내리는 선까지도 무척 정교하게 조각되어 있었다. 다만 한 가지 기이한 점이라면.

신상의 얼굴이 얇고 비치는 면사에 가려져 있었다.

안개와 노을처럼 흐르는 얇은 비단이 신상의 얼굴을 가리고 있으니 자못 괴이하기는 했지만 보기 흉하지는 않았다. 오히려 덕분에 신비로운 느낌이 한층 더해졌다. 하지만 얼굴을 가린 신상을 난생처음 보는 사련은 무심코 손을 뻗어 면사를 벗기려 했다. 이때, 뒤에서 목소리가 날아들었다.

"형."

사련은 급히 고개를 돌렸다. 석굴 입구에 어느새인가 붉은 옷을 입은 인영이 나타나 있었다. 화성이었다.

사련은 금세 신상의 얼굴은 새까맣게 잊고 입구 쪽으로 다가갔다.

"삼랑! 다행이다. 방금까지 네가 어디 있을까 생각하고 있었거든. 괜찮아? 다친 데는 없고? 아까 그 눈사태는 너무 갑작스러웠지."

화성은 걸어 들어오며 대답했다.

"난 괜찮아. 형은?"

"나야 늘 별일 없잖아. 여긴 어디야?"

사련은 석굴을 빠져나오고서야 깨달았다. 사실 이 공간의 규모는 고작 작은 석굴 하나로 그치지 않았다. 밖으로 보이는 것은 긴 통로였다. 거리가 짧아 보이지는 않았으나 어디로 통하는지는 미지수였다. 사련은 화성이 자신의 온갖 의문을 해결해 주는 데 익숙해진 참이었다. 그런데 이번에는 의외의 대답이 돌아왔다.

"모르겠어. 아마 설산 밑이겠지."

사련은 의아해졌다.

"난 여기가 삼랑이 찾은 피난처인 줄 알았어. 삼랑도 모르는 곳이었구나?"

이건 정말 처음 있는 일이었다. 산을 오르는 길에 구덩이가 몇 개나 있는지, 어떻게 가야 하는지 또렷하게 기억하고 있던 화성이 이곳이 어디인지는 모른다니. 하물며 작은 굴도 아닌데. 예전에도 전혀 발견한 적이 없었을까?

어쩐지 미묘한 기분이 들었지만, 사련은 계속해서 묻는 대신 손바닥의 불꽃을 살짝 높게 들며 말을 돌렸다.

"우리는 어떻게 여기까지 왔어?"

화성도 은나비 몇 마리를 불러냈다. 나비들은 옅은 빛에 감싸인 채 유유히 날아올랐다. 이내 담담한 목소리가 이어졌다.

"눈사태 때문에 발을 헛디뎌서 구멍에 빠졌겠지."

물론 이렇게밖에 생각할 수 없었다. 그게 아니라면 누군가가 일부러 그들을 여기에 데려왔다는 이야기가 되므로. 여기까지 들은 사련은 불현듯 방금 꾸었던 꿈이 생각나 등줄기에 오한이 끼쳤다. 그러다 문득 한 가지 일이 떠올랐다.

"우리는 여기 있고, 그럼 남풍이랑 부요는?"

두 사람의 이름이 나오자 화성의 얼굴에 날카로운 빛이 스쳤다. 이내 그가 시큰둥하게 대답했다.

"눈에 묻혔겠지. 내버려 둬. 어차피 신관이니 죽지는 않아."

사련은 울지도 웃지도 못하는 심정으로 말했다.

"죽지야 않겠지만, 만약 아무도 꺼내 주지 않으면 몇십 년간 묻혀 있는 것도 괴로운 일이야. 혹시 그 둘도 여기로 떨어진 게 아닐까? 맞다, 삼랑. 아까 네 은나비가 올라갔을 때 남풍이랑 부요가 뭐라고 하는지 들었어?"

화성은 코웃음을 치며 말했다.

"그래 봐야 치고받고 싸운 게 고작인데 무슨 좋은 말이 들렸겠어?"

하지만 사련이 생각하기엔 그렇게 단순한 이야기가 아닐 것 같았다. 그렇지 않으면 어째서 사령나비를 날려 보낸 뒤로 화성의 표정이 돌변했는지 설명할 방법이 없었으니까. 방금 두 사람을 비웃던 눈빛도 퍽 사나웠다. 하지만 그가 말하지 않으니 사련도 더 묻기가 멋쩍었다. 두 사람은 석굴의 긴 통로를 따라 걸어갔다.

한참을 걷고서야 알게 된 사실이지만, 이 눈 아래 석굴의 지형은 두 사람의 예상보다 훨씬 복잡하게 뒤엉켜 있었다. 길 하나가 끝까지 이어지는 게 아니라, 서로 다른 크기의 석굴로 통하는 수많은 갈림길이 존재했다.

그리고 석굴마다 모두 신상이 하나씩 모셔져 있었다. 이 신상에는 소년도 있고 청년도 있었다. 자세도 저마다 천차만별이었다. 나른하게 반쯤 누운 것, 술에 취한 듯 기대선 것, 바른 자세로 정좌한 것, 검무를 추는 것…… 옷도 변화무쌍했다. 화려한 옷, 수수한 옷, 남루한 옷, 반쯤 벗은 것까지……. 게다가 수준도 제각기 달랐다. 어떤 것은 솜씨가 비루하고 몹시 투박한가 하면, 어떤 것은 대단히 정교하고 기가 막히게 섬세했다. 같은 장인의 손에서 나온 것은 아닐지언정 개수도 많고 종류도 다양하니 장관이라 부를 만했다. 신상을 구경하던 사련은 감탄을 금치 못했다.

"여기는 만신굴(萬神窟)이네! 누가 여기를 골라서 굴을 지었을까? 분명 아주 신실한 신도일 거야."

다만 모든 신상에는 기이한 공통점이 있었다. 이 신상들은 모두 얇은 면사에 얼굴이 가려져 있었다. 아예 몸 전체가 덮여 옷자락이나 발만 드러난 것도 있었다. 궁금증이 솟은 사련은 그 얼굴에 대체 뭐가 있나, 싶은 마음에 한 신상의 면사를 벗기려 했다. 이때 뒤에서 화성이 입을 열었다.

"형, 그러지 않는 게 좋아."

사련이 고개를 돌리더니 어리둥절해하며 물었다.

"왜? 삼랑은 이 신상들이 수상하지 않아?"

화성이 뒷짐을 지고 다가왔다.

"수상하니까 그러지 않는 게 좋지. 얼굴이 가려져 있다면 분명 덮어 둔 이유가 있을 거야. 머리는 사람의 영기가 모이는 곳이잖아. 자칫 천을 벗겼다가 이런 수상한 신상의 머리에 영기가 모여들면 무슨 일이 일어날지 몰라."

잠시 말을 고른 그가 다시 입을 열었다.

"형은 그 두 시종을 찾을 생각 아니었어? 아직 못 찾았으니까 지금은 신상을 건드리지 않는 게 좋아. 괜한 문제가 생기지 않게."

신비로운 전설 같은 이야기였지만 아주 일리가 없는 건 아니었다. 저 천을 벗겼다가 이 신상을 깨우거나 한다면 하나도 즐거울 게 없었으므로. 사련도 남의 물건을 함부로 건드리는 취미는 없었기에 잠깐 생각해 보고는 손을 내려놓았다.

"난 그냥 어떤 신인지 조금 궁금해서 그랬지."

사실 의아한 점이 한 가지 더 있었다. 화성이 괜한 문제를 걱정할 성격이 아니라는 것이다. 보고 싶으면 봤지, 뜻밖에도 이런 이유를 들어 자신을 말릴 줄은 생각지도 못했다.

화성은 물 흐르듯 말을 돌렸다.

"여긴 오용의 국경이잖아. 오용 태자의 신상일지도 모르지. 놀랄 일도 아니야."

하지만 사련의 생각은 달랐다.

"그건 아닐걸."

"오? 어떻게 알 수 있어?"

사련은 그를 바라보며 말했다.

"우리가 계속 뒤쫓았던 벽화를 보면 오용 태자와 오용 백성들의 의복 양식은 특색이 뚜렷했어. 아무래도 이천 년 전 나라였으니까 예스럽고 촌스러웠지. 약간 투박하기도 했고. 이 신상들의 섬세한 의복과는 전혀 다른 양식이야. 그래서 난 이 신상들이 오용 태자와는 관련이 없다고 봐. 어쩌면 애초부터 오용인의 작품이 아닐지도 모르고."

화성이 가늘게 눈웃음을 지었다.

"그래? 형은 참 세심하네."

사련도 싱긋 웃으며 말했다.

"아냐, 아냐. 다만 이 신상들의 양식 말인데, 조각 기술이며 복식이며 옷감이 흐르는 선까지 이런 작은 부분을 다루는 방식이 후대의 양식과 비슷해. 게다가 내가 그나마 잘 아는…… 선락국의 양식 같아."

화성은 눈썹을 까딱이며 입을 열었다.

"형은 이런 방면에도 조예가 무척 깊은 것 같네."

"아냐, 당치도 않아. 신상 같은 걸 너무 자주 봤더니 눈동냥으로 조금 알게 된 거지."

사련은 왠지 모르게 아까부터 화성의 기색이 조금 이상하다는 직감이 들었다. 그리고 여기까지 대화가 이어졌을 무렵, 마침내 그게 어떤 종류의 기색인지를 깨달았다.

그건, 은근한 긴장감이었다.

그러나 사련은 결국 더 캐묻지 않았다.

"삼랑이 안 보는 편이 좋다니까, 최대한 신중히 움직이는 게 상책이겠다."

화성은 가만히 고개를 끄덕였다. 두 사람은 계속 앞으로 나아갔다. 이때, 또 다른 갈림길이 나타났다. 화성은 곧장 왼쪽으로 향했다. 하지만 사련은 걸음을 멈추고 뒤를 따라가지 않았다. 화성이 돌아보았다.

"왜 그래?"

사련이 물었다.

"삼랑은 이 석굴에 와 본 적 없지?"

"물론."

"그럼 왜 이리 단호하게 왼쪽을 골라?"

"단호한 게 아니야. 되는대로 걷는 거지."

"와 본 적도 없는데 되는대로 가면 어떡해. 어느 쪽을 고를지 신중하게 고민해야 하지 않아?"

화성은 싱긋 웃었다.

"와 본 적이 없으니까 되는대로 가려는 거야. 어차피 이곳 상황에 대해 아무것도 모르니 대담하게 운에 맡기는 편이 낫지. 그리고 내 운은 항상 꽤 좋아."

확실히 맞는 말이긴 했지만, 사실 예전에 함께 다닐 때만 해도 길을 고르는 것은 전부 사련의 몫이었다. 화성이 자진해서 길을 안내하는 경우는 거의 없었다. 사련은 그리 생각하며 고개를 끄덕였다. 두 사람이 왼쪽 통로로 들어서려던 순간, 사련이 불쑥 외쳤다.

"잠깐! —삼랑, 들려?"

"뭐가?"

"오른쪽. 사람 소리가 나."

화성의 안색이 약간 변했다. 그는 잠시 집중해서 들어보더니 말문을 뗐다.

"형, 잘못 들은 게 아닐까. 아무 소리도 안 나는데."

"정말 났어! 잘 들어 봐, 남자 목소리야!"

화성은 다시 한참 듣고는 미간을 찌푸렸다.

"난 정말 안 들려."

당황한 사련은 속으로 생각했다.

'설마 또 환각인가?'

화성이 거듭 말했다.

"전하, 뭔가 수상합니다. 속임수가 있을지도 모르니 일단 이곳부터 빠져나가시죠."

사련은 잠시 머뭇거린 끝에 말했다.

"아니! 남풍이랑 부요일지도 모르니까 가서 확인해 봐야겠어!"

말을 마친 그는 자리를 박차고 내달렸다. 등 뒤에서 화성이 외쳤다.

"형! 가지 마!"

하지만 어렴풋이 울려 퍼진 그 외침을 들건대 상대방은 위험천만한 상황에 놓인 게 틀림없었다. 한시가 시급했다. 사련은 긴장을 늦추지 않고 빠르게 오른쪽 길로 달려들었다. 깊이 들어갈수록 사내의 고성이 또렷해졌다. 사련은 마음속으로 기뻐하며 외쳤다.

'정말 남풍이랑 부요잖아!'

한참을 돌고 돈 끝에 소리가 들려온 곳을 찾았다. 그곳은 커다란 석굴이었다. 이 석굴에는 신상 대신 깊은 구덩이만 하나 있었는데, 남풍과 부요의 목소리는 바로 이 구덩이 바닥에서 들려온 것이었다. 두 사람 모두 구덩이에 갇혀 올라오지 못하는 모양이었다. 그러면서도 밑바닥에서 혈기 왕성하게 서로 욕을 퍼붓는 것을 보니, 일단 생명에 지장은 없는 듯했다. 구덩이는 어두컴컴해서 안이 잘 보이지 않았다. 사련은 구덩이 위쪽에서 두 손을 입가에 모으고 아래쪽을 향해 소리쳤다.

"거기—! 너희들 어떻게 된 거야?"

바닥에 갇힌 두 사람은 누군가의 목소리가 들리자 말다툼을 멈추었다. 부요의 목소리가 들렸다.

"태자 전하? 전하십니까? 빨리 저희를 끌어 올려 주십시오!"

남풍은 오히려 말이 없었다. 사련은 의아해하며 물었다.

"너희들, 못 올라오는 거야? 깊은 구덩이는 아닌데? 지금 아래가 대체 어떤 상황인 거야?"

싸우던 도중이라 그런지, 부요의 짜증에 한층 불길이 붙었다.

"그걸 말이라고 하십니까! 올라갈 수 있었으면 진작에 올라갔겠죠. 태자 전하는 눈이 없으십니까!"

사련은 눈을 가늘게 떴다.

"잘 안 보여. 너희들 아직 법력 남았어? 불꽃을 피워서 아래 상황 좀 보여 줄래? 안 되겠으면 내가 불을 던져서……."

그런데 무슨 영문인지, 말이 끝나기도 전에 아래의 두 사람이 입을 모아 고함쳤다.

"안 됩니다!"

사련을 말리는 목소리는 그야말로 공포에 질려 있었다. 부요가 거듭 외쳤다.

"불은 절대 안 됩니다!"

불을 피울 수 없다면 다른 방식으로 비출 수밖에. 생각을 마친 사련은 본능적으로 뒤를 돌아보았다.

"삼랑……."

그러나 화성은 뒤따라오지 않았다. 뒤에는 아무도 없었다. 사련은 얼떨떨했다. 처음에는 조금 불안하다가 이내 의아해졌다. 아무리 그래도 길을 잃었으려고?

이 만신굴에 들어오고 나서부터 화성은 완전히 이상해지기 시작했다. 하지만 대체 뭐가 문제인지 모를 노릇이었다. 좌우를 둘러보는데, 문득 자신의 어깨 위에 내려앉은 자그마한 은나비 한 마리가 눈에 들어왔다. 그는 나비를 톡 건드려 보며 말했다.

"……안녕?"

손끝에 닿은 사령나비는 날개를 너울거렸지만 날아가지는 않았다. 그저 사련에게 파닥거리는 제 모습을 보여 주려는 것 같았다. 화성은 오는 길에 사련에게 자신의 은나비가 여러 종류로 나뉜다고 말해 주었다. 이 은나비가 어떤 종류에 어떤 역할을 맡고 있는지는 모른다. 하지만 무슨 은나비이든 불빛을 비추는 것쯤은 가능할 터였다. 사련은 나비에게 물었다.

"나 대신 한번 내려가 줄래?"

그 은나비는 순순히 날갯짓하며 날아갔다. 사련이 말했다.

"고마워!"

은나비가 구덩이 아래로 내려가자 옅은 은빛이 아래를 환히 비추었다. 사련은 저도 모르게 눈을 조금 크게 떴다.

어두컴컴한 구덩이 밑바닥은 백골처럼 새하얬다. 온 바닥에 두툼한 실 이불이 깔린 모양새였다.

남풍과 부요는 두 개의 누에고치 신세가 되어 실 안에 휘감겨 있었다. 거미줄에 걸린 작은 날벌레 같기도 했다. 게다가 둘다 시퍼렇게 부은 얼굴이었다. 방금 서로 흠씬 두들겨 팬 탓일지도 몰랐다. 무모하게 덤비지 않아서 다행이다, 사련은 저도 모르게 속으로 중얼거렸다. 만약 불을 아래로 던졌더라면 구덩이 전체가 순식간에 불타올랐을 테니까. 그가 아래로 물었다.

"지금 이게 무슨 상황이야? 그거 거미줄이야? 설마 여기는 거미 정괴의 둥지인가?"

부요가 버럭 외쳤다.

"모릅니다! 어차피 못 벗어나요!"

그는 어떻게든 벗어나려는 데에만 정신이 팔려 있었다. 남풍의 표정은 조금 미묘했다. 도와 달라고 외칠 심산이었지만, 사련이 등장하자 울적하게 말을 삼켜 버린 것 같았다. 남풍이 말했다.

"일단 내려오지 마십시오. 너무 질긴 실이라 몸에 붙으면 떼어 내기 힘듭니다."

"안 내려갈게."

잠시 고민한 사련은 약야의 한쪽 끝을 방심의 칼자루에 묶었다. 검을 매달아 내려보낼 심산에서였다. 그런데 약야가 슬그머니 절반 남짓 내려갔을 때, 그 거미줄 뭉치가 기척을 알아차리고는 매운맛을 보여 주겠다는 듯 빠르게 위로 덮쳐 왔다. 놀란 약야가 반동하듯 홀쩍 움츠러들었다. 하지만 한발 늦었다. 거미줄이 약야를 휘감더니 매듭을 지어 더럭 잡아당겼다. 약야를 붙잡고 있던 사련까지 덩달아 아래로 끌려갔다.

꿈에도 생각지 못한 일이었다! 거미줄이 이렇게 강력하고 약삭빠를 줄이야!

사련이 구덩이에 떨어지자 하얀 실뭉치가 바람처럼 달려들어 그를 옭아맸다. 나머지 거미줄은 느릿느릿 물결치며 기어가 남풍과 부요의 '고치'를 한층 단단히 감쌌다. 부요가 분통을 터트렸다.

"어찌 전하도 떨어지십니까! 잘됐네요, 셋 다 당해 버렸으니! 그냥 여기서 같이 죽읍시다!"

남풍이 끼어들었다.

"뭘 구시렁대고 앉았어! 다 우릴 구하려다가 그러신 거잖아!"

갑자기 사련이 마구 뒹굴기 시작했다.

"하하하, 하하하, 하하하핫……."

나머지 두 사람이 경악하며 그를 쳐다보았다. 부요가 물었다.

"떨어질 때 머리를 다쳐서 실성하신 건 아니죠?"

사련은 눈꼬리에 눈물방울을 매달고 간신히 입을 열었다.

"아…… 아니, 하하하…… 이 거미줄 대체 뭐야……. 왜 이래…… 간지러워, 안 돼……. 하하하하……."

아래로 떨어지고 나니, 이불처럼 깔린 실이 부드럽게 그를 받아 주었다. 감겨드는 거미줄도 손길이 아주 상냥했다. 말이 포박이지, 몸 구석구석을 스치느라 그를 간지럽히는 꼴이 되고 말았다. 사련은 몸을 둥글게 말고 완강하게 저항했다.

"안 돼, 그만, 잠깐만! 멈춰! 그만해! 됐어! 그만!"

그 하얀 실뭉치는 사련의 두 손을 등 뒤로 묶고서야 움직임을 멈췄다. 남풍과 부요는 나란히 그를 쳐다보았다. 이윽고 부요가 말했다.

"이 거미줄은 왜 우린 이렇게 꽁꽁 묶어 놨으면서 전하는 저리 대충 묶어? 얼굴도 안 덮고."

사련은 겨우 숨을 고르며 말했다.

"너희, 너희들 얼굴도 안 덮여 있잖아?"

부요가 눈을 희게 까뒤집으며 대답했다.

"아까는 덮여 있었습니다. 정신이 들고 나서 이로 찢었어요. 안 그랬으면 소리도 못 질렀겠죠."

사련은 몸을 몇 번 바르작대 보았다. 이 거미줄은 정말 말도 안 되게 질겼다. 게다가 방금 너무 심하게 웃어서 늑골이 욱신거리는 터라 당장은 힘을 쓸 수가 없었다. 그는 일단 잠시 쉬기로 하고 반듯하게 누우며 말했다.

"너희 둘은 어쩌다 여기까지 왔어?"

부요가 대답했다.

"모르겠습니다. 아까 눈사태, 하늘이 무너지는 것처럼 눈이 쏟아졌잖아요. 깨어나 보니 여기였습니다."

사련이 다시 말했다.

"아니, 그게 아니라 내가 묻고 싶은 건, 너희는 왜 동로산에 왔어?"

이 말이 나오자 부요는 또 발끈했다.

"저는 여귀 난창과 태아령 모자를 쫓아왔습니다. 저놈이 왜 왔는지는 알 게 뭡니까!"

남풍도 말을 얹었다.

"저도! 저도 그 태아령 모자를 쫓아서……."

부요가 쳇, 하며 윽박질렀다.

"그럼 그쪽을 쫓아갈 것이지! 나는 왜 때리는데? 내…… 집 장군께서 그 태아령과 자신은 무관하다고, 그분이 죽인 게 아니라고 하셨잖아! 남의 호의를 개떡 취급하고 말이야. 역시 좋은 사람 노릇은 할 게 못 돼!"

두 사람의 싸움에 이골이 난 사련이 대수롭지 않게 말했다.

"됐어, 됐어, 그만들 해. 상황은 알겠으니까, 일단 싸움은 여기까지. 소리치지 마. 아까도 너희들이 싸우는 통에 설산이 무너졌는데 이 잠깐을 못 참겠어? 같이 나갈 방법을 생각하자."

그러거나 말거나, 남풍도 성질을 내기 시작했다.

"너, 네 집 장군은 본인의 평소 행실을 잘 모르는 모양이지? 남들 의심을 살 만도 하잖아!"

부요가 눈을 부릅뜨고 그를 노려보았다.

"지금 뭐라고 했냐? 용기 있으면 다시 말해 봐!"

남풍은 부요보다 더 사납게 눈을 부릅떴다.

"너보단 용기 있다! 또 말하라니까 하겠는데, 넌 호의 따위 있지도 않았잖아. 그냥 눈에 거슬리는 사람한테 은혜나 베풀고 속으로 우쭐대려는 심리였지. 애초에 남을 웃음거리로 만들고 싶은 네 자기만족을 위해서였다고. 호의를 개떡으로 안다는 말은 갖다 치우고, 본인을 좋은 사람이라고 자처하지도 마라. 정말 좋은 사람은 너 같지 않아. 넌 원래 좋은 사람이었던 적 없어!"

부요는 이마에 핏대를 세우며 입가를 꿈틀거렸다.

"망상도 병이라더니! 어디서 헛소리야!"

"헛소리인지 아닌지는 네가 제일 잘 알겠지! 내가 널 모르겠냐?"

부요의 핏대가 이제 목 위까지 번졌다.

"네가 뭔 자격으로 지껄여? 그렇게 높은 데서 남들 깔보고 살다가 굴러떨어져서 다리가 부러질 거란 생각은 안 하나?"

남풍이 일갈했다.

"뭐든 내가 너보다 나아! 네가 저지른 짓을 누가 모를 줄 알고?"

이 말을 들은 부요는 수치심에 화가 치민 듯했다.

"……그래! 좋아, 내가 한 거 인정해! 하지만 네가 나보다 나으면 얼마나 나은데? 충성심을 그렇게 내세우더니 아내가 생기니까 네 주인은 뒷전이었으면서! 아내와 아들이 제일 중요했지! 다들 자기가 먼저잖아! 누군들 자기 자신이 제일 중요하다고! 내 그깟 일을 자꾸 물고 늘어지는 게 부끄럽지도 않냐?"

그가 '아내와 아들'을 입에 올리자 남풍이 벌컥 성을 냈다.

"이 빌어먹을…… 너! ……나? 너?"

두 사람은 꼼짝없이 묶여 있으면서도 정신을 놓고 싸움에 임했다. 서로를 부르던 호칭은 어느새 '너희 집 장군', '우리 집 장군'에서 '너'와 '나'로 바뀌었다. 그들은 지나치게 흥분한 나머지 자신들이 뭘 폭로했는지도 모르다가, 이제야 어렴풋이 정신을 차렸다. 하지만 사련은 진작에 할 말을 잃었다.

남풍과 부요는 사련 쪽으로 나란히 고개를 돌렸다. 사련은 묵묵히 실뭉치 위를 구르며 몸을 뒤집더니 두 사람에게 등을 돌렸다. 그러곤 말문을 뗐다.

"그게…… 난 아무것도 못 봤어. 아니, 아무것도 못 들었어."

"……."

"……."

사련은 돌벽을 마주 본 채로 상냥하게 말했다.

"너희들 계속할 거야? 그, 너희들이 방금 한 얘기 말이야. 다른 건 논외로 치고 싶은데, 그래도 사실 난 아내와 아들이 제일 중요하다고 생각해. 그게 맞아. 인지상정이잖아. 다들 지나간 옛일 들먹이지 말고 나갈 방법부터 생각을⋯⋯."

"⋯⋯."

침묵하던 부요가 불쑥 끼어들었다.

"다 알고 계셨습니까?"

아무래도 얼렁뚱땅 넘어가지는 못할 것 같았다. 사련은 마지못해 대답했다.

"응⋯⋯."

부요는 믿을 수 없다는 듯 캐물었다.

"언제 눈치채셨습니까? 어떻게 아신 거죠?"

사련은 차마 진실을 털어놓지 못하고 뭉뚱그려 말했다.

"잊어버렸어."

진짜 답은, 아주아주 오래전이었다. 여군산에 있을 때부터 어렴풋이 의심이 들었고, 반월관에 이르렀을 무렵 이 추측을 확신했다.

어디가 중천정의 소무관이란 말인가? 그들은 존재하지 않는다. '남풍'과 '부요'는 풍신과 모정이 만들어 낸 꼬마 분신일 뿐이다.

부요는 이리 허무하게 정체를 들켰다는 사실이 믿기지 않는지 끈질기게 물고 늘어졌다.

"대체 언제 눈치채셨죠? 어떻게요? 어쨌든 계기가 있었을 텐데요. 대체 허점이 어디 있었습니까!"

"……."

사련은 도저히 진실을 말할 수가 없었다. 애초에 계기 따위는 필요하지 않았다. 이 두 사람은 온몸이 허점투성이였으니까!

누가 뭐래도 함께 자란 사이인데, 두 사람의 말투나 행동거지를 사련이 어떻게 모를까? 전혀 공들이지 않은 가명부터 판에 박은 듯한 성격까지, 참 알아보기 쉬웠다. 이 두 장의 가죽 아래에 누가 있을지도 맞히지 못한다면 사련은 이 오랜 세월을 헛되이 산 것 아니겠는가?

하지만 분명 본인일 때는 할 수 없는 말도, 하기 불편한 일도 있기 마련이다. 예컨대 신관으로서의 인상을 관리하려면 무턱대고 눈을 까뒤집으며 치뜨거나 남을 욕해선 안 되지만, 신분을 바꾸면 훨씬 홀가분하고 자유로워진다. 때문에 사련은 굳이 정체를 들출 필요는 없다고 생각했었다.

부요, 아니 이제는 모정이라 불러야 한다. 모정은 이를 악물고 서늘하게 말했다.

"……그러니까 당신, 훨씬 전부터 우리가 누군지 알았는데도 계속 입을 다물고, 그냥 가만히 우리가 연기하는 걸 지켜봤다 이겁니까?"

92장 만신굴의 만신, 얼굴을 드러내다

사련은 미련을 버리지 못하는 모정의 표정을 보고 잠시 고민하다, 결국 설득하는 길을 골랐다.

"사실 이건 말이야, 그렇게 대단한 일도 아니니까……."

모정이 픽 냉소하며 대꾸했다.

"역시 내 말이 맞았어! 재미있으셨습니까? 제 연극을 보는 게 즐거우셨어요? 예?"

사실이 시원하게 까발려지자 모정은 연기를 그만두고 본격적으로 성격을 드러냈다. 한쪽에 있던 남풍, 아니 풍신도 난처하기는 마찬가지였지만 모정의 이 말만큼은 도무지 참아 줄 수가 없었다. 그가 툭 말을 던졌다.

"그게 무슨 말투야?"

모정은 얼굴이 희고 살갗이 얇아서 혈기가 치밀어 오르자 무척 눈에 띄었다. 그는 온통 붉어진 얼굴로 고개를 홱 돌렸다.

"무슨 말투냐고? 너도 웃음거리 중 하나였다는 걸 잊지 마라. 그 오랫동안 놀잇감이 돼 놓고도 불평 한마디 없다니. 난 너처럼 마음이 그리 넓지 않아!"

사련이 입을 열었다.

"난 너희를 웃음거리로 보지 않았어."

풍신도 말을 얹었다.

"남들이 너처럼 옹졸할 거란 생각도 적당히 해라. 네가 그딴 짓을 저질러서 천계 감옥에 들어갔을 때도 전하는 널 도우려고 하셨는데……."

모정이 받아쳤다.

"하, 그건 정말 감사하네. 그런데 내가 감옥에 들어간 건 다 네 아들 때문이잖아? 뭐! 한판 붙어 봐? 자기가 낳아 놓고 남들 입에 오르는 건 싫냐?"

아들 이야기가 나오자 풍신은 진심으로 그를 때려죽이고 싶었다. 하지만 안타깝게도 지금 세 사람은 거미줄에 휘감겨 꼼짝도 할 수 없으니 품위나 기품 따위 내버리고 서로 욕이나 퍼붓는 게 고작이었다. 화가 난 풍신도 붉으락푸르락한 얼굴로 핏대를 세웠다. 저러다 흥분하면 끔찍한 욕을 쏟아 낼지도 몰랐다. 내심 걱정이 된 사련은 힘겹게 바르작대며 모정의 옆까지 굴러갔다.

"모정, 모정? 나 좀 봐 봐. 잠깐 돌아볼 수 있겠어?"

모정은 하던 욕을 멈추고 숨을 고르며 물었다.

"뭘 하시려고요?"

"풍신은 나하고 너무 멀어서 못 굴러가겠어. 이 거미줄이 이로 끊긴다고 했으니까, 일단 네 손에 묶인 걸 풀 수 있는지 볼게."

모정은 그를 한참 노려보다가, 문득 안색이 싸늘해지더니 죽은 물고기처럼 누워서 하늘을 쳐다보며 대꾸했다.

"필요 없습니다."

사련이 난감해하며 말했다.

"정말 돕고 싶어서 그래."

"태자 전하의 천금 같은 옥체에 어찌 감히 수고를 끼치겠습니까."

풍신이 버럭 외쳤다.

"환장하네! 이 와중에 무슨 성질을 부려! 전하께서 구해 주시는 게 너한테 빚지는 일이냐?"

모정이 고개를 쳐들며 말했다.

"누가 도와 달래? 사련! 당신은 왜 항상 이럴 때 나타나는 겁니까?"

사련은 조금 멍해졌다. 문득, 아주 오래전에도 모정에게 이 말을 들어 본 것 같다는 생각이 어렴풋이 들었다. 그때 자신은 뭐라고 대답했던가? 기억나지 않았다. 그가 입을 열었다.

"이럴 때 나타나는 게 뭐가 나빠?"

모정은 다시 드러누우며 거절했다.

"어쨌든 당신 도움은 필요 없습니다."

사련이 말했다.

"왜? 가끔은 남이 도와줘야만 역경을 빠져나오는 때도 있는 거야."

풍신이 끼어들었다.

"상대하지 마십쇼. 어깨에 바람만 잔뜩 들은 놈이라, 전하께서 자길 도와주려 하시니까 체면이 깎였다고 생각하는 겁니다."

모정과 풍신은 한쪽에서 옥신각신했다. 옅은 은빛을 흩뿌리는 사령나비는 사련 주위를 맴돌며 느긋하게 춤추며 날았다. 사련은 한 가지 일을 떠올리곤 곧장 화제를 바꿨다.

"이제 그만 싸워. 이러는 모습을 남들 눈에 보이면 그게 웃음거리지. 조금 있으면 누가 우리를 찾으러 올 거야."

모정이 쏘아붙였다.

"천지신명도 외면할 이 괴상한 곳에 누가 오겠습니까? 적어도……."

그는 말을 끝맺기도 전에 한 사람이 생각나 말끝을 흐렸다. 풍신은 아예 단도직입적으로 물었다.

"혈우탐화가 같이 왔습니까?"

모정은 의심스러운 눈치였다.

"그자를 이렇게나 믿으십니까? 여길 온다고요?"

사련은 단호하게 말했다.

"올 거야."

물론 화성은 오는 내내 태도가 조금 이상했다. 그 때문에 사련은 몇 번이나 옆에 있는 사람이 가짜 화성은 아닐지 의심해야 할 지경이었다. 그러나 직감은 다시금 자신에게 그런 일은 불가능하다고 말해 주었다. 모정의 질문이 이어졌다.

"그자가 온다고 해도 이 구덩이를 찾을 수 있겠습니까?"

풍신이 의견을 내놓았다.

"아니면 소리를 더 질러 볼까요. 사람이 늘었으니 소리도 클 겁니다."

사련이 대답했다.

"그럴 필요 없어. 우린 가만히 앉아서, 아니 누워서 기다리면 돼. 나랑 화성 사이에는 붉은 실이 있으니까…….."

말을 이어 가려는 순간, 그는 귀에 벌레가 기어들기라도 한 것처럼 얼굴을 꿈틀거리는 풍신과 모정을 발견했다.

"……왜 그런 표정이야. 오해하지 마. 내가 말한 붉은 실은 '운명의 붉은 실'처럼 허무맹랑한 물건이 아니라 법보야, 그냥 법보."

두 사람은 그제야 꿈틀거리던 얼굴을 가라앉혔다. 풍신이 말했다.

"오, 그렇군요."

모정은 의심스럽게 물었다.

"그건 무슨 법보입니까? 어떤 쓰임새가 있죠?"

사련이 대답했다.

"꽤 유용해. 붉은 실이 우리 두 사람의 손에 매여 있는 건데,

그 사이로 보이지 않는 연결이 존재하거든. 각자 이 붉은 선을 따라 다른 쪽 사람을 찾을 수 있지. 숨이 붙어 있는 한 붉은 실은 영원히 끊어지지 않……."

말이 끝나지도 않았건만, 풍신과 모정은 더 들어 주지 못하고 중간에 끼어들었다.

"그게 '운명의 붉은 실'하고 뭐가 다릅니까? 완전히 같은 물건이잖아요!"

움찔한 사련이 곧장 반박했다.

"아니지, 다르지!"

모정이 핀잔을 주었다.

"뭐가 다른지 본인이 생각해 보지 그러십니까? 엄청 비슷하다고요!"

사련은 곰곰이 생각해 보고서야 비로소 깨달았다. 정말이다! 이 법보의 정의와 기능은 정말 생각하면 할수록 이른바 '운명의 붉은 실'과 비슷하다는 느낌이 들었다. 더 깊이 파고들면 안 되겠다고 생각하던 순간, 위에서 목소리가 들려왔다.

"형? 밑에 있어?"

이 소리를 듣자마자 사련은 마음이 턱 놓였다. 그는 재빨리 고개를 들고 대답했다.

"삼랑! 나 여기 있어!"

그는 다시 고개를 숙이더니 풍신과 모정에게 말했다.

"거봐, 내가 찾아올 거라고 했지."

생글생글 웃는 그를 바라보는 풍신과 모정의 표정은 상당히 미묘했다. 화성은 고개를 내밀지 않았다. 다만 세 사람은 유감스럽다는 듯한 화성의 목소리를 들을 수 있었다.

"형, 내가 가지 말라고 했잖아. 이제 어쩌려고?"

그의 어조에 사련은 한순간 당황했다. 그는 기뻐하던 표정을 거두고 물었다.

"어, 이 거미줄이 많이 까다로워? 액명으로도 못 끊을까?"

화성의 대답이 희미하게 들리는 것도 같았다.

"까다로운 건 이 실이 아니라……."

하지만 정확히 이렇게 말했는지는 확신이 서지 않았다. 이윽고 화성이 담담하게 말했다.

"액명은 지금 상태가 좋지 않아."

사련은 이상하다는 생각이 들었다. 지난번만 해도 제법 씩씩했는데 왜 지금은 상태가 나빠졌지?

한쪽에서 모정이 코웃음을 쳤다.

"뭘 저자에게 물으십니까. 곡도 액명이 상태가 안 좋다고요? 돕기 싫어서 구실을 대는 게 뻔하네요."

"그렇게 말하지 마."

사련은 오히려 액명이 화성에게 혼나는 바람에 밖으로 나오지 못하게 됐을 가능성이 더 크다고 생각했다. 이리 생각하고 있던 찰나, 위쪽에 있던 검은 인영이 반짝 사라졌다. 곧이어 붉은 옷자락이 기척도 없이 사련의 곁에 내려오더니 허리를 굽혀 그의 손을 잡았다. 가만히 앞을 들여다보던 사련이 화들짝 놀라 말했다.

"삼랑, 왜 너까지 뛰어내렸어? 그 거미줄 조심해!"

아니나 다를까, 바닥을 뒤덮은 하얀 실뭉치가 세차게 화성을 덮쳤다. 그는 고개 한번 돌려 보지 않고 무심하게 손을 휘둘렀다. 수백여 마리에 달하는 은나비가 그의 등 뒤로 방어막을 펼치고 흉악하게 날뛰는 거미줄과 맞붙기 시작했다. 화성은 사련을 묶은 실을 끊은 뒤, 왼손으로 그의 허리를 감싸 안고 오른손을 툭 털어 붉은 우산을 꺼냈다.

"가자."

화성이 다른 사람을 구할 생각이 전혀 없어 보이자, 남은 두 사람은 나란히 얼이 빠졌다.

"저기, 뭐 잊은 거 없어?"

사련이 입을 열기도 전에 화성이 고개를 돌렸다.

"오, 깜박했네."

말이 끝나기 무섭게, 거미줄에 겹겹이 감겨 있던 방심이 화성의 손으로 날아들었다. 그가 검을 사련에게 건넸다.

"자, 형. 형의 검."

"……."

'깜빡한' 게 이거였다니. 풍신과 모정이 소리쳤다.

"이봐!"

화성은 사련을 조금 더 단단히 끌어안고, 오른손을 흔들어 붉은 우산을 펼쳤다.

"형, 꽉 잡아!"

그 우산은 놀랍게도 두 사람을 데리고 날아올랐다. 사련은
화성의 말대로 그를 꽉 껴안았다. 바닥에서 두어 장 남짓 날아
올랐을 무렵, 아래쪽에서 두 사람이 아우성치는 소리가 들리기
시작했다. 사련은 기가 막힌 심정으로 외쳤다.

"깜빡할 리가 없잖아!"

그러곤 오른손으로 약야를 던졌다. 흰 비단은 구덩이 밑바닥
의 커다랗고 하얀 고치들을 각각 몇 번씩 휘감아서 구덩이 밖
으로 끌고 나왔다. 이때 허공에서 풍신이 또 외쳤다.

"잠깐! 잠깐만요! 밑에 빠뜨린 게 있습니다!"

사련이 위에서 소리쳤다.

"뭔데?"

"검이요! 구석에 떨어져 있습니다!"

사련은 아래를 내다보았다. 정말로 구석의 하얀 실 사이로
칼자루가 어렴풋이 보였다. 그는 다시 약야를 보내 그 검도 휘
감아 함께 가지고 나왔다. 이렇게 네 사람은 드디어 땅 위로 돌
아왔다.

약야는 두툼한 고치를 바닥에 내던지고 쏙 돌아와 사련의 손
목을 휘감았다. 그러곤 마치 저와 비슷하게 생겼지만 훨씬 더
사납고 요사스러운 실에 많이 놀란 것처럼 오들오들 떨었다.
사련은 약야를 달래면서 방심을 꺼내 두 사람을 옭아맨 거미줄

을 끊었다. 풍신과 모정은 몸이 움직이기 무섭게 벌떡 일어나 남은 거미줄을 정신없이 찢었다. 사련은 약야가 가지고 올라온 검을 풍신에게 건네며 슬쩍 내려다보았다. 그는 순간 놀라고 말았다.

"이건…… 홍경? 남풍, 너희 집 장군이 이 검을 고친 거야?"

이건 무심결에 나온 말이었다. 사련은 말을 마치자마자 뭔가 잘못되었다는 것을 깨달았다. 풍신과 모정은 여전히 '남풍'과 '부요'의 모습인 채였지만, 사련은 두 사람의 정체가 밝혀졌다는 사실을 깜빡 잊고 무의식적으로 연기에 장단을 맞추고 말았다. 다 배려하자고 한 일이지만 지금은 효과가 썩 좋지 않았다. 그 두 사람은 한동안 알 수 없는 침묵에 빠져들었다.

표정을 감추지 못하고 어색한 기색을 내비치던 풍신은 결국 본존으로 되돌아가 검을 건네받으며 말했다.

"……고쳤습니다. 아무래도 동로산에는 귀신이 많으니 가져와서 비춰 보는 게 좀 더 편하죠."

사련은 저 홍경을 부스러뜨린 주범을 슬쩍 쳐다보고는 헛기침을 하며 말했다.

"고생이 많네."

어쨌든 산산이 조각난 검을 고치기란 정말 쉽지 않은 일이니까.

모정도 본존으로 돌아와 소맷부리에 붙은 거미줄을 털어 냈다.

"잘 고쳤죠. 요괴나 귀신은 대부분 형태를 바꿔 둔갑하니, 머리가 잘 돌아가지 않으면 홍경을 들고 수시로 비춰 봐야 속지 않습니다.”

풍신이 언짢은 투로 말했다.

“누가 머리 나쁘다고 은근슬쩍 지껄여? 내가 못 알아듣는 줄 알아?”

또 시작이다. 사련은 고개를 설레설레 내저으며 화성에게 말했다.

“삼랑, 아까는 너무 급하게 가느라 너를 떼 놓고 갔네. 미안해.”

화성은 우산을 접으며 대답했다.

“괜찮아. 또 이렇게 뛰쳐나가지만 않으면 돼.”

사련은 빙긋 웃었다. 이때 모정이 화성을 홀연히 훑어보더니 눈빛을 굳혔다. 안색이 조금 이상해진 것도 같았다. 사련이 물었다.

“모정? 왜 그래?”

이 물음에 모정은 곧장 정신을 차리고 눈길을 한 번 던지며 대답했다.

“아무것도 아닙니다. 혈우탐화의 이 모습은 본 적이 없어서 신기했을 뿐입니다.”

하지만 사련이 보기엔 그다지 믿음직스러운 설명이 아니었다. 모정이 화성의 진짜 모습을 본 건 확실히 지금이 처음이지만, 예전에도 열일곱 살 남짓한 화성을 본 적이 있었다. 화성의 이 두 가지 모습은 별 차이도 나지 않는데 어째서 저런 표정을 드러낸단 말인가?

네 사람은 석굴을 빠져나왔다. 몇 걸음 걷자마자 풍신이 경악했다.

"……여기가 어딥니까?"

모정도 어안이 벙벙해졌다.

"이게 어떻게 된 거지?"

두 사람은 아까까지 거미줄 구덩이 바닥에 갇혀 있느라 바깥 정황을 살펴볼 기회가 없었다. 그런데 밖으로 나오기 무섭게 꼬리에 꼬리를 무는 석굴과 제각기 모양새가 다른 석상이 등장했다. 그들은 이 거대한 설산 밑에 이렇게 사람의 솜씨라고 믿을 수 없는 비경이 펼쳐져 있으리라곤 생각지 못해 내심 충격을 받았다.

사련이 말했다.

"여기는 만신굴이야."

모정이 주위를 둘러보며 중얼거렸다.

"이 굴, 얼마나 시간을 쏟고 심혈을 기울여야 완성할 수 있었을지 모르겠습니다. 정말…… 이건 정말……."

하다못해 뭔가 표현할 만한 말도 떠오르지 않는 모양이었다. 사련은 그의 감상을 이해할 수 있었다. 석굴은 수행을 하고 신을 모시는 곳이다. 한때 사련의 부모도 그를 위해 석굴을 팠다. 이토록 거대한 규모의 만신굴을 보고도 마음이 떨리지 않는 신관이 누가 있을까. 이런 곳에 자신의 신상이 모셔진다면 분명 신관으로서의 경지에 큰 이득이 될 터였다.

풍신이 미심쩍게 물었다.

"이 석굴은 어느 신을 모십니까? 왜 전부 얼굴을 가려 놓은 거죠?"

사련이 대답했다.

"그야 우리처럼 나중에 온 사람들에게 보이고 싶지 않아서겠지."

모정의 목소리가 이어졌다.

"그건 이상한데요. 정 그렇다면 신상들의 머리를 통째로 부숴도 됐을 텐데, 왜 굳이 이렇게 했답니까? 보려고 마음만 먹으면 얇은 면사 따위 아무것도 막지 못합니다."

모정이 이렇게 말하고는, 가까이에 있는 한 신상의 면사를 벗기려 했다. 사련이 말릴 생각으로 목소리를 내기도 전에 차가운 빛이 번득였다. 모정의 손가락에서 반 치도 떨어져 있지 않은 허공에 휘어진 은빛 칼날이 걸렸다.

갑작스러운 살기에 네 사람을 감싼 분위기가 불현듯 얼어붙었다. 풍신이 날을 세웠다.

"이게 무슨 짓이지?"

칼날을 앞에 두고도 모정은 두려워하는 기색이 전혀 없었다.

"네 곡도, 멀쩡해 보이는데? '상태가 좋지 않다'더니?"

화성은 모정의 등 뒤에서 느릿하게 입을 열었다.

"남의 지반에서는 물건을 함부로 만지지 말라고 아무도 안 가르쳐 주던?"

모정이 대꾸했다.

"자기 지반도 아니면서 무슨 설교야?"

화성이 담담하게 대답했다.

"괜한 문제를 만들고 싶지 않을 뿐이지. 여긴 다른 곳도 아닌 동로산이다. 면사를 벗겼다가 무슨 일이 일어날지 누가 안다고."

"혈우탐화처럼 오만방자한 인물도 문제가 생길까 겁내는 날이 다 있군?"

모정은 이리 말하면서 손을 내려 신상의 옷자락을 만지려 했다. 곡도 액명의 칼날도 따라서 아래로 내려가며 거듭 날카롭게 맞섰다.

"이번에는 면사를 벗기려는 것도 아니고 석재나 좀 보겠다는데, 혈우탐화께선 왜 또 가로막으시나?"

화성이 가식적인 웃음을 비쳤다.

"네가 사고 치는 걸 막는 거지."

사련이 두 사람 사이에 끼어들었다.

"그만, 그만. 남이 지은 석굴에서 무슨 신을 모시는지 꼭 봐야 하는 건 아니잖아. 여기는 오래 머물 곳이 못 돼. 일단 나가고 다시 얘기하자. 잊지 마, 우리에겐 중요한 임무가 있어."

화성은 모정의 손을 주시하며 말했다.

"형이 이렇게 말한다면야, 이자가 먼저 손을 치우면 더 따지지 않겠어."

"모정, 손 치우자."

모정은 사련을 노려보며 대답했다.

"농담하십니까? 이자가 먼저 손을 치우는 게 아니라요? 만에 하나 제가 손을 치우고도 이자가 멈추지 않으면 어찌합니까?"

신관과 귀신이라면, 풍신은 당연히 신관의 편이었다.

"양쪽이 동시에 그만두는 얘기만 받아들이겠다."

화성은 한 치의 양보도 없었다.

"망상이 지나치군."

양측 모두 물러설 기미를 보이지 않자, 사련은 모정의 팔에 손을 얹고 부드럽게 타일렀다.

"모정, 그만하자. 어쨌든 처음에 먼저 움직인 건 너잖아. 그러니까 네가 먼저 물러서면 좋지 않을까? 내 체면도 봐줄 겸? 장담하는데, 네가 손을 떼면 삼랑은 꼭 약속을 지킬 거야."

물론 모정은 그다지 수긍하지 못했지만, 한참을 대치한 끝에 천천히 손을 치우고 다시 길로 되돌아갔다. 팽팽하게 당겨진 활시위가 마침내 느슨해진 듯한 기분에 사련도 겨우 한숨을 돌렸다. 때마침 앞은 또 갈림길이었다. 그가 화성에게 물었다.

"이번에는 어느 쪽으로 가면 좋겠어?"

화성은 무심한 기색으로 길을 골랐다.

"이쪽으로."

뒤에서 걷던 풍신과 모정은 또 시비가 붙은 것 같았다. 그러던 도중, 모정이 물었다.

"어떻게 고른 겁니까? 왜 이쪽으로 가죠?"

앞의 두 사람이 뒤돌아보며 대답했다.

"아무렇게나 골랐어."

풍신이 인상을 찌푸렸다.

"이게 아무렇게나 골라도 되는 일입니까? 무턱대고 가지는 맙시다. 또 구멍에 빠질지도 모르니."

화성은 미소를 지으며 말했다.

"설령 구덩이에 빠져도 전하를 모시고 나올 방법은 있다. 따라올 거면 따라오고, 싫으면 알아서 가도 좋아. 하지만 솔직히, 난 네놈들을 다시 구해 줄 생각은 없어."

"이게……!"

화성의 언사는 이런 식이다. 얼굴에 걸린 미소가 아무리 반듯하고 점잖아도 가식적이라는 느낌이 들었고, 그가 가식적으로 웃을수록 사람들은 혈압이 올라 죽을 지경이 되었다. 발끈한 풍신이 활시위에 화살을 걸었다. 물론 사련은 그가 정말 쏘지는 않으리란 걸 알고 있었다.

"미안해, 풍신. 하지만 지금 이 상황에선 어느 쪽으로 가나 비슷해."

화성이 하핫, 웃으며 말했다.

"무섭네, 무서워. 아무래도 난 멀리 떨어져 있어야겠는걸."

그는 이리 말하며 사련을 향해 눈썹을 까딱 치켜올리고는 정말로 멀찍이 걸어가 버렸다. 화성은 그저 뒤쪽의 두 사람과 멀어지고 싶을 뿐이다. 이를 잘 아는 사련은 웃으며 고개를 내저었다. 다시 화성을 따라가려던 순간, 모정이 갑자기 손을 들어 그를 붙들었다. 사련은 고개를 돌리며 의아하게 말했다.

"모정? 무슨 일이야?"

누가 알았으랴. 모정은 한마디 대답도 없이 사련을 붙잡고 옆쪽 길로 달려가며 외쳤다.

"시작해!"

앞쪽의 화성도 이상함을 느끼고 고개를 돌렸다. 그러나 풍신이 이미 돌벽에 주먹을 꽂은 뒤였다. 커다란 바위가 와르르 떨어지며 길목을 틀어막았다. 두 사람이 서둘러 앞으로 달려오더니 번갯불 같은 손길로 돌무더기 위에 부적 50여 장을 붙였다. 이렇게 화성과 세 사람은 커다란 돌무더기를 사이에 두고 갈라졌다.

알고 보니 아까 두 사람은 뒤에서 싸우던 게 아니라 이 기습 공격을 벌이려고 의논한 것이었다! 사련이 아연실색하며 말했다.

"너희들 왜 이래?"

그는 모정을 뿌리치고 반대쪽에 간힌 화성을 보러 가려 했다. 그러나 풍신이 대뜸 발을 걸더니, 모정과 함께 각자 그의 팔 하나씩을 붙잡고 달리기 시작했다. 그는 사련을 질질 끌면서 외쳤다.

"빨리 갑시다! 저 부적으론 오래 못 버텨요!"

모정의 호통이 떨어졌다.

"저희가 왜 이러냐니요! 수상한 점 눈치 못 채셨습니까?"

"어디가 수상한데?"

"정말 얼이 빠지셨나 보네요! 그놈은 온몸에 수상이라는 두 글자를 잔뜩 써 붙이고 다니는데 당신만 못 알아본다고요!"

풍신이 고함쳤다.

"됐고 빨리 뛰기나 해! 젠장, 사령나비가 쫓아오는 것 같다고!"

모정도 소리쳤다.

"동굴 입구를 막아!"

그리하여 풍신은 도망치는 길마다 주먹을 날렸다. 커다란 바위가 떨어지면서 동굴 입구 곳곳을 빈틈없이 틀어막았다. 두 사람은 사련을 질질 끌면서 복잡하게 얽히고설킨 지하 통로를 내달렸다. 하도 길을 도느라 멀미가 날 것 같았던 사련은 결국 목청을 높였다.

"멈춰! 멈춰!"

두 사람은 한참을 달린 뒤에야 걸음을 멈추고 숨을 골랐다. 이 틈을 타서 사련이 물었다.

"아니, 너희들, 대체 왜 갑자기 날 끌고 온 건데? 뭔가 발견하기라도 했어?"

풍신이 두 손으로 무릎을 짚은 채 숨을 몰아쉬며 대답했다.

"걔한테, 다시 한번 말해 달라고 하십쇼!"

모정은 허리를 곧게 펴며 사련에게 말했다.

"그렇게 훤히 보이는데 아직도 모르시겠어요? 구슬! 그 구슬 기억하십니까?"

"무슨 구슬?"

모정이 단호하게 한 마디씩 끊어 말했다.

"정월 제천유, 열신무자복, 그 진홍색 산호주 귀걸이, 전하께서 잃어버리셨던 그 한쪽 구슬!"

"……."

한참을 생각해도 기억이 나지 않았다. 사련은 귓불을 만지작거리며 멍하니 되물었다.

"그때 내 귀걸이가 붉은 산호주였어? 내가 잃어버렸었나?"

모정은 입가를 꿈틀거리더니 화를 냈다.

"당시 둘은 내가 그 구슬을 훔쳤다고 누명을 씌웠으면서, 어떻게 그 일을 기억 못 할 수 있습니까?"

사련이 중얼거렸다.

"벌써 팔백 년도 지난 일인데……."

풍신은 바로 반박했다.

"뭘 멋대로 지껄여! 아무도 네가 훔쳤다고 누명 씌우지 않았어! 너 혼자 의심병이 도져서 그랬지!"

사련은 손사래를 치며 말했다.

"그만들 싸워. 그런데 갑자기 그 구슬은 왜?"

모정이 대답했다.

"그 구슬을 찾았으니까요! 화성의 머리에 묶인 그 붉은 구슬, 보셨습니까?"

사련의 눈이 커졌다.

"네 말은 그게 바로……?"

모정이 단호하게 쐐기를 박았다.

"맞습니다!"

"……."

아까 모정이 화성을 볼 때 표정이 이상했던 이유가 바로 이
것이었다. 사련이 입을 열었다.

"왜 그 붉은 산호주가 삼랑 쪽에 있어? 착각 아닌 거 확실해?"

모정이 말허리를 끊었다.

"저는 그 구슬을 일 년 내내 찾았습니다. 그 뒤로도 계속 찾
았고요. 다른 사람은 몰라도 저는 절대 착각할 리 없습니다!"

사련은 양손을 포개고 소매를 맞붙인 채로 생각에 잠기더니,
미간을 찌푸리며 말했다.

"그렇지만 네가 잘못 봤을 수도 있어. 삼랑이 그 구슬을 가지
고 있을 이유가 없잖아? 상등품 산호주는 다 비슷비슷하게 생
겼고. 게다가 삼랑은 진귀한 보물 수집하는 걸 좋아해. 수천 년
된 골동품도 갖고 있더라니까."

모정은 고개를 주억거렸다.

"네, 그래요. 제가 잘못 봤을 수도 있다고요? 좋습니다. 그럼
이걸 좀 보시겠습니까."

어떤 신상 옆에 서 있던 모정은 말과 동시에 신상의 얼굴에
덮인 면사를 홱 걷었다.

"그럼 이게 뭔지 보시죠. 아무리 그래도 이걸 잘못 봤으려고요!"

면사가 벗겨지고 시선이 가닿은 순간, 사련의 두 눈동자가

날카롭게 조여들었다.

신상의 이목구비에 기형적이거나 무서운 구석은 없었다. 그건 미소를 짓고 있는 청년의 신상이었다. 눈과 눈썹은 부드럽고 생기가 넘쳤다. 그러나 이 얼굴을 바라본 사련은 단숨에 머리카락이 곤두섰다.

놀라지 않을 수 있겠는가? 이 얼굴은, 마치 사련을 같은 틀에서 찍어 낸 것처럼 똑같았다!

바로 코앞에서 이 신상을 마주 보고 있자니 말 그대로 거울을 들여다보고 있는 기분이었다. 선하고 깨끗한 웃음마저 한없이 기이하게만 느껴졌다. 사련은 저도 모르게 목덜미가 저릿해졌다.

"이건……."

모정은 냉담하게 말했다.

"이런데도 착각이라고 하실 겁니까?"

사련은 가까스로 한마디를 짜냈다.

"……왜 여기에 내 신상 하나가 있지?"

"하나? 이게 다가 아닙니다. 잘 보십시오."

모정은 말하는 동시에 또 다른 신상의 면사도 끌어 내렸다. 마찬가지로 사련의 얼굴이 튀어나왔다.

연달아 면사를 벗긴 신상 대여섯 개도 하나같이 똑같은 얼굴이었다.

모정의 목소리가 이어졌다.

"여기는 만신굴이 맞습니다. 하지만 사실상 여기서 모시는 신은 단 하나뿐입니다."

전부 사련이었다!

사면팔방이 온통 자신의 얼굴이라니. 사련은 마치 신비롭고 기이한 꿈결 속에 빠진 기분이었다. 한참이나 넋을 놓고 있던 그는 문득 한 가지 생각을 떠올렸다.

"잠깐, 모정. 넌 지금까지 이 신상들의 얼굴을 본 적 없지? 아까 면사를 벗기려다가 삼랑에게 가로막혔잖아?"

모정이 코웃음을 치며 말했다.

"저는 신상의 얼굴을 보지 않고도 전하인 걸 알았습니다."

"어떻게?"

모정은 면사를 구겨 한쪽 바닥에 내팽개쳤다. 그의 이마에 얕은 핏대가 불거졌다.

"어떻게냐고요? 당시 전하의 모든 옷, 장신구, 잠자리까지 전부 제 담당이었으니까요. 저는 전하를 위해 빨래를 하고 옷을 수선했습니다. 당신의 옷 한 벌 한 벌은 이 세상에 똑같은 게 없습니다. 그자는 이 석상들을 무서울 정도로 세밀하게 조각했어요. 하나부터 열까지 똑같이 새겨 놨다고요. 그러니 옷만 보고도 누군지 알 수밖에요!"

"……."

사련은 이마를 짚은 채 화성의 이상했던 행동들을 돌이켜 보기 시작했다. 한쪽에서 풍신이 말했다.

"그자가 신상을 못 보게 막았던 건, 이 신상들의 어디가 이상한지 분명히 알고 있었다는 뜻입니다. 눈사태 때문에 의도치 않게 들어왔다는 건 다 헛소리겠죠. 틀림없이 여기가 어떤 곳인지 알고 있을 겁니다."

모정이 말을 얹었다.

"그것뿐일까. 내가 보기에는 우리를 그 거미줄 구덩이에 버린 게 놈일지도 몰라. 정말 우리를 죽이려고 했어."

사련도 입을 열었다.

"그런데…… 이 신상들은 대체 뭘까?"

잘 살펴보면 이곳의 신상은 하나같이 생동감이 넘쳤고 사소한 부분까지 꼼꼼하게 묘사되어 있었다. 정말이지 보는 사람이 다 오싹해지는 수준이었다. 조각한 사람이 신상의 주인공을 얼마나 세밀하게 관찰했는지가 눈에 훤히 보였다. 과거 선락국에서 가장 명성 높았던 장인이 깎은 신상도 이 정도는 아니었으리라고 감히 자신할 수 있었다. 마치 장인의 머릿속은 온통 이 사람뿐이고, 눈에는 이 사람밖에 보이지 않는 듯한 만듦새였다.

세 사람은 똑같이 생긴 신상들에게 둘러싸인 셈이었다. 풍신은 오한이 드는 얼굴로 말했다.

"거참…… 빌어먹을……. 소름 끼쳐……. 완전 빌어먹을 정도로 닮았어."

게다가 개수도 이렇게나 많다니. 모정이 말했다.

"이 신상들은 어떤 사술에 필요한 도구가 아닐까 싶습니다.

일단 부수고 보자고요."

그는 말을 마치자마자 신상을 향해 손날을 내리쳤다. 덕분에 퍼뜩 정신을 되찾은 사련이 모정을 막으며 외쳤다.

"잠깐!"

모정이 그를 쳐다보았다.

"진심이십니까? 이 사술은 전하를 겨냥하는 걸지도 모릅니다."

사련은 고민 끝에 말했다.

"일단 섣불리 건드리지 말자. 난 사술일 가능성은 희박하다고 생각해."

풍신이 끼어들었다.

"저는 꽤 크다고 생각합니다. 미친, 진짜 환장하겠네…… 이런 거 보면 무섭지도 않으십니까?"

모정은 사련과 눈을 맞추며 물었다.

"그리 생각하시는 근거는 뭡니까?"

사련은 고개를 저으며 말했다.

"근거는 없어. 하지만 전부 공들여서 훌륭하게 조각한 석상이잖아. 앞뒤 사정도 모르고 경솔하게 부쉈다간 나중에 후회할지도 몰라."

잠시 뜸을 들인 그가 말을 이었다.

"삼랑이…… 나한테 뭔가를 숨겼는지도 몰라. 그래도, 나는, 최소한 날 해칠 만한 일은 아닐 거라고 생각해."

모정은 실로 불가사의한 심정이었다.

"……정말 그자의 사술에 정신이 홀리신 건 아니죠? 보니까 그자가 '수상함'이라는 글자를 얼굴에 써 붙이기라도 하면 아예 문맹이 되어 버리시겠네요."

두 사람이 대화를 나누고 있는 사이, 한쪽에 있던 풍신이 별안간 적군을 맞닥뜨린 사람처럼 고함쳤다.

"조심해!"

사련과 모정은 나란히 신경을 곤두세웠다.

"무슨 일이야?"

"그 거미줄이 또 왔습니다!"

정말이었다. 손바닥에 불꽃을 피워 앞쪽 돌벽을 비추자 빽빽하게 들러붙은 하얀 실이 보였다. 세 사람은 큰일이네, 하고 나란히 속으로 중얼거렸다. 또 한바탕 악전고투가 시작될지도 몰랐다. 그런데 무슨 영문이었을까. 이 하얀 실뭉치는 아까 구덩이에서 만난 거미줄과는 달리 흉포하지 않았다. 심지어 움직이기는커녕 공격해 오지도 않았다. 의외로 평범한 담쟁이덩굴이나 다름없어 보였다. 잠시 기다린 끝에 사련이 입을 열었다.

"이 실타래는 살아 있는 게 아닌 것 같아."

풍신이 물었다.

"살아 있는 게 아니면 왜 여기서 이러고 있습니까?"

사련은 마음속에 어떤 예감이 스쳤다. 그는 앞으로 다가가 잠시 살펴보고서야 비로소 확신했다.

"뭔가를 가리고 있나 봐."

세 사람은 그 돌벽 앞에 다가섰다. 사련은 하얀 실뭉치를 한 움큼 끌어당겨 뜯어내 보았다. 예상대로 몹시 질겨서 뜯어내기 버거웠지만, 아예 뜯기지 않는 정도는 아니었다.

면사 아래 숨겨진 것은 신상의 진짜 얼굴이었다. 그렇다면 돌벽 위에 가려져 있는 것은 과연 무엇일까?

다른 두 사람도 거미줄을 뜯는 대열에 합류했다. 셋은 각자 다른 구역을 맡았다. 머지않아 사련 쪽의 돌벽이 드러났다.

"벽화야!"

돌벽 위, 거미줄에 겹겹이 덮인 것은 큼직한 벽화였다. 돌벽의 모든 면에 선과 색, 작은 사람들이 빼곡하게 들어차 있었다. 자잘하게 나뉜 구역마다 화풍이 달랐다. 어떤 것은 투박하고 어떤 것은 아름다운가 하면, 어떤 것은 정교하고, 어떤 것은 기괴했다. 한참을 바라보다가, 이윽고 사련이 입을 열었다.

"······그가 그린 거야."

모정이 되물었다.

"그? 화성이요? 확실합니까?"

사련이 나직하게 대답했다.

"확실해. 위에 적힌 글자, 그가 쓴 거야."

그는 벽 위에 그려진 핏빛 사람을 가리켰다. 그 옆에는 무슨 말인지 모를 만큼 엉망으로 뒤틀린 글자가 무더기로 쓰여 있었다. 정신이 혼미하거나 극도로 고통스러웠을 때 감정을 토해 내듯 써 내려간 글 같았다. 이 핏빛으로 그려진 사람이 바로 화성 자신임을 글자를 통해 짐작할 수 있었다. 다만 그는 무슨 이유에서인지 자신을 흉측한 모습으로 그려 놓았다. 흘긋 시선을 던진 풍신이 참다못해 말했다.

"이 글자들…… 너무 못생겨서 눈이 멀 것 같군요. 제가 쓴 게 더 낫다고 감히 말해 봅니다."

풍신이 쓴 것보다 못났다는 것은 정말 구제할 수 없을 정도로 못났다는 것이다. 사련은 눈이 다 어지러웠다. 어디서부터 봐야 할지 감도 잡히지 않았지만, 화성의 글씨임이 확실해지자 문득 커다란 보물 창고를 발견하기라도 한 것처럼 손끝이 조금 떨려 왔다. 이때, 멀지 않은 곳에서 모정이 무언가를 발견했는지 목소리를 높였다.

"……전하, 빨리 와 보십시오. 빨리 이것 좀 보세요!"

사련은 그제야 겨우 정신을 차렸다.

"뭔데 그래?"

이미 말문이 막힌 풍신과 모정은 손끝으로 한쪽 벽의 그림을 가리켰다. 온 벽화를 통틀어도 제법 큰 편에 속하는 그림이었다. 한가운데에 높다란 성루가 보였다. 그 아래로는 인산인해를 이룬 사람들이 화려한 무대를 에워싸고 있었다. 선은 단순했지만, 고작 붓질 몇 번만으로도 형체를 정확하게 묘사해 놓았다.

모정은 벽화의 중심 부분을 가리키며 떨리는 목소리로 말했다.

"저…… 저게…… 그자였다고요?"

사련도 그곳을 응시하고 있었다.

전체적으로 색이 없는 벽화 속에 오직 두 인물만 색채를 띠고 있었다. 아래쪽에 작은 사람 하나가 있었다. 그 사람은 흰색이었다. 마치 온몸에서 빛이 나는 것 같았다. 그는 하늘을 바라보며 두 손을 뻗어 성루에서 떨어지는 작은 사람을 받으려는 참이었다.

그 작은 사람은, 새빨간 핏빛이었다.

모정이 중얼거렸다.

"……그자였어? 그였다고? 정월 제천유에서 떨어졌던 그 꼬마? 어떻게 그일 수 있지? 어떻게? 혈우탐화? 그자가?"

풍신은 실성한 듯이 두 사람을 치더니 옆쪽을 가리켰다.

"뒤에 더 있습니다!"

사련은 걸음을 돌렸다. 이번 그림은 쇠락한 작은 사당이었다. 신대 위에 모셔진 신상에서도 은은한 흰빛이 번져 나왔다. 한 손에 검을 든 채, 다른 손으로는 붉은 우산을 아래로 건네주는 모습이었다. 흉측하게 생긴 핏빛 사람도 아래쪽에서 작은 꽃다발을 양손으로 쥐고 그에게 바쳤다.

순간 머리가 욱신거렸다. 사련은 한 손으로 툭툭 뛰는 관자놀이를 누른 채 계속 시선을 아래로 옮겼다.

다음 그림은 전장을 묘사한 듯했다. 병사들이 대규모로 무장을 갖추고 대기했다. 하늘에는 하얀색의 사람이 떠올라 있었다. 장검을 손에 쥔 모습에서 신의 위엄이 넘쳤다. 그리고 아래쪽으로 새까맣게 늘어선 군대 안에서도 핏빛 사람이 고개를 들고 그 사람을 올려다보고 있었다.

사련은 멍하니 시선을 붙박았다. 옆쪽에서 불신에 찬 풍신의 목소리가 울려 퍼졌다.

"이 빨간 거, 전부 한 사람이죠? 전부 그놈입니까? 전부 화성? 제기랄, 내내 전하를 따라다닌 겁니까?"

모정 역시 기가 막힌다는 표정이었다.

"따라다닌 게 다가 아니야. 지켜보고 있었어. 끈질기게 지켜봤어, 아주 끈질기게. 어딜 가든 있잖아! 봐 봐, 여기 대로에도 있고, 불유림에, 이건 뭐지? 배자 언덕? 맙소사…… 그럼 설마 그 신상들도 그자가 조각했던 거야?"

벽화들을 쭉 보던 풍신은 그야말로 모골이 송연해졌다.

"제기랄…… 대체 뭐 하는 놈이야? 팔백 년 전부터 계속 전하를 지켜봤다고? 지금까지도 전하를 따라다니고? 환장하겠네! 이건 너무 소름 끼치잖아! 귀신 들린 거야? 대체 원하는 게 뭐길래? 평범한 신도가 이 지경이 될 리가 없잖아. 대체 무슨 생각인 거냐고!"

모정이 말했다.

"속셈이 있겠지…… 분명 속셈이 있어! 빨리 계속 둘러봐. 틀림없이 여기서 실마리가 나올 거다!"

사련은 놀라서 넋이 나간 뒤였다.

그는 벽에 그려진 핏빛 사람을 가만히 응시할 뿐 아무 반응도 하지 못했다. 결코 잊은 적은 없었으나 등한시했던 기억들이 얽히고설켜 머릿속으로 밀어닥치는 바람에 호흡마저 버거워졌다. 이때, 저쪽에서 두 사람이 큰 소리로 고함을 질렀다. 사련은 몸을 흠칫 떨며 물었다.

"또 왜 그래?"

풍신과 모정은 돌벽 앞에 서 있었다. 무언가 엄청난 것을 본 기색이었다. 사련이 이쪽으로 다가오려 하자, 풍신이 황급히 돌아서서 그를 가로막고 밀어냈다.

"염병, 보지 마십시오!"

"무슨 일인데? 뭔데? 왜 나는 못 봐?"

모정도 어두워진 낯빛으로 말했다.

"……보지 마세요, 볼만한 것도 없습니다. 빨리 도망쳐요!"

두 사람은 각자 그의 팔을 하나씩 붙잡고 또 미친 듯이 내달렸다. 사련은 그들에게 질질 끌려가며 말했다.

"너희들 뭐 하는 거야? 난 그 벽화를 제대로 보지도 못했는데?"

풍신은 달리는 와중에 노기등등하게 욕을 퍼부었다.

"보실 필요 없습니다! 그런 건 보면 안 됩니다! 진짜 염병하네! 살면서 이딴 일은 처음 봅니다! 이런 인간도 그렇고!"

사련은 그저 어리둥절했다.

"뭘 처음 본다는 거야? 삼랑이 뭘 어쨌다고?"

모정이 윽박질렀다.

"뭘 또 삼랑이라고 부르고 앉았습니까! 부르지 마세요! 지금

도망치는 것도 늦은 마당에! 앞으로 두 번 다시 그자를 가까이 하지 마십시오! 놈은 정상이 아닙니다. 미쳤어요, 돌았다고요!"

사련은 더 듣고 있을 수가 없었다.

"너희들 왜 이렇게 삼랑을 욕해? 아니, 원래 우리 모두 어딘가는 정상이 아니잖아?"

풍신이 말했다.

"그만 물어보십쇼! 전하가 뭘 아십니까! 놈은 우리와 다릅니다! 미쳤다고요! 그, 그놈은 전하께…… 전하께……."

"나한테 뭐? 미안한데 돌아가서 직접 보게 나 좀 놓아줄래?"

되돌아가려는 한 사람과 잡아당기려는 두 사람. 이렇게 세 사람이 팽팽하게 맞서고 있는데, 문득 앞에서 선득한 목소리가 들려왔다.

"내가 다른 사람의 지반에서는 함부로 물건을 만지지 말라고 했을 텐데."

나란히 얼어붙은 세 사람이 빙글 고개를 돌렸다. 붉은 옷을 입은 한 그림자가 앞쪽에 비스듬히 서 있었다. 화성은 돌벽에 기대어 세 사람의 앞길을 가로막은 채 미소를 지었다.

"그랬다간 어떤 결말이 기다릴지, 나도 장담 못 하거든."

겉으로는 웃고 있었지만, 그 눈빛은 일말의 웃음기도 없이 어둡고 혼탁했다. 그는 팔짱을 낀 채로 한쪽 손만 올려 무심하게 작은 무언가를 만지작거리고 있었다.

바로 가느다란 머리카락에 묶인 진홍빛 산호주였다. 산호에 감도는 붉은 광택은, 그의 창백한 손가락 사이 붉은 인연의 매듭처럼 눈부시고 선명했다.

天官賜福

천관사복 7

1판 1쇄 발행 2022년 7월 15일
1판 3쇄 발행 2024년 4월 12일
지은이 묵향동후 **옮긴이** 고고
펴낸이 최원영
본부장 장혜경 **편집장** 김승신 **책임편집** 원서은
본문조판 양우연 **국제업무** 박진해 전은지 남궁명일 **마케팅** 김민원 조은걸
펴낸곳 (주)디앤씨미디어 **출판등록** 2002년 4월 25일 제20-260호
주소 서울시 구로구 디지털로 32길 30, 코오롱디지털타워빌란트 1301-1308호
전화번호 02.333.2513
B-Lab 공식 트위터 twitter.com/B_lab_BL

ISBN 979-11-278-6460-6 04820
ISBN 979-11-278-6453-8 (세트)

정가 15,000원

天會賜福